U0629799

未读 | 文艺家

UNREAD

为什么
汪曾祺
无可替代

拾读汪曾祺

杨早　凌云岚　著

贵州出版集团
贵州人民出版社

序：也是故乡情结

　　世上有些事情是不可做的。比如，给杨早的书写序。有些事情又是不能不做的。比如，给杨早的书写序。

　　杨早和凌云岚都是北大的文学博士，专攻中国现当代文学，他们搞的那一套，我基本不接触，没有资格说长道短，更别说写什么序言了。怎奈，这本书是谈论我们家老头儿汪曾祺作品的，更要命的是，杨早此人不是外人，是老汪家正儿八经的亲戚。老头儿的生母姓杨，与杨早的上几辈是一家人，杨早的爷爷和汪曾祺是表兄弟，从小混在一起，几十年后还记得彼此的小名，一个是和尚，一个是道士。有了这些关系，再不可做的事情也只能硬着头皮做了。

　　如今，汪曾祺的各种文集出了不少，谈论他作品的文章也有一些，杨早、凌云岚合写的这本《拾读汪曾祺》还有阅读价值吗？好像还有。这本书收录的文章，主要是用汪曾祺文学创作的主张分析阐释汪曾祺的小说，其中当然也有作者的理解和生发，且多有新意。比如，汪曾祺曾多次谈到他的老师沈从文在教授文学创作时常说的一句话"贴到人物写"，并对此进行比较全面的论述。杨早通过对比老头儿1947年写成的《鸡鸭名家》和1982年收入《汪曾祺短篇小说选》的修改本，发现许多修改之处都体现了"贴到人物写"的宗旨。像早期版本说放鸭子最苦的是"寂寞"，一个人撑着个"鸭撇子"，一早就离开村庄，到茫茫的水里去了，到天擦黑了才回来，"连一个说话的人都没有"。而到了1982年，文中的"寂寞"改成了"冷清"。显然，老头儿认为20世纪40年代一个放鸭子的农民，脑子里是不太可能有"寂寞"这样的词儿的，因此换成了更加通俗的"冷清"。这个修改例子，老头儿自己生前都没提过，可能随手改过就忘了。没承想，却让杨早挖了出来。类似的开掘，书中还有很多。

这本书的一个特点就是读着很顺，没有疙疙瘩瘩的地方。要说的事情都说得明明白白，不拐弯抹角，也不故作高深，有意唬人。古人曰：修辞立其诚。对于他们这样受过严格学术训练的人来说，这样行文应该是有意为之，是出于对读者的尊重。

不知是不是当过记者的缘故，杨早这本书的不少文章，并不是单纯分析汪曾祺的作品，往往会一笔宕开，用史料和现场采访资料对作品的内容进行补充和拓展，比如高邮历史上几次决堤的情况，比如高邮鸡鸭炕房的分布情况，比如高邮士绅在赈灾中的作用，他甚至考证出汪曾祺在回忆文章中提到的1931年高邮运河决堤的日子没有记错，就是阴历七月十三。老头儿自己对此都没有把握，在文章中特地加了一个括号，内写"可能记错"。在我看来，这些"闲笔"更有可读性，可以让人从更开阔的角度理解老头儿。

杨早在这本书中提出了不少观点，有些很是让我惊诧。比如他从《八千岁》中分析出汪曾祺很懂物价，从《鸡鸭名家》中看出汪曾祺精通生意经，这些是我们家里人以前闻所未闻的。我们一直以为汪曾祺对经济一窍不通，而且毫无兴趣，连自己的稿费有多少都弄不清。看来，对这个老头儿应该重新认识了。

这本书所谈论的汪曾祺小说，都是高邮题材，这大约与杨早的祖籍是高邮有些关联。其实杨早跟我一样，从未在高邮生活过。他们家从祖父那一辈便离开了高邮，他是在四川长大的，以后又在广州、北京求学，与高邮全然不搭界，四川话应该说得比高邮话好。不过，一个人的故乡情缘是很难割舍开来的，总会或明或暗地体现出来。这些年来杨早多次回到高邮，寻根问祖，查阅典籍，巡游采风，因此在文章中谈起高邮风物习俗来头头是道，一点也不"隔"。汪曾祺创作了大量以高邮为题材的作品，从中可以看出他对故乡的感情。如今杨早又以这部分作品作为评论的对象，体现的是同一种故乡情结。不知杨早以为然否？

目 录

三说汪曾祺

汪汪地向前流去

梦见沈从文

　　1997年4月2日夜，汪曾祺做了个奇怪的梦，在梦里他见到了已经去世的沈从文先生："沈先生还是那样，瘦瘦的，穿一件灰色的长衫，走路很快，匆匆忙忙的，挟着一摞书，神情温和而执着。"在梦中，汪曾祺没觉得先生已经死了，只觉得他一如既往，对自己的教诲——"文字，还是得贴紧生活。用写评论的语言写小说，不成"，虽无多少深文大义，"但是很中肯"。

　　四点二十分，汪曾祺的梦醒了，但梦中的一切那样清楚而有条理，连他自己都觉得奇怪。3日清晨，他写下了《梦见沈从文先生》。

　　20世纪40年代身处西南联大，汪曾祺遇见的名师自不在少数，沈从文却是其中他书写得最多的一位。抛开师生相处形成的私人情感，沈从文到底教给汪曾祺什么，让他多年之后，在梦中仍像小学生般恭敬聆听老师的教诲？

　　沈从文不是很擅长讲课的老师，他的方言腔重，说话声音又低，虽然汪曾祺不曾明说，我们也可以想见那课堂效果应该是颇能"催眠"的。沈从文上课所说的话汪曾祺几乎全忘了，他说是因为自己不记笔记的缘故，然而有一句话，他终身记得，也终身受益：

　　"要贴到人物来写。"

这是句普通平白不过的话，在汪曾祺看来，所包含的意思却有多层。比如人物永远是主要的，环境、抒情、议论都不能与之游离；作者的"心"要紧贴人物；叙述语言要和人物协调。而这些，被汪曾祺视为"小说学的精髓"。

举个例子，汪曾祺读沈从文的《萧萧》，注意到老师在写这个乡下童养媳时，从来不用城里人的语言，他不用"天真""浑浑噩噩"来描述萧萧，只是说"萧萧十五岁时已高如成人，心却还是一颗糊糊涂涂的心"。

和汪曾祺一个班的同学们，可能早就让这句话从耳边滑去了。以"人物"为中心，汪曾祺在对老师的诠释中带出的也是自己的小说学的核心内涵。他从来不让小说中的人物为自己代言，不去刻意地拔高他们。他同情自己笔下的人物，却不会人为改变他们应得的运命，他笔下的人物，真实地活着。这样的写法，看似简单，要对抗的却是另一套流行多年的小说学，在那套话语的统治下，多少作家，写了一辈子，笔下没有一个真实而"活"着的人。

从沈先生那里，汪曾祺学会了怎样处理语言，这是做一个"好"作家的关键。他在沈从文的文字中找到这么一句："薄暮的空气极其温柔，微风摇荡大气中，有稻草香味，有烂熟了山果气味，有甲虫类气味，有泥土气味。"没有哪个作家写到过甲虫气味，汪曾祺说到这一点，对老师总是充满钦佩。

从沈先生那里，汪曾祺找到了自己所承袭的小传统。他谈到废名、谈到萧红的《呼兰河传》、谈到沈从文的小说，再谈到自己的散文化小说。这是一条在文学史上若隐若现的河流，然而汪曾祺觉得它是富有生命力的活水，在"汪汪地向前流去"。

从沈先生那里，汪曾祺还学会了怎样诗意地抒情，这种诗意的抒情又怎样和作家对"乡土"的热爱联系在一起。沈从文创造了他的"边城"世界；汪曾祺也创造了自己的"高邮"水乡。从某个角度看，他们都在"不知疲倦地写着一条河的故事"，那条河串起了无数的故事、风景和人生，他们都想做那河岸边的诗人。

直到晚年，汪曾祺还带着点孩子气地宣布，自己是沈从文的"得意高徒"。

这也许是他给自己的最高评价。

七载云烟

汪曾祺在云南，准确点说，主要是在昆明住了七年，1939到1946年。这七年中的大半时间，他是在西南联大的校园中度过的。

汪曾祺回忆西南联大的文字不在少数，他对联大的情感似乎历久弥新。有趣的是，一直念着母校好处的汪曾祺，当年却因为找不出一条没有破洞的裤子，不好意思去飞虎队报到当翻译，违反了当时大学毕业生必须为军队服务的规定，连毕业证书都没拿到。严格来说，他只是西南联大的肄业生。

这却一点都不损害汪曾祺对母校的感情。

看汪曾祺的回忆，西南联大是一个怪人、怪事空前集中的地方。这里有绰号"二十世纪目睹之怪现状"的同学，有在敌人炸弹来袭时留守学校只为了炖冰糖莲子的怪人，有打着无锡腔把词念一遍就算讲解完毕的先生，有养了只大公鸡和自己同桌吃饭的哲学家……

西南联大是抗战时期由北大、清华和南开三所大学联合成立的，八年时间，学校的种种条件当然无法与和平时期相比，教授学生生活清贫困苦，却人才辈出。有人甚至认为联大八年，出的人才比北大、清华、南开三十年出的人才都多。为什么？汪曾祺的回答是："自由。"

只有"自由"的校风，才能容得下这么多特立独行的人，也只有这样"宽容"的学校，才出得了汪曾祺这样的作家。

西南联大的学风，"宽容、坦荡、率真"，简单六个字，汪曾祺推崇了一辈子。他说自己当初之所以选择西南联大，就是因为听说这三所大学特别是北大，学风相当自由，学生上课、考试都很随便，可以吊儿郎当。他就是冲着这"吊儿郎当"来的。

西南联大的自由和宽容成全了汪曾祺，他可以在上课时间随意地泡茶馆，在茶馆里写作甚至完成自己的考试卷，观察各种各样的人和生活，可以任意选择感兴趣的课程旁听，也可以独自一人"乱七八糟"地看书。

联大的老师们，教给汪曾祺的与其说是具体的知识，不如说是一种为人为学的风采。汪曾祺的笔下，那些学识渊博也各有怪癖的先生，每一个都值得他好好来写一写。联大的老师重报告而轻考试，他们爱惜并尽可能激发学生们的才气，他们不怕学生的"新"与"怪"，只担心平庸。尤其是汪曾祺所在的中文系，它的民主自由风，在联大诸多院系中格外浓重。

"开放"，是汪曾祺形容联大中文系精神时曾用到的一个词。他说那时还没有这个词，但确有这个事实。在学风上，联大的"开放"促成了汪曾祺初学写作时的格调，他能够从中西方不同的文学传统中汲取多方营养，这是汪曾祺的幸运。

汪曾祺在"自报家门"时，曾说："我读的是中国文学系，但是大部分时间是看翻译小说。当时在联大比较时髦的是 A. 纪德，后来是萨特。我二十岁开始发表作品。外国作家我受影响较大的是契诃夫，还有一个西班牙的阿索林。……我读了一些茀金妮亚·沃尔芙 ① 的作品，读了普鲁斯特小说的片段。我的小说有一个时期明显受了意识流方法的影响。"

汪曾祺初学写作时期的作品明显受到外国文艺思潮的影响，实验意味浓厚。其实不只是他，他的老师辈作家在西南联大开放的校园文化中，也在经历着写作生涯中的"转型"。诗人冯至在《十四行集》和《伍子胥》中探讨着纯粹艺术形式和超越性的哲理命题；小说家沈从文在《看虹录》中进行着更为繁复的文体实验；诗人卞之琳转而探索散文化小说的叙事和文体。

成熟作家的转型与初学写作者的实验，都需要文化氛围、文化信息的开放，西南联大的课程设置、教师构成、学术氛围、教学理念……为他们提供了这么一个空间。

难怪多年之后，回忆起西南联大，汪曾祺坚持认为，母校留下的最宝贵财富是"精神方面的东西，是抽象的，是一种气质，一种格调，难于确指，但是这种影响确实存在。如云流水，水流云在"。

---

① 引用原文中个别字的用法与现在用法不尽相同，此处保留了原用法，全书同。

这就是汪曾祺，一个在联大的特殊气氛中"泡"出来的作家。

另一种美学

1950 到 1958 年，是汪曾祺和民间文学结缘的八年。

这段时间里，他一直担任编辑，参编的刊物包括《北京文艺》《说说唱唱》和《民间文学》。汪曾祺说："民间故事丰富的想象和农民式的幽默，民歌的比喻新鲜和韵律的精巧使我惊奇不已。"

民间文学之外，汪曾祺常常提到的是两个作家，他们的名字，常常和"民间"联系在一起。

一个是老舍，当时北京市文联的主席。汪曾祺在写这位以前的领导时，提到一个细节，老舍当北京市人民代表，有一年他的提案是，希望政府解决芝麻酱的供应问题，因为那年北京芝麻酱缺货。真正了解"民间"的老舍，明白"北京人夏天离不开芝麻酱"，这是小事，也是大事。

一个是赵树理，非常富于农民式幽默的作家。赵树理的幽默在汪曾祺看来，不是存心逗乐，也非尖刻伤人，是温和而有善意的。他和"民间"的关系，也是借用一件小事来说。当时的作家下乡都是穿得像个农民或是村干部，以便于接近人民。只有赵树理因为怕冷，穿着件水獭皮领子、礼服呢面的狐皮大衣，可是"家乡的农民并不因为这件大衣就和他疏远隔阂起来，赵树理还是他们的'老赵'，老老少少，还是跟他无话不谈"。

汪曾祺从他们身上学到什么，很难说清。也许是对真正的"民间"、对无声的"人民"，那种割舍不断的情感和关注。而老师沈从文的教导"贴到人物来写"，在汪曾祺懂得关注"民间"之后，才真正在他的作品中得以实现。

汪曾祺自己的总结是，他从民间文学那里，学到了至少两点东西：一是语言的朴素、简洁和明快。二是结构上的平易自然，在叙述方法上致力于内在的节奏感。对比年轻时那个"洋"味颇足的汪曾祺，在民间文学中"涵泳"过的汪曾祺终于确立了自己的语言风格。文人味十足的书面语言掺入民间生动的口语，使得汪曾祺的语言以纯净、活泼的风格令人耳目一新。80年代的创作中，早期那些大胆的实验手法被消融于无形，这也不能不说是一种得益自民间文学的返璞归真。

很多时候，汪曾祺笔下的"民间"散发着人性的温暖和光辉，"民间"那无穷无尽的生命力也许就来源于此。他在《大淖记事》中写到的锡匠们的游行队伍，是沉默而严肃的，就那么二十来个人，在汪曾祺的笔下却表现出不可侵犯的威严和不可动摇的决心；巧云喂受了重伤的十一子尿碱汤喝，不知道为了什么，自己也尝了一口，这是让汪曾祺自己也为之流泪的细节。

汪曾祺的民间意识让他能够发掘底层民众的"人性"和"人情"之美，也让他用另一种眼光来审视生活。即便是最普通的世俗生活，在此观照下，也有它独特的魅力。汪曾祺是文人气息浓厚的作家，同时也是世俗气息浓厚的作家。

这一点也不矛盾，汪曾祺带来的世俗是"审美化"的世俗，在最日常的吃食、风俗、玩物中他发掘"雅"趣，发掘别一种美感。所以寻常酒菜、各地小吃、家乡风物、市井小民，在他的笔下获得无穷滋味。

也是对民间的关注，使得汪曾祺在写作时采用了"平视"的视角。他相信，"作者的责任只是用你自己的方式，尽量把这一点生活说得有意思一些。现代小说的作者和读者之间的界线逐渐在泯除。作者和读者的地位是平等的"。说得更明白一些，不是写小说，而是谈生活。

汪曾祺笔下，大半是小人物。他也会如赵树理一样，在他们的平凡人生中看到喜感十足的情节，那个把烧饼往桌上一拍的八千岁，《异秉》中别有心事地去上茅房的小伙计……人生有让人忍俊不禁的时候，但即便如此，汪曾祺的小人物还是有自己的尊严和独立，他们的生活不曾也不会被作家篡改。

用汪曾祺自己的话说，民间文学使他取得一种新的美感经验，一种新的审美教育。他的文学，因此也成就了另一种美学风格。

"食色，性也"

食色，性也。

也许正因如此，文人墨客从来写不厌的永远是这两大题材，可是要将这最基本的人性写出彩来，却不是容易的事。食色，是最具有人间烟火和世俗气息的欲望，大概是缺少直面这欲望的勇气，很多人在书写它们时躲躲藏藏，汪曾祺却能写得豁达、明亮、干净，有一种健康的美感。

先来说食。汪曾祺好美食，他从不讳言自己这点小小的人生享受。汪曾祺不厌其烦地书写各种吃食，有的平凡低廉如家常咸菜或街头小吃，他也能写出风情万种。许是因为那些普通吃食的背后，都有他无法抹去的人生记忆和情感。就像联大校园外的那些小吃摊，和他的青春记忆不可分割；家乡的咸菜慈姑汤的鲜美，和家乡的雪一起，总是在乡思深处静静飘落。

汪曾祺喜欢谈吃，也喜欢拿吃来说事。他最引以为傲的是几乎没有什么是自己不能吃的，比如苦瓜，之前是不吃的，西南联大的一个同学因为他吹牛说没有不吃的东西，整了一桌苦瓜菜请他：凉拌苦瓜、炒苦瓜、苦瓜汤。汪曾祺咬咬牙，全吃。从此，他就吃苦瓜了。

吃苦瓜有什么好炫耀的？然而汪曾祺却觉得苦瓜是和文学创作有关的：首先要承认它是一道菜，作家应该什么菜都尝一点，不能偏食；其次苦瓜有各色吃法，文学作品的评论也大可见仁见智；最后苦瓜有些像瓜又有些像葫芦，有些作品在风格上也是四不像，但不妨碍它们的成功。

汪曾祺在散文中饶有兴味地考察食物的源流，他用了颇长的篇幅去探究古时的"葵"和"薤"到底是什么，最后得出的结论是现在人吃的苋菜和藠头就是汉代古诗中常见的葵薤。这小小的发现让汪曾祺欣喜不已。草木鱼虫，在他看来，都是和人的生活密切相关的，了解这些微不足道的东西，是在了解历史、文化，乃至我们自己。

一个对草木鱼虫有兴趣的人，对人、对人生必然有广泛的兴趣。这是一个好作家的必备素质。

再来说色。性欲是汪曾祺不会回避的话题。在他看来，这种与生俱来的欲望应该是健康的，也因此是美丽的。例如《一辈古人》中的薛大娘，靠五十了，干净利落，她喜欢药店的管事蒲三，就一点也不掩饰地和他发生关系。汪曾祺对她的评价是："薛大娘的道德观念和大户人家的太太小姐完全不同。"

汪曾祺这样喜欢这个角色，又为她专门写了一篇小说《薛大娘》，结末的时候称她是"一个彻底解放的，自由的人"。这又让人想起他的老师沈从文，同样也喜欢描写不压抑、不扭曲、自然健康的性爱。在他们看来，健全的性爱是自然人性不可或缺的部分。

对这种健康美丽人性的向往，促使汪曾祺改写了家乡那个流传甚广的故事：鹿井丹泉。使这个看似鄙俗的故事在他的笔下变得优美异常。宗教的信仰和禁锢，在自然健康的人欲面前，失去了意义。汪曾祺的神庙中，供奉的不是神性，而是人性。

不论是写"食"还是论"色"，汪曾祺在对人生两大欲望的书写中，传达出他对这纷扰人世的永无止境的热爱。在他回忆自己的童年时，提到放学回家的路上，他要经过一条大街和一条弯曲的巷子。他最喜欢的就是在这条路上东看西看。街道上的店铺、人物都让他感动，因为在其中有一种辛苦、笃实、轻甜、微苦的气息。

这种气息就是生活的气息。

这种气息，让汪曾祺感动了一生。

"好看的应该长远存在"

我们来看看汪曾祺在他生前唯一一部影像资料《梦故乡》里是怎么介绍自己的：

> 我是汪曾祺，江苏高邮人，一九二〇年生，今年七十三岁了。
>
> 我在抗日战争的时候，曾经在昆明的国立西南联合大学（简称西南联大）读过四年中国文学系。
>
> 解放以前，曾经当过中学教员，历史博物馆的职员。
>
> 解放以后，相当长的时期是作为文学刊物的编辑，曾经编过《北京文艺》《说说唱唱》《民间文学》。
>
> 近二十多年以来，我是在北京京剧院担任编剧。但是我的主要工作还是写短篇小说和散文。我的作品相当一部分是以我的家乡高邮作为背景的。

这几句话，简简单单地道尽了自己的生平，甚至某些创作特色。我们所能增补的，无非是"汪曾祺逝世于 1997 年"这几个字。

汪曾祺的小说，也不太像小说，说成散文，甚至散文诗也未尝不可——他没有很强的虚构能力，小说里的人物，大抵都有原型。很多人物，他在小说里写一遍，后来又在散文里写一遍，前后比较，区别也不大。他自己也说："散文诗和小说的分界处只有一道篱笆，并无墙壁。"(《〈晚饭花集〉自序》)人家问他对小说结构的看法,他说"随便"。老友林斤澜提抗议,他才加了个状语"苦心经营的随便"(《自报家门》,1988)。凡此种种,能把强调文体的语文老师气晕。

这人一生的创作,用一个字概括就是"散"。小说散文固是当行,京剧也写,文论也有,旧诗新诗对联也时常客串。在作家里,他的书画与烹饪也颇有名气,海内外都晓得。用梨园行话说,"文武昆乱不挡"。

文风也散,如1980年代的成名作《受戒》《大淖记事》,一开篇都是大段的风俗叙写与人物素描,主角在后台等得都快睡着了。所以这些篇什一出,几乎人人惊呼:"小说还可以这样写!"

> 我的小说的另一个特点是:散。这倒是有意为之。我不喜欢布局严谨的小说,主张信马由缰,为文无法。苏轼说:"大略如行云流水,初无定质,但常行于所当行,常止于所不可不止。文理自然,姿态横生"(《答谢民师书》);又说:"吾文如万斛泉源,不择地而出,在平地滔滔汩汩,虽一日千里无难。及其与山石曲折,随物赋形而不可知也"(《文说》)。虽不能至,心向往之。(《〈汪曾祺短篇小说选〉自序》,1981)

"这样写"还含有对题材、人物、情节的惊诧,现实主义叙事普遍追求"典型环境中的典型人物",汪曾祺这样的写法算什么呢?连他的老友杨毓珉,最初向人推荐《受戒》时,也是评价说"味道十分迷人,可是回头一寻思,又觉得毫无意义"。写小说写到"毫无意义",还能让人觉得"味道十分迷人",这是老汪独一份。

汪曾祺也知道自己不主流,不伟大。他有点儿愤愤不平,但又有点儿小心翼翼地为自己准备了辩护词："是谁规定过，解放前的生活不能反映呢？既然历史小说都可以写，为什么写写旧社会就不行呢？今天的人，对于今天的生活所过来的那个旧的生活，就不需要再认识认识吗？旧社会的悲哀和苦趣，以及旧社会也不是没有的欢乐，不能给今天的人一点什么吗？"他自己问自己：这篇小说像什么？然后又自答：有点像《边城》。(《关于〈受戒〉》，1981)

汪曾祺是沈从文的学生，这一点，师生二人都引以为傲。说汪曾祺千里迢迢去昆明报考西南联大，完全是奔着沈从文去的，未免稍嫌夸张，但必是一个重要的原因。

汪曾祺在西南联大四年，修了沈从文三门课，经沈从文之手修改、介绍发表的文字数以十篇计。三十年后重拾小说之笔，他记得沈先生说过的两句话："要贴到人物来写""千万不要冷嘲"。这话被汪曾祺视为"小说学的精髓"。我们从《汪曾祺全集》中随便扯出一篇来，找不见一点儿违反沈先生教诲的地方。

所以"散"也意味着"散淡"，不跟风，不领潮。1987年，汪曾祺的小说集《茱萸集》在台湾出版，他在题记中自个儿给自个儿下了结论：

> 我的小说在中国当代文学中可以视为"别裁伪体"。我年轻时有意"领异标新"。中年时曾说过："凡是别人那样写过的，我就绝不再那样写。"现在我老了，我已无意把自己的作品区别于别人的作品。我的作品倘与别人有什么不同，只是因为我不会写别人那样的作品。

也是 1987 年，他在美国回顾自己的创作历程时说：

> 我曾在一篇谈我的作品的小文中说过：我的作品不是，也不可能是中国当代文学的主流。我觉得这样说是合乎实际的，不是谦虚。"主流"是什么？我说不清楚，也不想说。我只是想：我悄悄地写，读者悄悄地看，就完了。我不想把自己搞得很响亮。这是真话。
>
> 我年轻时曾受过西方的、现代主义文学的影响。但是我已经六十七岁了。我经历过生活中的酸甜苦辣，春夏秋冬，我从云层回到地面。我现在的文学主张是：回到民族传统，回到现实主义。（《自序》）

"回到民族传统，回到现实主义"听上去很主流，不是吗？其实不然，在汪曾祺看来，热衷于"抒情"与"议论"是白话文盛行以来，写小说者的流行趋势，他觉得大多数"可有可无"。

——汪曾祺没说这个现象的物质原因，我帮汪曾祺补一句：因为现代印刷术太方便了，纸墨印刷，都不甚值钱，所以书可以印得很厚，话可以说得很长。汪曾祺逝后，文字发表阵地很大一部分转入网络，就更没关系了，两百万字起码。

总结起来，汪曾祺认为小说首重语言，"写小说就是写语言"，结构可以随便，但要点是"把一件平平淡淡的事说得很有情致"，作者的情怀，要放在叙事的字里行间，"用抒情的笔触叙事"。（《小说笔谈》）

他举过两个例子：

> 我写《徙》，原来是这样开头的：

"世界上曾经有过很多歌，都已经消失了。"

我出去散了一会步，改成了：

"很多歌消失了。"

我在《异秉》中写陈相公一天的生活，碾药就写"碾药"，裁纸就写"裁纸"，两个字就算一句。因为生活里叙述一件事就是这样叙述的。如果把句子写齐全了，就会成为："他生活里的另一个项目是碾药"，"他生活里的又一个项目是裁纸"，那多啰嗦！

汪曾祺认为，"牺牲了一些字，赢得的是文体的峻洁。短，才有风格。现代小说的风格，几乎就等于：短"（《说短——与友人书》，1982）。

这种对语言的极致追求，既是现代小说的风格，也是一种古典的美学追求，但不是古代白话小说的风格，白话小说脱胎于话本，本身就有拖沓冗长的叙事毛病。然而自唐宋之后，已经不用刀子往竹简上刻字了，但文人雅士，仍然辞尚古简，而且书画同源，以"留白"为美。汪曾祺擅长书画，这个道理他当然懂。

所以"散"的另一面是"通"。

打通古典与现代，打通"现代"与"当代"，打通雅言与俗语，打通小说与散文，以及书、画等其他艺术形式，更重要的是，创作理念上，打通"要有益于世道人心"与"使这个世界更加诗化"。汪曾祺可称当代文学中的一位难得的"通人"。

评论界对汪曾祺"最后一个士大夫"的称呼，其实是站在经历了断裂与单面化的 20 世纪 80 年代文学的立场上，惊异于对另一种美学传统的"发掘"。汪曾祺生长于那种美学传统的尾声，经过民国既关怀乡土嬗变又追蹑世界潮流的文学教育洗礼，再身历建国初对民间文化的发现与整理，正如汪曾祺自述"经历过生活中的酸甜苦辣，春夏秋冬，我从云层回到地面"，他自己也成了中国自晚明以来的近世文学传统送给二十世纪八九十年代文学的一份礼物。

我们今天回看汪曾祺的文字篇什，最抢眼的无疑是他的"名士气"，草木虫鱼，吃喝游乐，皆成文章，但更应该注目的，是他对语言的捶打锻造，对故土的恋恋情深，对市井小民"吃什么，想什么"的平视与关怀。少时作品里那些大胆的语言实验都消融无形，而人性的温暖的光辉却始终照耀着他的世界。文人味十足的书面语言掺入民间生动的口语，使得汪曾祺的语言以纯净、活泼的风格令人耳目一新。汪曾祺很推崇扬州先贤汪中的骈文，因为他"写得那样自然流畅，简直不让人感到是骈文"，这句话可以移用来评论汪曾祺自己的晚年文字，入而能出，方是自家面目。

汪曾祺对年轻人说过一段很恳切的话：

> 第一，不要"学"任何人。第二，不要学我。我希望青年作家在起步的时候写得新一点，怪一点，朦胧一点，荒诞一点，狂妄一点，不要过早地归于平淡。三四十岁就写得很淡，那，到我这样的年龄，怕就什么也没有了。(《七十书怀》，1990)

"鸳鸯绣出从教看，莫把金针度与人"，这段话便是汪曾祺的"金针"。汪曾祺的"文章淡淡"，是从年轻时的领异标新，中年时的体悟民间，一生的我行我素，含英咀华，融会贯通而来。有些青年作家起手便学汪曾祺，容易画虎不成反类犬。

铁凝在《相信生活，相信爱》中引一位评论家的话评价汪曾祺："在风行现代派的 20 世纪 80 年代，汪曾祺以其优美的文字和叙述唤起了年轻一代对母语的感情，唤起了他们对母语的重新热爱，唤起了他们对民族文化的热爱……他用非常中国化的文风征服了不同年龄、不同文化的人，因而又显出特别的'新潮'，让年轻的人重新树立了对汉语的信心。"

这一点，汪曾祺自己也有信心。

他回答过一个问题："沈先生三十年前写的小说，为什么今天还有蓬勃的生命呢？"

> 这个问题很不好回答。我想了几天，后来还是在沈先生的小说里找到了答案，那是《长河》里天天所说的：
>
> "好看的应该长远存在。"（《与友人谈沈从文》，1981）

一部《高邮传》，作者汪曾祺

汪曾祺很爱自己的家乡。

不去摘录那些直白的思乡文字，单说他 1982 年发表的剧本《擂鼓战金山》，第四场末韩世忠对着金兀术有一段唱词：

> 江水滔滔向东流，二分明月在扬州。
>
> 抽刀断得长江水，容君北上到高邮。
>
> 抽刀断不得长江水，难过瓜州古渡头……

第二句"二分明月在扬州"其实是有点凑数的，跟全场的气氛也不大合，倒是如果写"容君北上到扬州"，韵也对，气势也更妥帖：扬州、瓜州对举，都是自古的军事重镇。反过来，两宋之际，高邮一直在军、州、县之间切换，重要性摇摆不定。总之，我觉得汪曾祺这里有一点私心，故意在唱词里嵌入了自己的家乡。

高邮不仅是汪曾祺的生身故乡，也是他的精神故乡。有研究者指出过汪曾祺小说对地域文化的依赖：在上海住了一年多，有一篇，在张家口四年，有十篇，昆明七年，亦有十篇（加上新发现的佚作应该不止），北京三十四年，小说有十八篇。高邮，从出生到离开，十九年，他写高邮的小说有四十六篇。

汪曾祺笔下的高邮人物中，官职最高者大概是打死陈小手的团长、勒索八千岁的八舅太爷，哦，还有《皮凤三楦房子》里的奚县长与谭局长，而其余都是中下阶层的市民。

汪曾祺自己算是大户人家的小少爷，但他小说里对《徙》里面写到的浪荡子弟（仗势欺人的申潜、没出息的谈幼渔）深恶痛绝，他关注的大多是"善良的，有古风的自食其力的劳动者"，关注他们"吃什么和想什么"（"物质生活和精神生活"）（《卖蚯蚓的人》）。这让他的高邮小说常常被称为"浮世绘"与"风俗画卷"。

乍看起来这有些矛盾，但其实是一种文学传统。如鲁迅之于绍兴，沈从文之于凤凰与湘西，萧红之于呼兰与哈尔滨……一位作家成为一个城市的传记作者，笔触避开县志里热衷的行政区划、人口财税、达宦显贵、历任官长，却深入民间社会，描述市井百态、日常哀乐、风土人情、奇闻轶事。这是一种透肌浃肤的描述，它甚至能够将所写的城市抽象出来，变成一个"中国城镇"，同时钉入小说史与城市史。

往前追，这样的传记作者还有曹雪芹、蒲松龄、吴敬梓和兰陵笑笑生——史景迁的微观史学名著《王氏之死》便是用《聊斋志异》与《郯城县志》《费县志》等相参照，还原了清代山东的小人物生活。向后看，这类传记作者有陆文夫、王安忆、冯骥才、方方等等。

这些作者，大抵不是豪富之家，但也不是真正的底层出身，他们的家庭，基本属于"士绅阶层"。造就他们关注社会习惯与审视城市眼光的，恰恰是中国的士绅传统。

传统中国，士绅阶层掌控着县城以下社会的"公共领域"，学者把他们的角色分为三种类型：维持秩序的角色（组织防卫、民事仲裁、赈灾济贫），经济角色（引进外贸、修建水利、调控物价），文化角色

（主持祭祀、书院讲学、主导舆论）。士为四民之首，他们在各个方面扮演着人民代表的角色，他们秉持的主流价值观，是"民胞物与"的儒家精神。

举一个例子。汪曾祺在《故里杂记》里写一个地保兼更夫李三：

一进腊月，李三在打更时添了一个新项目，喊"小心火烛"：

岁尾年关，——小心火烛！——

火塘扑熄，——水缸上满！——

老头子老太太，铜炉子摆远些——！

屋上瓦响，莫疑猫狗，起来望望——！

岁尾年关，小心火烛……

店铺上了板，人家关了门，外面很黑，西北风鸣鸣地叫着，李三一个人，腰里别着一个白纸灯笼，大街小巷，拉长了声音，有板有眼，有腔有调地喊着，听起来有点凄惨。人们想到：一年又要过去了。又想：李三也不容易，怪难为他。

汪曾祺在这一段加了个注，说"清末邑人谈人格有《警火》诗即咏此事"，诗有小序，说是"送灶后里胥沿街鸣锣于黄昏时，呼'小心火烛'。岁除即叩户乞赏"。诗中云："铜钲入耳警黄昏，侧耳有语还重申：'缸注水，灶徙薪'，沿街一一呼之频，唇干舌燥诚苦辛，不谋而告君何人？"

汪曾祺说："从谈的诗中我们知道两件事。一是这种习俗原来由来已久，敲锣喊叫的正是李三这样的'里胥'。二是为什么在那样日子喊叫。原来是因为那时灶王爷上天去了，火烛没人管了。这实在是很有意思。不过，真实的原因还是岁暮风高，容易失火，与灶王的上天去汇报工作关系不大。"

谈人格的女儿是汪曾祺的祖母。我实在很怀疑汪曾祺是从外曾祖父的诗中得到灵感，才写出李三这么一个打更的角色——至少，谈人格的诗是一个重要的参证。其中更夫呼唤的语句，听到呼唤的"人们"的情感，都何其相似，几乎可以将《故里杂记》中这一段看作谈人格诗句的扩写与白话化。

然而，我更关注的是汪曾祺从谈人格诗里去除了什么，改写了什么——主要是"喊叫的原因"："烛双辉，香一炷，敬惟司命朝天去。云车风马未归来，连宵灯火谁持护？"谈人格记录这种警火之吁是"送灶"后里胥（地保）的加班工作，一旦除夕过后"回宫降吉祥"，这种"警火"就终止了，"烹羊酌醴欢除夕，司命归来醉一得。今宵无用更鸣钲，一笑敲门索酒值"。这种"警火"其实是带有宗教色彩的一种仪式。

谈人格这首《警火》，在《三续高邮州志·艺文志》中的原题是《岁暮结诗社于里中分咏风土得乐府五首》，这是一种"诗史"的写作，真实性可以保证。那么，在汪曾祺真实生活经历中，李三"警火"是因为什么？考虑到李三还是庙祝，住在土地祠，我倾向于他是如谈人格所写，传承清末的这种类似年节放鞭炮的习俗。那为什么汪曾祺要把这种习俗改成"一进腊月"的惯例呢？揣想，一是他受过现代教育，愿意探究习俗之后的实情；二是汪曾祺更看重的是李三喊声中的"有点凄惨"和"也不容易"。去除了习俗的限制，这一层况味就浮现得更明晰了。

汪曾祺对高邮水灾的记忆，与谈人格诗作中的记载，也几乎可以互相参证。汪曾祺在《我的家乡》(1991年) 中写道：

> 阴历七月，西风大作。店铺都预备了高挑灯笼……轮流值夜巡堤。告警锣声不绝。本来平静的水变得暴怒了。一个浪头翻上来，会把东堤石工的丈把长的青石掀起来……终于，我记得是七月十三 (可能记错) (按：1931年8月26日，阴历正是七月十三，汪曾祺一点儿没记错)，倒了口子……西堤四处，东堤六处。湖水涌入运河，运河水直灌堤东。顷刻之间，高邮成为泽国。

> 我们家住进了竺家巷一个茶馆的楼上 (同时搬到茶馆楼上的还有几家)，巷口外的东大街成了一条河，"河"里翻滚着箱箱柜柜，死猪死牛。"河"里行了船。会水的船家各处去救人 (很多人家爬在屋顶上、树上) ……水退了，很多人家的墙壁上留下了水印，高及屋檐。很奇怪，水印怎么擦洗也擦洗不掉。全县粮食几乎颗粒无收。我们这样的人家还不至挨饿，但是没有菜吃。老是吃蔬菇汤，很难吃。

而谈人格描述同治五年 (1866年) 夏运河堤决的《清水潭决纪事》写道：

> 危堤乍欲溃，惊走鸣鼓鞶。河弁诅弗闻，夜半贪安栖。涓涓不早塞，后悔乃噬脐。可怜千万村，浊浪迷高低。富家得船去，余劫归犬鸡。贫者不及迁，汩没如凫鹥。

谈人格一向认为决堤前后的灾祸，既有天灾，亦有官吏颟顸造成的人祸（参见《保坝谣》），因此他在诗末讽刺地写道："父老泣且跪，双膝沾涂泥。一纸张通衢，似欲慰灾黎。此灾天所为，胡用长号啼？"

少年汪曾祺自然还不会有这样的见识。但他对灾民的悲悯之情，与外曾祖父如出一辙。同时他印象最深的是父亲的作为："民国二十年发大水，大街成了河。我每天看见他蹚着齐胸的水出去，手里横执着一根很粗的竹篙，穿一身直罗褂，他出去，主要是办赈济。"他在《钓鱼的医生》里写王淡人冒着生命危险，把自己用铁链与几个船工系在一起，冒着生命危险，渡过激流，到一个被大水围困的孤村去为人治病，是父亲实际做过的事，只不过不是治病，而是去送赈灾的面饼。汪曾祺强调"这件事写进了地方上人送给我祖父的六十寿序里，我记得很清楚"（《我的父亲》, 1992）。

基于这样的童年经验与"实近儒家"的思想立场，汪曾祺在他的高邮小说里，很少写底层劳动者能得到政府与官吏的帮助与救济，而喜欢描写市民社会的互爱、互助，尤其是对情谊的看重。如《岁寒三友》中靳彝甫为帮助陶虎臣、王瘦吾不惜出售家藏田黄，《徙》里高北溟对恩师手稿的竭力保护，《鉴赏家》里叶三对季匋民画作的欣赏与守护，《八千岁》里众人做保救回了被勒索的八千岁。

《大淖记事》里最为解气的一幕是兴化锡匠们的"顶香请愿"，这一举动源自古老的自然法：民有沉冤，官不受理，被逼急了的百姓可以用香火把县大堂烧了。

而县政府也并没有因为《六法全书》中无此法条而强行驱散、镇压锡匠请愿，反而"县长邀请县里的绅商商议，一致认为这件事不能再不管。于是由商会会长出面，约请了有关的人"，通过会商把这件事了结。

即使是让许多故乡人不齿的"拉皮条"的薛大娘，汪曾祺也认为她能帮助别人与自己解决性饥渴，仍然是"积德"，笔下不吝赞美：

> 薛大娘身心都很健康。她的性格没有被扭曲、被压抑。舒舒展展，无拘无束。这是一个彻底解放的，自由的人。(《薛大娘》，1995)

在1980年代对汪曾祺的批评中，有一种说法是他"把旧社会描写得太美好了"。依照汪曾祺"使这个世界更加诗化"和"有益于世道人心"这两条写作原则，他完全可能有意识地过滤记忆，选择性地描写那些他认为美的、有益人心的故事，甚至是他想象中的人格与结局——"诗化"某种意义上也就是"文人化"，其根柢还是汪曾祺得之于家族长辈的心性。

汪曾祺生母杨氏的祖父杨福臻，光绪六年（1880年）进士，历官翰林院检讨、山东道监察御史、兵部给事中，曾因弹劾朝鲜战败的叶志超而得名。他写过一首诗《题张孝子传》，诗序里讲了这么一个故事：

高邮南村有一个叫张兆喜的木匠。他父亲得了绝症，不愿意拖累儿子，就打发他出门办事，自己跑到一家富户门前上吊自尽。旁人都怂恿张兆喜讦告那家富人，可得多少多少赔偿。"喜仰天叹曰：遭此大故，而又借亲骸以开诈索之门，天良何在？"自去买棺葬父，并无别话。

张兆喜的父亲跑去富户家上吊，可能是生前有仇，或许是希望儿子能借此得一笔钱。然而张兆喜遵义而行，非常高尚。杨福臻诗中赞曰："张孝子，足千古，不知黄金知有父……父命毕，儿心急，人言徒纷纭，孝子不愿仰天泣。父死儿生，儿罪孔多。父死儿利，儿罪谓何？"如果汪曾祺来写这个故事，他的立场应与杨福臻无异。穷人也应该有他们的尊严，亲情、自尊当置于利益之上，既不巧取豪夺，也不摇尾乞怜。这是中国传统士大夫坚持的价值观。而且，"礼失求诸野"，当士林虚伪横行之时，有良知的士人会将眼光投向底层社会的美好闪光。《儒林外史》颂扬"菜佣酒保都有六朝烟水气"，并以四位市井奇人作为《儒林外史》的结尾，吴敬梓何尝不是这种立场？

高邮底层民众不可能人人如张孝子，但正因张孝子难得，杨福臻才会专门为这个小人物题诗，这便是士绅担当的教化职责。汪曾祺在《使这个世界更诗化》中说："我认为作家的责任是给读者以喜悦，让读者感觉到活着是美的，有诗意的，生活是可欣赏的。这样他就会觉得自己也应该活得更好一些，更高尚一些，更优美一些，更有诗意一些。"这同样是某种文化责任的自觉承当。

也正因此，汪曾祺很难处理小说中新时代的社会矛盾与人际冲突。没了时间的屏隔，光写世间的美好，总会显得不太真实。像《寂寞与温暖》里的赵所长，《皮凤三楦房子》里的奚县长，都带有理想化的色彩，不期然让人想起赵树理《李有才板话》中的"老杨同志"（赵树理也是汪曾祺很佩服的人）。可是生活中的各种矛盾冲突，要指望领导来解决，这种思路与汪曾祺的创作观念、美学诉求都有点扞格不入，然而怎么办呢？高大头帮助了朱雨桥，自己檀了房子，但如果谭凌霄没被告倒，高大头照样随时会被穿上小鞋。

跟他笔下的人物一样，汪曾祺自己很不善于向领导"陈情"。他在北京三十多年，自 1958 年被划右派后，从来没有过自己的房子，都是在妻子或儿子分得的住房里当寄居蟹。他也被家人逼着写过一份请求分配住房的报告，被家人批为"毫无文采"，只有一句"我工作几十年，至今没有分到一寸房子"还过得去。

以汪曾祺对故乡高邮的热爱，他不免一边在北京的蜗居中写着高邮，一边向往着回乡住个两三年，好好观察、研究一下暌违四十多年的故乡。但是回乡住哪里呢？有一处分家后有房契的房产，每一次汪曾祺回乡，总会向当地委婉提出归还，甚至正式打过报告，但总是"我家的房子不知为什么总不给解决"（1988 年 10 月 17 日致陆建华信）。1993 年 5 月 30 日，汪曾祺给当时的高邮市长戎文凤写了一封信：

> 近闻高邮来人云，造纸厂因经济效益差，准备停产。归还我们的房屋，此其时矣。我们希望房管局落实政策，不要再另生枝节，将此房转租，另作他用。
>
> 曾祺老矣，犹冀有机会回乡，写一点有关家乡的作品，希望能有一枝之栖。区区愿望，竟如此难偿乎？

据说读到此信者无不动容。然而在汪曾祺剩下的四年光阴中，他仍然没能等来关于房产的佳音。

　　又是二十年过去。今年听说高邮已将汪氏故居腾出，正在策划以文游台与汪氏故居两处，开建汪曾祺纪念馆。当地文化部门领导专程来京，征询诸位专家意见，修建、布展策划书亦几易其稿。汪先生泉下有知，当感欣慰。这一份来自故乡的深情厚谊，若能早个二三十年，该有多好？"许我十年闲粥饭，未知留得几囊诗"，那样的话，汪曾祺这位《高邮传》的作者，还不定能留给我们多少新的章节哩。

20 世纪 80 年代各种情感的总和——《受戒》

受　戒

汪曾祺

明海出家已经四年了。

他是十三岁来的。

这个地方的地名有点怪，叫庵赵庄。赵，是因为庄上大都姓赵。叫做庄，可是人家住得很分散，这里两三家，那里两三家。一出门，远远可以看到，走起来得走一会，因为没有大路，都是弯弯曲曲的田埂。庵，是因为有一个庵。庵叫菩提庵，可是大家叫讹了，叫成荸荠庵。连庵里的和尚也这样叫。"宝刹何处？"——"荸荠庵。"庵本来是住尼姑的。"和尚庙"、"尼姑庵"嘛。可是荸荠庵住的是和尚。也许因为荸荠庵不大，大者为庙，小者为庵。

明海在家叫小明子。他是从小就确定要出家的。他的家乡不叫"出家"，叫"当和尚"。他的家乡出和尚。就象有的地方出劁猪的，有的地方出织席子的，有的地方出箍桶的，有的地方出弹棉花的，有的地方出画

匠，有的地方出婊子，他的家乡出和尚。人家弟兄多，就派一个出去当和尚。当和尚也要通过关系，也有帮。这地方的和尚有的走得很远。有到杭州灵隐寺的、上海静安寺的、镇江金山寺的、扬州天宁寺的。一般的就在本县的寺庙。明海家田少，老大、老二、老三，就足够种的了。他是老四。他七岁那年，他当和尚的舅舅回家，他爹、他娘就和舅舅商议，决定叫他当和尚。他当时在旁边，觉得这实在是在情在理，没有理由反对。当和尚有很多好处。一是可以吃现成饭。哪个庙里都是管饭的。二是可以攒钱。只要学会了放瑜伽焰口，拜梁皇忏，可以按例分到辛苦钱。积攒起来，将来还俗娶亲也可以，不想还俗，买几亩田也可以。当和尚也不容易，一要面如朗月，二要声如钟磬，三要聪明记性好。他舅舅给他相了相面，叫他前走几步，后走几步，又叫他喊了一声赶牛打场的号

· 41 ·

《受戒》，原刊于《北京文学》1980 年第 10 期

"十分迷人"又"毫无意义"

1980 年第 10 期的《北京文学》上，发表了一篇小说《受戒》，配的题图是一名小和尚在合十顶礼，背景又分为两块，左边一块是在荷叶丛中嬉笑的小姑娘，右边则是香火缭绕中的庄严佛像。

小说作者是汪曾祺，这是一个当时的读者感到很陌生的名字。

这是一篇后来主题被总括为"旧社会小和尚谈恋爱"的小说，甚至于英文《中国文学》选译这篇小说时，也将标题改译为《一个小和尚的恋爱故事》。这是几十年来中国文学未曾涉及的题材。

关于《受戒》的本事，汪曾祺的回忆是这样的：

> 读了高中二年级，日本人占领了江南，江北危急。我随祖父、父亲在离城稍远的一个村庄的小庵里避难。在庵里大概住了半年。我在《受戒》里写了和尚的生活。这篇作品引起注意，不少人问我当过和尚没有。我没有当过和尚。在这座小庵里我除了带了准备考大学的教科书，只带了两本书，一本《沈从文小说选》，一本屠格涅夫的《猎人日记》。说得夸张一点，可以说这两本书定了我的终身。这使我对文学形成比较稳定的兴趣，并且对我的风格产生深远的影响。我父亲也看了沈从文的小说，说："小说也是可以这样写的？"我的小说也有人说是不像小说，其来有自。(《自报家门》，1988)

> 《受戒》所写的荸荠庵是有的，仁山、仁海、仁渡是有的（他

们的法名是我给他们另起的），他们打牌、杀猪，都是有的，唯独
小和尚明海却没有。大英子、小英子是有的。大英子还在我家带
过我的弟弟。没有小和尚，则小英子和明海的恋爱当然是我编出
来的。小和尚那种朦朦胧胧的爱，是我自己初恋的感情。(《〈菰蒲
深处〉自序》，1992）

　　《受戒》的责任编辑李清泉回忆说，初次知道《受戒》，是听一位
京剧团的老杨同志说,他最近读了一位朋友写的小说,"味道十分迷人,
可是回头一寻思，又觉得毫无意义"。
　　李清泉说的"老杨同志"是杨毓珉，他是汪曾祺西南联大时
的同学，汪曾祺"摘帽"（摘去"右派"帽子）后，能从张家口调
回北京，到北京京剧团工作，杨毓珉也是主要推荐者。两人曾通力
合作，将沪剧《芦荡火种》改编为现代京剧《沙家浜》。因此，汪
曾祺写出《受戒》之后，曾在京剧团给少数人看过初稿。据汪曾
祺儿女回忆：

　　《受戒》写成后，爸爸没有想找地方发表，只是在剧团少数人
中传看。把想写的东西写出来，爸爸已经很满足。杨毓珉、梁清濂
都看过。梁清濂回忆说，一天爸爸找到她说："给你看个东西。"这
个东西就是《受戒》。看过之后，她才知道小说原来可以这样写的，
很激动。但是看过之后又想，这样的小说能够发表吗？给杨毓珉看，
也很激动，觉得写得很美，但也认为没地方发表。这其实不奇怪，
这样的作品解放几十年都没有一篇，谁能相信如今可以发表？(《老

杨毓珉在代表北京京剧团到文联开会汇报工作时，提到了汪曾祺写的《受戒》，引起了《北京文艺》编辑李清泉的兴趣。此时正值《北京文艺》即将改名为《北京文学》，1980 年第 10 期，是改名后的第一期，已拟定为"小说专号"。身边出现了这么一篇"味道十分迷人"的小说，李清泉当然不肯放过。

不过，即使李清泉知道了《受戒》这篇小说，想看到稿子，也费了一番功夫。李清泉先向杨毓珉讨要，但杨毓珉等人的说法是"这个东西不能发表，送不出去，不能让它流入社会"，李清泉问"传给我看看行不行"，回答是"不行，这可不行，不往外传"。不发表，只是看看，行不行？答复还是说不行。李清泉没办法，只好直接给汪曾祺写个条儿，大意是听说你写了什么作品，你给我看看好不好？

汪曾祺当天就请人将稿子送给了李清泉，但附上一纸短简，说："发表它是要胆量的。"李清泉"正面看，反面看，斜侧着看，倒过来看，怎么也产生不出政治联想，看不出政治冒犯"，不过，李清泉明白作者的担心源自何处，那便是对于"左"的演绎法的恐惧。但李清泉最终是横下了一条心："产生这种情况的条件，虽不能说完全消失，却也消失了不少，它不仅不该再有，也不很可能再有，万一再有自然又是一场大灾难，又何惜一身。"（《关于〈受戒〉种种》，1987）

汪曾祺为什么写《受戒》

汪曾祺在《关于〈受戒〉》里回忆，写《受戒》的动因有三点：一是他重写了三十二年前的旧作《异秉》，感到自己的情感、认知，跟早年的有所变化，沉淀在心中的"旧梦"，似乎可以用"一个八十年代的人的感情来写"；二是比较集中、系统地重读了老师沈从文的小说，沈从文笔下的农村少女形象，推动着他去写出一个自己的"翠翠"；三是外部环境的变化——"百花齐放的气候的感召"，这是至关重要的一点，说起来汪曾祺甚至有些激动："试想一想：不用说十年浩劫，就是'十七年'，我会写出这样一篇东西么？写出了，会有地方发表么？发表了，会有人没有顾虑地表示他喜欢这篇作品么？都不可能的。"

汪曾祺强调，写《受戒》是一种"感情需要"：

> 我写《受戒》的冲动是很偶然的，有天早晨，我忽然想起这篇作品中所表现的那段生活。这段生活当然不是我的生活。不少同志问我，你是不是当过和尚？我没有当过和尚。不过我曾在和尚庙里住过半年多。作品中那几个和尚的生活不是我造出来的。作品中姓赵的那一家，在实际生活中确实有那么一家。这家人给我的印象很深。当时我的年龄正是作品中小和尚的那个年龄。我感到作品中小英子那个农村女孩子情绪的发育是正常的、健康的，感情没有被扭曲。这种生活，这种生活样式，在当时是美好的，因此我想把它写出来。想起来了，我就写了。写之前，我跟个别同志谈过，他们感

到很奇怪：你为什么要写这个作品？写它有什么意义？再说到哪里去发表呢？我说，我要写，写了自己玩；我要把它写得很健康，很美，很有诗意。这就叫美学感情的需要吧。创作应该有这种感情需要。（《美学感情的需要和社会效果》，1983）

除了回顾旧作与重读沈从文，从1979年到1980年，汪曾祺身历目睹的一些事，成了他写《受戒》的动因。

"文革"结束之后，汪曾祺因为有参加写作《沙家浜》的经历，被要求"说清楚"，这一段时间没有被分配工作，过了一段悠闲日子。1979年，汪曾祺被划右派前工作的单位中国民间文艺研究会做出了给汪曾祺"平反"的结论，当汪曾祺向经办专案的人员表示感谢时，对方回答："别说这些了吧！二十年了！"

也是在1979年，《人民文学》编辑王扶经过多方打听，找到汪曾祺住址，登门约稿。汪曾祺十分意外，又感到激动，为《人民文学》创作了小说《骑兵列传》，发表于1979年第11期。这是他"复出"后发表的第一篇小说。《新观察》也于1980年第2期发表了小说《黄油烙饼》。

1979年，《重放的鲜花》由上海文艺出版社出版，选编了1976年之前被宣判为"毒草"的作品20篇。这一年年底，沈从文出现在中国文联第四次代表大会会场。1980年，国内开始重新出版沈从文的文学作品，《边城》《沈从文散文选》《沈从文小说选》《从文自传》相继面世。沈从文张兆和夫妇亦于本年访美。全国文艺氛围松动明显，7月26日，《人民日报》发表社论《文艺为人民服务，为社会主义服务》，用"文艺为人民服务，为社会主义服务"的口号取代了"文艺为政治服务"的文艺方针。

1980 年的春天，汪曾祺在重读沈从文作品，准备为老师的作品选写一篇后记，同时，他迎来了分别数十年的大姐汪巧纹。姐弟俩畅谈高邮往事，引发了汪曾祺的"思乡病"。儿女说，那段时间，常常见他"发愣"。

《受戒》就是在这样的氛围下，花了两个上午写成的。后来汪曾祺对于写作《受戒》，有一段总括：

> 我干了十年样板戏，实在干不下去了。不是有了什么觉悟，而是无米之炊，巧妇难为。没有生活，写不出来，这是最简单不过的事。样板戏实在是把中国文学带上了一条绝径。从某一方面说，这也是好事。十年浩劫，使很多人对一系列问题不得不进行比较彻底的反思，包括四十多年来文学的得失。"四人帮"倒台后，我真是松了一口气。我可以按照自己的方法写作了。我可以不说假话，我怎么想的，就怎么写。《异秉》《受戒》《大淖记事》等几篇东西就是在摆脱长期的捆绑的情况下写出来的。从这几篇小说里可以感觉出我的鸢飞鱼跃似的快乐。（《认识到的和没有认识的自己》，1988）

"愁云密布的文学天空"中的一抹亮色

"欢乐"似乎确是汪曾祺赋予《受戒》的"意义"，他说："我的作品的内在的情绪是欢乐的。我们有过各种创伤，但是我们今天应该快乐。一个作家，有责任给予人们一分快乐，尤其是今天。"黄子平对此的描述是："悲愤哀伤惶惑、'愁云密布'的文学天空中蓦地出现了一抹'亮色'，却不是主张'走出伤痕'（其实是'粉饰伤痕'）的批判家们所希望的那种'亮色'。"（《汪曾祺的意义》,1989）不能不说，《受戒》不仅是对新时期之前的共和国文学"不谈爱情""政治挂帅""主题先行"的反叛，同时也构成对同时期方兴未艾的"伤痕文学""反思文学"的反拨。

汪曾祺强调，"我的作品是健康的，是引人向上的，是可以增加人对于生活的信心的"，无外乎是希望读者借助小说的精神力量，走出咀嚼苦难与悲情的迷思，平复过于哀伤的人心。汪曾祺在接受陆建华采访时，对《受戒》的自我阐释是："我在动手写《受戒》时，就下决心尽可能把它写得美，写得健康，写得富有诗意！为什么要这样？是有感于当前一些青年人在爱情上的庸俗化、轻率、不忠贞，以及让爱情屈从于金钱的种种不健康思想及表现。若问《受戒》的主题思想，可以借用孔夫子对《诗经》的评价，一言以蔽之：思无邪。在《受戒》以后写的《大淖记事》，重申了这一主题，这两篇小说互为姊妹篇。"（《魂萦梦绕故乡情——访作家汪曾祺》,1982）

关于《受戒》发表后的影响，责任编辑李清泉的评价是："《受戒》的出生是炫人眼目的，同行相见是喜形于色的，对于改变文学创作的生态环境是起积极作用的。"这个说法，有不少的评论文章为证，比如：《北京文学》1980年第12期发表了张同吾的评论《写吧，为了心灵——读短篇小说〈受戒〉》;《北京日报》1980年12月11日发表梁清濂《这样的小说需要吗？——读〈受戒〉有感》；12 月 12 日，《文艺报》刊发唐挚（唐达成）的评论《赞〈受戒〉》，唐达成时任《文艺报》编辑部主任，后来任中国作协党组书记，他在文章中盛赞《受戒》——"作者纵横恣肆的笔，剥去了神的冷漠的庄严妙相，还给我们一个人的、温暖的情趣世界""这样一篇洋溢着诗情的作品的威力，绝不下于一篇宣扬无神论的檄文"。

《受戒》最终获得了 1980 年《北京文学》短篇小说奖。后来有人总结 20 世纪 70 年代末 80 年代初北京出现的一批引人关注的爱情小说，包括刘心武的《爱情的位置》、张洁的《爱，是不能忘记的》和汪曾祺的《受戒》，并评论说：刘是"提出爱情的问题"，张"写爱情的现实"，《受戒》则"写爱情的永恒"。"刘心武敏感，捷足先登；张洁写苦涩，这女人恶；汪曾祺写欢乐，姜是老的辣"。（许谋清《我感觉到的汪曾祺》，1993）

对《受戒》的赞誉与肯定，大多数方向与汪曾祺的自我阐述相近，而且是努力要在其中读出"人民性""反封建"的意义，诸如："作者满怀敬意地开掘出普通劳动者身上的内在的性格力量和精神美，同时他也对劳动人民在旧社会身受的重重苦难表示深深的同情"（陆建华《动人的风俗画》，1981）；"作者为两个小恋人选择受戒与庙宇这样的时间和空间，尤其具有诙谐的机智，无疑是对神的嘲弄，对人的自然情感与生活权利的肯定"（季红真《传统的生活与文化铸造的性格》，1983）；"《受戒》中小和尚与村姑的爱情故事，是对禁锢人性的宗教的嘲弄，还是借描写半僧半俗的生活，表示对那种略带原始韵味的人情美的热衷呢？或借此反衬城市那种物欲横流的丑恶世界？"（周荷初《汪曾祺小说的美学评析》，1988）

而对《受戒》的批判，则集中于"不真实""没有教育作用"等评判。如"很难想象，在神权施威的旧中国，一个佛教徒可以无所顾忌，无所羁绊地和一个农村姑娘自由恋爱""小说根本回避了有戒律存在的客观现实，因而实际上起着粉饰美化佛门生活的作用"（国东《莫名其妙的捧场——读〈受戒〉的某些评论有感》，1981），又如"小说冷落了'作为社会关系的总和'的人，自然就是对人的社会特征、社会意义的冷落，这样的小说，势必要出现我在前面论及过的功能系统的失调，亦即认识作用和教育功能的短缺"（马风《从文学社会学角度看汪曾祺小说》，1989）。

"为什么写写旧社会就不行呢"

1987 年，汪曾祺赴美参加国际写作计划，道经香港时，接受了香港作家施叔青长达八个小时的访问。

施叔青重点问了《受戒》，问到明海与小英子的爱情，她说："你这样写出，人家不会以为你在侮辱工农兵的形象？性开放的现象，在你的小说里，只限于劳动阶层，对知识分子从不触及，为什么？"

汪曾祺给施叔青讲了一个故事（这个故事，他后来在爱荷华又更详细地讲过）：

> 一位公社书记曾对我说：有一天，他要主持一个会，收拾一下会场。发现会议桌的塑料台布上有一些用圆珠笔写的字。昨天开过大队书记的会。这些字迹是两位大队书记写的。他们对面坐着，一

人写一句。这位公社书记细看了一下，原来这两位大队书记写的是我的小说《受戒》里明海和小英子的对话。他们能一字不差地默写出来。(《自序》，1987)

汪曾祺讲完此事，还说："读书人表面上清规戒律，没乡下人健康，其实他们暧昧关系还是很多。我写《受戒》，主要想说明人是不能受压抑的，反而应当发掘人身上美的诗意的东西，肯定人的价值，我写了人性的解放。"(《作为抒情诗的散文化小说——与大陆作家对谈之四》，1988)

1980年，正好六十岁的汪曾祺打算写这么一篇"一直想写写在这小庵里所见到的生活，一直没有写"的小说时，他心里确实有着反复的犹豫、挣扎与自我辩论。作为一名1940年代就崭露头角的作家，汪曾祺久经风霜，"中国的各种运动，我是全经历过的"，知道他的写作冲动会触碰哪些禁区，他为自己准备了辩护词："是谁规定过，解放前的生活不能反映呢？既然历史小说都可以写，为什么写写旧社会就不行呢？今天的人，对于今天的生活所过来的那个旧生活，就不需要再认识认识吗？旧社会的悲哀和苦趣，以及旧社会也不是没有的欢乐，不能给今天的人一点什么吗？"他与朋友谈起过小说的大体构思，并进一步为自己辩护：

　　"你为什么要写这样一篇东西呢？"当时我没有回答，只是带着一点激动说："我要写！我一定要把它写得很美，很健康，很有诗意！"写成后，我说："我写的是美，是健康的人性。"美，人性，是任何时候都需要的。

读者的感受也证明了这一点。据陆建华的调查，群众对这篇小说的感受是"文章写得像，也写得美，读了使人欢喜，给人添劲长志"。为什么四十三年前的僧俗生活，会给八十年代的一般读者这样的感受？

比如，让公社干部们如是喜欢的"小英子跟和尚的对话"在《受戒》中共有五处。第一处是两人初见，明海初来乍到，满怀羞涩，小英子却极为主动："明子！我叫小英子！我们是邻居。我家挨着荸荠庵。——给你！"第二处，小英子向明海打听受戒是怎么回事，结尾是："我划船送你去。""好！"第三处，小英子去看望正"散戒"的明海，问他疼不疼，哪时回去，结尾仍是："我来接你！""好！"第四处，小英子与明海在路上讨论善因寺的见闻，明海说他有可能被选做沙弥尾。小英子心中有了思量，"划了一气"，于是过渡到了第五段，也是最关键的一段对话：

> "你不要当方丈！"
>
> "好，不当。"
>
> "你也不要当沙弥尾！"
>
> "好，不当。"
>
>
> "我给你当老婆，你要不要？"
>
> "你说话呀！"
>
> "嗯。"
>
> "什么叫'嗯'呀！要不要，要不要？"
>
> "要！"

"你喊什么！"

　　"要——！"

　　"快点划！"

　　人们心照不宣地记诵、默写着这些语句，觉得它们"美""有劲"。在批评家眼里，这是"风俗画"的展现，是"小说散文化"带来的别致，是"诗意语言"制造的传神意境，是"现代抒情小说传统"的延续。

　　不过，上述这些，还不能说是《受戒》对读者的全部吸引力所在。

"中国人的各种感情的一个总和"

　　汪曾祺后来有一个颇富趣味的说法："《受戒》的产生，是我这样一个八十年代的中国人的各种感情的一个总和。"

　　从《受戒》到《大淖记事》，批评家不断追问汪曾祺，也不断追问自身的一个问题是：小说中的"性开放"是真实存在的吗？这种现象值得肯定吗？连对汪曾祺小说充分肯定的评论者也不免要在赞美之余，提出自己的疑惑："但作者的态度终究太过客观，这可能使一些鉴别力不高的读者，良莠不分。个别细节描写，如巧云对刘号长勉为其难，也损害到作品的审美价值。"（凌宇《是诗？是画？》，1981）《受戒》虽然没有《大淖记事》那么直接地涉及性，但也颇有人从中读出了性爱的意味："题目是'受戒'，主题却是'破戒'；写的是佛门，歌颂的是尘世。写尘世之美又写得彻底：不仅有和尚娶亲、赌钱、杀猪、吃酒以及农家乐等场面事件，而小说结尾小和尚明子竟在刚受完'戒'和小英子划船回家的水路上，两人就盘算了如何叛佛叛俗，将船划进密密的芦花荡里去了……这一大胆别致的情节，使小说对充满虚伪的神的世界的否定达到十分精彩的境地。"（汪家明《此中有真意欲辨已忘言》，1987）

《受戒》中潜在的性书写并不稀见，如让明海"傻了"的小英子的光脚印："五个小小的趾头，脚掌平平的，脚跟细细的，脚弓部分缺了一块"，明海"身上有一种从来没有过的感觉，他觉得心里痒痒的。这一串美丽的脚印把小和尚的心搞乱了"——这并不是小和尚单方面的绮思，小英子在干活时"老是故意用自己的光脚去踩明子的脚"。还有论者指出，《受戒》的结尾，那段绝妙的写景也是写的性，是性成熟的状态"（李国涛《汪曾祺小说文体描述》，1987）：

> 芦花才吐新穗。紫灰色的芦穗，发着银光，软软的，滑溜溜的，像一串丝线。有的地方结了蒲棒，通红的，像一枝一枝小蜡烛。青浮萍，紫浮萍。……

这些青春性心理的描写与隐喻，十分到位且隐蔽，而且恰如其分地融化在通篇的诗化语言与风俗描画之中。后者无疑给予前者一种保护色，让读者可以在对小英子与明海纯真爱情的同情与赞美之中，获得一种犯忌的快感与性审美的释放——事实上，小说开篇慢慢铺叙菩提庵的诸僧生活，以及大英子对嫁妆的精心准备，还有明海初到此地，对市井生活感到目眩神迷，都围绕着一个主题："和尚也有七情六欲。"

《受戒》全篇情节，并无对抗性的矛盾，对抗性出现在作品之外："和尚"身份与世俗生活的并置，给当时读者心理上造成的冲击。其中蕴含的反抗性禁忌的意味，是《受戒》面世后迅速走红的重要因素。这一点，就是批评者也看得清楚：

> 生活里有爱情，文艺作品应该给爱情留有一定的位置，这是理所应当的。但是我们反对滥写爱情，把爱情当作商品的标签；更反对笼统地把性爱当作至高无上的美德，加以颂扬。（国东《莫名其妙的捧场》，1981）

不过，即使是批评汪曾祺"轻浅""缺乏社会性"的论者，也认同"真正使新时期小说步入新的历史门槛的，应该是手里擎着《受戒》的汪曾祺"，因为同时期的《班主任》《爱，是不能忘记的》，究其实，不过是"十七年小说"的仿制品，观念的变化并不意味着写作模式的根本改革。但"'十七年'小说最热衷、最强调也最不容动摇的诸如主题的功利性，题材的重大性，人物的典型性，格调的时代性，如此这般的创作原则和规范，在《受戒》这里，竟被汪曾祺来了一个彻底的逆反和颠倒而成为'非功利性的主题，非重大性的题材，非典型性的人物，非时代性的格调'"（马风《汪曾祺与新时期小说——一次文学史视角的考察》，1995）。这无异于对新时期小说家进行的一次小说观念的"受戒"，随后兴起的"寻根"浪潮、先锋小说、地域写作，似乎都能从汪曾祺那里寻到源头。

汪曾祺自己，也将《受戒》看作某种时代的产物。他后来说："我的女儿曾经问我："你还能写出一篇《受戒》吗？"我说："写不出来了。"一个人写出某一篇作品，是外在的、内在的各种原因造成的。"

（《〈汪曾祺自选集〉自序》，1986）

　　对《受戒》这篇小说的疑虑、喜爱与批评，正不妨可以看作八十年代初中国社会"各种感情的总和"。

最像故事的故事——《大淖记事》

大淖记事

汪曾祺

一

这地方的地名很奇怪，叫做大淖。全县没有几个人认得这个淖字。县境之内，也再没有别的叫做什么淖的地方。据说这是蒙古话。那么这地名大概是元朝留下的。元朝以前这地方有没有，叫做什么，就无从查考了。

淖，是一片大水。说是湖泊，似乎还不够，比一个池塘可要大得多，春夏水盛时，是颇为浩淼的。这是两条水道的河源。淖中央有一条狭长的沙洲。沙洲上长满茅草和芦荻。春初水暖，沙洲上冒出很多紫红色的芦芽和灰绿色的蒌蒿①，很快就是一片翠绿了。夏天，茅草、芦荻都吐出雪白的丝穗，在微风中不住地点头。秋天，全都枯黄了，就被人割去，加到自己的屋顶上去了。冬天，下雪，这里总比别处先白。化雪的时候，也比别处化得慢。河水解冻了，发绿了，沙洲上的残雪还亮晶晶地堆积着。这条沙洲正好是两条河水的分界处。从淖里坐船沿沙洲西面北行，可以看到高阜上的几家炕房。绿柳丛中，露出雪白的粉墙，黑漆大书四个字："鸡鸭炕房"，非常显眼。炕房门外，照例都有一块小小土坪，有几个人坐在树桩上负暄闲谈。不时有人从门里挑出一副很大的扁圆的竹笼，笼口络着绳网，里面是松花黄色的

毛茸茸，挨挨挤挤，嗷嗷乱叫的小鸡小鸭。由沙洲往东，要经过一座浆坊。浆是浆衣服用的。这里的人，衣服被里洗过后，都要浆一浆。浆过的衣服，穿在身上沙沙作响。浆是芡粒水磨，加一点明矾，澄去水分，晒干而成。这东西是不值什么钱的。一大盆衣被，只要到杂货店花两三个铜板，买一小块，用热水冲开，就足够用了。但是全县浆粉都由这家供应（这东西是家家用得着的），所以规模也不算小。浆坊有四五个师傅忙碌着。踉着两头毛驴，轮流上磨。浆坊门外，有一片平场。太阳好的时候，每天晒着浆块，白得叫人眼睛都睁不开。炕房、浆坊附近还有几家买卖荸荠、茨菇、菱角、鲜藕的鲜货行，集散鱼蟹的鱼行和收购青草的草行。过了炕房和浆坊，轮流上磨。牛棚水车，人家的墙上贴着晒干成黄色的牛屎粑粑。——牛粪和水，拍成饼状，直径半尺，堆在地头在墙上晾干，作燃料，已经完全是农村的景色了。由大淖北去，可至北乡各村。东去可至一沟、二沟、三垛、樊川、界首，直达邻县兴化。

大淖的南岸，有一座漆成绿色的木板房，房顶、地面，都是木板的。这原是一个轮船公司。靠外手是候船的休息室。往里去，临水，就是码头。原来曾有一只小轮船，往来本城和兴化，隔日一班，单日开走，双日返回。小轮船擦得花花绿绿的，飘着万国

《大淖记事》大概是汪曾祺小说中，最像故事的故事：情节线索清晰，人物形象鲜明，有高潮有起伏。

汪曾祺其实不大喜欢写这样的小说，他在《小说的散文化》中说，严格意义上的小说像山，而散文化的小说像水，譬如沈从文的《长河》，"它没有大起大落，大开大阖，没有强烈的戏剧性，没有高峰，没有悬念，只是平平静静，慢慢地向前流着，就像这部小说所写的流水一样"。这样的小说在国外有屠格涅夫、都德、契诃夫、阿索林、萨洛扬等人的作品，在现代中国有鲁迅的《社戏》、萧红的《呼兰河传》和废名的《竹林的故事》，当然还包括汪曾祺自己。

在《大淖记事》之前的《受戒》，就是标准的散文化小说，林斤澜在为1980年《〈北京文学〉小说选》作序时提到，他曾听汪曾祺说，《受戒》里的生活片段，看起来是散着的。那么《受戒》之后的《大淖记事》，叙事风格上为什么又从"像水的小说"朝着"像山的小说"转变了一点点？

《受戒》在1980年代初的文坛是"异类"，是"异类"自然也会有批评。汪曾祺在《道是无情却有情》中，提到有人问起关于《受戒》争议的情况。他说自己没有听到什么争议，只有《作品与争鸣》上发表过国东的一篇《莫名其妙的捧场》。同时，他强调这种批评不算"争议"，带"争议"的作品是有"倾向性"问题的，《受戒》显然不属于此。

汪曾祺对"争议""倾向性"这些词的敏感，意味着他在20世纪80年代初的写作，多少是带有"冒险"的成分在的。也许正是这种敏感，影响到《受戒》之后的《大淖记事》，在写作手法和主题设置上，都向着"主流的"现实主义文学传统，靠拢了一点点，也就有了汪曾祺笔下最故事化的小说《大淖记事》。

"大淖"这地方

大淖是汪曾祺再熟悉不过的地方。"我小时候，从早到晚，一天没有看见河水的日子，几乎没有。我上小学，倘不走东大街而走后街，是沿河走的。上初中，如果不从城里走，走东门外，则是沿着护城河。出我家所在的巷子南头，是越塘。出巷北，往东不远，就是大淖。"（《我的家乡》，1991）大淖因此也就成为汪曾祺文学创作中的一个著名的空间。

事实上，"大淖"之"正名"也得归功于汪曾祺。"淖"字当地人一直只知其读音而不知其字形，很多人无奈之下只能写作"大脑"。汪曾祺自己最早在小说中提到此地，是1947年的《鸡鸭名家》，写作"大溏"。1958年汪曾祺被划为右派，下放到张家口劳动改造。发现"坝上把大大小小的一片水都叫做'淖儿'。这是蒙古话。坝上蒙古人多，很多地名都是蒙古话。后来到内蒙走过不少叫做'淖儿'的地方，越发证实了我的发现"（《〈大淖记事〉是怎样写出来的》，1982）。而据高邮人姚维儒推测，这个"淖"字也许还与"涝"字有关，高邮是洼地，大淖更是洼中之洼，发生涝灾是常态，久而久之，"大涝"就以讹传讹地成了"大淖"。大淖和大涝，两种说法异曲同工，都能表明这地方的特色便是和水有关。《大淖记事》的故事也因此"水气泱泱"，带上了鲜明的地域色彩。

虽然《大淖记事》在汪曾祺的小说中，是最像故事的一篇，但汪曾祺讲故事的方式，还是很特别的。小说一共六节，前三节都讲"地方"，第四节中主要人物才姗姗来迟地登场。这种结构方式引起过不少争议。对这篇小说的结构，有两种不同的意见。一种以为前面（不是直接写人物的部分）写得太多，有比例失重之感；另一种认为这恰是这篇小说的特点。

汪曾祺自己谈小说结构时，常以《大淖记事》为例。他在《〈大淖记事〉是怎样写出来的》中郑重声明：这种布局是他刻意为之的结果。因为对于小说的故事和人物而言，这里对环境的铺垫和描写相当重要，"只有在这样的环境里，才有可能出现这样的人和事"。

《大淖记事》这样的写法，在汪曾祺的老师沈从文那里也不少见，研究者吴福辉谈沈从文的《丈夫》，便指出《丈夫》的开头，用了两千多字来进入故事，全是背景交代，像是说书人的楔子。这种故事主干之外的静态描写，不好学，可是汪曾祺就能运用自如，他的很多小说中，都有大段的环境描写，比如《戴车匠》的开头，关于草巷口街景的细致刻画，与沈从文《边城》中的"河街"描写，味道何其相似。这种写法的好处，汪曾祺在谈沈从文的创作经验"贴到人物写"时便已指出：写景处即是写人。环境为人物提供生活的背景和空间，环境和人贴合，人才能真正活起来。不写明白"大淖"是个什么地方，底下的故事就没法讲下去。

汪曾祺写大淖，写得相当细致。颜色、声音、气味一一写到。这也是沈从文的创作经验，汪曾祺说沈从文就擅长写细节，"对于颜色、声音、气味的敏感，是一个画家，一个诗人必需具备的条件。这种敏感是要从小培养的。沈先生在给我们上课时就说过：要训练自己的感觉。学生之中有人学会一点感觉，从沈先生的谈吐里，从他的书里。沈先生说他从小就爱到处看，到处听，还到处嗅闻。'我的心总得为一种新鲜声音，新鲜气味而跳。'一本《从文自传》就是一些声音、颜色、气味的记录"（《与友人谈沈从文》，1981）。汪曾祺特别佩服沈从文对于细节的敏感，比如沈从文会写"菌子的气味""甲虫的气味"，汪曾祺说他还没见过哪个作家写到了甲虫的气味。"大淖"写得细致处，也注意到这里特殊的气味，汪曾祺写薄暮时分，大淖人家低矮的屋檐下飘出"带点甜味而又呛人的炊烟"，这是半干不湿的柴草烧出来的味道。炊烟在呛人之外，还带点甜味，这大概也是别的作家不曾注意到的。颜色就更加丰富了，沈从文的《边城》中写吃食的颜色："小饭店门前长案上常有煎得焦黄的鲤鱼豆腐，身上装饰了红辣椒丝，卧在浅口钵头里，钵旁大竹筒中插着大把朱红筷子……"汪曾祺赞为"这是多么热烈的颜色"！《大淖记事》写水边人的晚饭，"捧着一个蓝花大海碗，碗里是骨堆堆的一碗紫红紫红的米饭，一边堆着青菜小鱼、臭豆腐、腌辣椒……"同样极为"热烈"；更何况大淖这里还有"一二十个姑娘媳妇，挑着一担担紫红的荸荠、碧绿的菱角、雪白的连枝藕，走成一长串"。至于声音，大淖有远处"朦朦胧胧的市声"，锡匠们唱"小开口"的声音，还有野孩子撒尿的哗哗声。总之，这里的颜色、声音、气味和街里都不一样，自然，这里的生活、风俗和这里的人与街里的也不一样了。

从风景写到"风俗"，这又是汪曾祺的强项。现代作家写地方风俗的传统，自乡土小说诞生之日起便已开始。写风俗，对增加小说的乡土气息、生活气息与地域特色，无疑都是有帮助的。汪曾祺说鲁迅的《朝花夕拾》里，每篇都有罗汉豆的清香；沈从文的《边城》中，端午赛龙舟的风俗也为小说增色不少。说到底，风土与人情，原就密不可分。当然，风俗之用不仅在此。汪曾祺喜读风俗类杂书如《荆楚岁时记》《一岁货声》《东京梦华录》之类。一方面，这类书让汪曾祺对历史的细节有真实的认知；另一方面，这些书也具有极强的审美功能，所以他说"风俗是一个民族集体创作的生活的抒情诗"（《〈大淖记事〉是怎样写出来的》, 1982）。《大淖记事》中的风俗书写，极有"地方特色"。比如锡匠们唱的地方小戏"小开口"，唱腔本是萨满教的巫师请神用的调子，所以也叫"香火戏"，这么有历史感的戏种，出现在锡匠这一保留了中世纪行帮色彩的群体中，就不显得突兀。挑夫们的生活要更简单粗糙一些，所以他们的年俗只能是"赌钱"，只是赌法比较特别，是打钱和滚钱，属于"古老的博法"。从娱乐上看，就可知大淖这个地方是古风犹存的。最特别的当然还是女人的生活习俗，这里的姑娘媳妇也能挑，且专挑鲜货。她们的发型、衣饰、走相、坐相都是极具辨识度的，有了这些铺垫，最后写大淖的"风气不好"，也就水到渠成。汪曾祺写风俗，最后的落脚点还是在人物，"写风俗，不能离开人，不能和人物脱节，不能和故事情节游离。写风俗不能留连忘返，收不到人物的身上"（《谈谈风俗画》, 1984）。大淖的风俗描写，一路下来，终于写到女人的婚嫁和爱情，就收到了"巧云"这个人身上。

巧云这个人

巧云这个人，在现实生活中是有原型的。汪曾祺在《〈大淖记事〉是怎样写出来的》中交代得很清楚，来源有二：一是上小学时他听说一个小锡匠因为和一个保安队的兵的"人"要好，被保安队打死了，后来用尿碱救过来了，他为此特意跑去看了事件中的女主角"巧云"；二是越塘的一个挑夫，生病后无法挑担了，为了生活，他原来病恹恹、有点邋遢的老婆当了挑夫，可在生活的重压下这个女人反而整洁精神起来。两位女性的形象，合在一起便成了"巧云"。这个人物从一个童年印象，到逐渐丰满起来，经历了相当长的时间。汪曾祺分析沈从文《边城》中的翠翠形象时，就曾指出"翠翠"的灵感来源有三个：一个是泸溪县绒线铺的女孩，一个是青岛崂山看到的戴孝女孩，一个就是师母张兆和。但最终，这个形象的出现并不是简单的三个来源的拼合，而是一个复杂的过程。一个触机"使这些散放印象聚合起来，成了一个完完整整的形象，栩栩如生，什么都不缺。含蕴既久，一朝得之。这是沈先生的长时期的'思想情结'茹养出来的一颗明珠"（《又读〈边城〉》，1993）。这一创作过程，放在汪曾祺塑造巧云这里，也是完全成立的，"巧云"何尝不是汪曾祺含蕴既久，一朝得之的一个形象呢？

巧云当然是美的，她的名字就很美，因为是七月生的，生下来的时候满天都是五色云彩，所以叫巧云。1980年版《异秉》中，学徒陈相公就喜欢在七月的傍晚看巧云，"七月的云多变幻，当地叫做'巧云'。那是真好看呀：灰的、白的、黄的、橘红的，镶着金边，一会一个样，像狮子的，像老虎的，像马、像狗的"。不知道高邮的七月巧云，和萧红《呼兰河传》中的"火烧云"是不是同一种云，这漫天云彩，打动了一南一北两位作家，在他们的童年记忆和文字中留下浓墨重彩的一笔。

汪曾祺写巧云的长相，着重写眼睛。她的眼睛"眼角有点吊，是一双凤眼。睫毛很长，因此显得眼睛经常是眯睎着；忽然回头，睁得大大的，带点吃惊而专注的神情，好像听到远处有人叫她似的"。汪曾祺自己总结，这样写人，是一种"传神"的写法，他引鲁迅的话，画一个人最好是画他的眼睛。传神，离不开画眼睛。巧云的美也落在了旁观者的眼睛里，这是很古老的一种写作技巧，"对于异常漂亮的女人，有时从正面直接地描写很困难；或者已经写了，还嫌不足，中国的和外国的古代的诗人，不约而同地想出另外一种聪明的办法，即换一个角度，不是描写她本人，而是间接地描写看到她的别人的反映，从别人的欣赏、倾慕来反衬出她的美"（《传神》, 1984）。写巧云织席时少年人在一边来来去去，她买东西时分量比别人多，泰山庙唱戏时不用带板凳也有地方坐，都是对这种老技巧的活用。

巧云虽然美，但她母亲的私奔、父亲的摔伤都在这种美中投下了"阴影"，连她的名字，也很容易让人想起白居易的诗句"大都好物不坚牢，彩云易散琉璃脆"。她和十一子的爱情的障碍也产生了，两个人一个有残废的爹，一个有守寡的老母，一个是独女，一个是独子，一家要招养老女婿，一家要接当家媳妇。正是有了这样的顾虑，十一子救了巧云的夜晚，选择了做一个"呆子"，也导致了当晚，另一个人拨开了巧云的家门。巧云被刘号长破了身子，仿佛印证了"彩云易散"的悲剧性命运。但写到这里，汪曾祺前面的写大淖风俗的作用也终于呈现出来，巧云"没有淌眼泪，更没有想到跳到淖里淹死"，那都是"街里的穿长衣念过'子曰'的人"的伦理道德观念。巧云唯一后悔的是没有把自己给十一子，但这个遗憾很快也被弥补了，"他们在沙洲的茅草丛里一直呆到月到中天"。

"失贞"是发生在巧云身上的一件大事，汪曾祺处理得却是举重若轻的,"失贞"能这么写,当然是因为大淖这地方风气的特殊性。沈从文的《萧萧》也写了个失贞的童养媳,等待她的命运是"沉潭"或"发卖",这种处理方式大概是符合街里人的价值观的。当然萧萧挺"幸运",因为一时找不到合适的买家,她也就糊里糊涂留了下来,生活没有太大的改变。萧萧能留下来,也是因为在沈从文的湘西世界中,性的禁锢和伦理束缚都相对松动,沈从文写乡下人和少数民族在"性"方面的开放和自由,是有意为之,乡村与城市的不同,"边城"和中心的不同,一如大淖和"街里"的差异。

沈从文对性的书写和认知不知是否影响了汪曾祺,汪曾祺在这一主题的书写上也显示出了相当"另类"的一面,他晚年喜写在性意识上完全自由、开放且主动的女性,如《薛大娘》中的薛大娘;同时,汪曾祺写健康的情爱,追求的是"思无邪"的审美效果。至于"贞节",汪曾祺是不屑一顾的,他的态度在《露筋晓月》中便可看出,秦邮八景之中,"露筋晓月"的故事汪曾祺最不喜欢,甚至觉得这是对他故乡的侮辱。这故事讲的是"有姑嫂二人赶路,天黑了,只得在草丛中过夜。这一带蚊子极多,叮人很疼。小姑子实在受不了。附近有座小庙,小姑子到庙里投宿。嫂子坚决不去,遂被蚊虫咬死,身上的肉都被吃净,露出筋来。时人悯其贞节,为她立了祠,祠曰露筋祠。这地方从此也叫做露筋"。汪曾祺对这故事的评价是"残酷惨厉"四个字,对编这故事的人的评价则是"全无心肝"。这态度和他面对故乡的贞节牌坊时的态度是一致的,在1993年发表的《牌坊——故乡杂忆》中,他提及臭河边南岸的三座贞节牌坊,及一个听来和牌坊有关的故事。跟贞节牌坊有关的故事里,当然会有苦苦守节的女子,汪曾祺借着这个守节二十年的母亲的口说了一句掷地有声的话："我不要立牌坊！"他还特意从《聊斋》卷九《佟客》后附"异史氏曰"的议论中，摘了一个小故事出来，改写成《捕快张三》，就因为这个故事里有着对失贞女子的一份宽容。汪曾祺说蒲松龄转述这个故事时"语气不免调侃，但字里行间，流露同情，于此可窥见聊斋对贞节的看法。聊斋对妇女常持欣赏眼光，多曲谅，少苛求，这一点，是与曹雪芹相近的"。我们于汪曾祺的改写中，也不难窥见汪曾祺对贞节的看法和对女性的态度。

汪曾祺对"贞节"的态度，无疑和"大淖人"站在了同一面。于是，小说中常见的故事模式"一失贞成千古恨"，在《大淖记事》中被颠覆了。巧云没有因为失贞而寻死或是堕落，相反，"失贞"使得这个女孩子对自己的感情更加明确也更加坚定。这是一个只有汪曾祺才能写出来的"巧云"。

纳外来于传统

为了讲好《大淖记事》这个并不复杂的故事，汪曾祺动用了多重文学资源。用他的话来说，他一贯主张"纳外来于传统，融奇崛于平淡"（《我的创作生涯》，1990），《大淖记事》中对"现代"和"传统"文学资源的融合，无疑是对这一主张具体实践的成果之一，也是汪曾祺讲好这个故事的关键。

所谓传统，按照美国人类学家罗伯特·雷德菲尔德在《乡民社会与文化：一位人类学家对文明之研究》中提出的概念，可以分为"大传统和小传统"。前者指代由城镇的知识阶级所掌控与书写的文化传统；后者则代表着乡村的，由乡民通过口传等方式传承的大众文化传统。这一区分后来又被改造为"精英文化"与"民间文化"，其中"民间文化"进而又被划分为民俗文化、民间文学和民间艺术三大范畴。

《大淖记事》中的"传统"，来源清晰，就是汪曾祺对民间文学资源的有意识提炼和借鉴。将《大淖记事》放在20世纪80年代的文学史图景中，便不难发现，汪曾祺似乎与他创作的文学时代发生了一些"错位"。20世纪80年代的作家们为西方现代派文学的观念和技巧目眩且沉迷，汪曾祺却早已在40年代的西南联大校园里，接受过了类似的文学洗礼。与向西方现代派学习相比，他有了不太一样的创作思路。他宣称自己要"回到现实主义，回到民族传统"，而回到民族传统的具体途径之一，便是学习民间文学："一个作家要想使自己的作品具有鲜明的民族风格、民族特点，离开学习民间文学是绝对不行的。"

汪曾祺和民间文学之间的渊源，可以上溯到50年代，他参与《说说唱唱》《民间文学》两本期刊的编辑工作，接触到大量民间文学作品，对他的创作产生了潜移默化的影响。用他的话说："我是搞了几年民间文学的，我觉得民间文学是个了不起的海洋，了不得的宝库。"（《文学语言杂谈》，1987）

《大淖记事》从情节设置到人物塑造，多有对民间文学的借鉴。和此前的《受戒》在风格上的不同，也源于此。从情节设置上看，《大淖记事》中的主要矛盾双方刘号长和巧云十一子，一为官，一为民。官对民，上对下，这原本是一场力量悬殊的斗争，但随着故事的发展，民间的力量越来越强，十一子受伤后，"挑夫，锡匠，姑娘，媳妇，川流不息地来看望十一子"，在大淖人高兴、骄傲、热乎乎的氛围中，故事被推向了高潮，锡匠们复活了古老的顶香请愿的传统，民在与官斗的战争中也获得了胜利。上位者虚弱狼狈的一面终于显示出来。刘号长不单单是被驱逐出境，而且离开时还得由"两个兄弟持枪护送"。"小人物智斗大人物并获得胜利"，这在中国民间故事中大概是最喜闻乐见的故事模式之一。

巧云和十一子，也是两个在民间故事中最常见的人物形象——美丽的姑娘和英俊的小伙子，他们的爱情故事在此之前，仿佛已经被讲述了千年。汪曾祺写巧云的成长，从一个姑娘变成了一个能干的小媳妇。这个深沉坚定的小媳妇身上，同样带有民间文学中常见的人物性格特征。汪曾祺谈及民间文学对他的影响时，曾经提到过两个类似的"小媳妇"形象。一个是他谈民间文学语言的魅力时，提到一个去求子的小媳妇，她的祷词深深打动过汪曾祺："今年来了，我是给您要着哪；明年来了，我是手里抱着哪，咯咯咯咯的笑着哪。"（《小说的思想和语言》，1991）另一个则是《水母宫和张郎像》中，那个被民间供奉的水母娘娘，成了神也仍然是农村小媳妇的装扮。这是个靠着善良和机智治服了一场洪水的小媳妇。汪曾祺笔下的巧云，和这两个来自民间的小媳妇有着某种精神气质上的共通之处，她们身上那勃勃的生命力，也根源于同一个民间。

"传统"之外，《大淖记事》还有"现代"的一面。40 年代西南联大时期的汪曾祺，是个相当前卫的写作者。"我读的是中国文学系，但是大部分时间是看翻译小说。当时在联大比较时髦的是 A. 纪德，后来是萨特。我二十岁开始发表作品。外国作家我受影响较大的是契诃夫，还有一个西班牙作家阿索林。我很喜欢阿索林，他的小说像是覆盖着阴影的小溪，安安静静的，同时又是活泼的，流动的。我读了一些弗金妮亚·沃尔芙的作品，读了普特斯特小说的片段。我的小说有一个时期明显地受了意识流方法的影响，如《小学校的钟声》《复仇》。"（《自报家门》,1988）这个"现代派"的汪曾祺 80 年代重出文坛时，已经在尝试用"传统"来融合"现代"，不再显得那么锋芒毕露，也就多了一份艺术上的圆熟。《大淖记事》是个典型的中国故事，可是汪曾祺在写巧云的失贞时，融入了一段他最拿手的"意识流"："《大淖记事》写巧云被奸污后错错落落，飘飘忽忽的思想，也还是意识流。不过，我把这些溶入了平常的叙述语言之中了，不使它显得'硌生'。我主张……以俗为雅，以故为新。"（《我的创作生涯》, 1990）巧云的"意识流"，是一个民间女子特有的意识流，她的重重心事中有家务，有新娘子，有远在天边的妈，有十一子给她吮手指上的血。这段意识流，在《大淖记事》中和整个故事融合得几无痕迹，确实称得上"融奇崛于平淡"。

在巧云和十一子的故事之外，《大淖记事》值得注意的是它的开头和结尾，也让它和一般的民间故事有了明显的区别。现代作家在创作上最自觉靠近"民间"的赵树理，特别擅长为农民写他们可以读的"故事"。这类"故事"中，几乎不见大段的风景和人物心理描写，这也是民间故事的写作经验之一。汪曾祺在《大淖记事》的开始，却以精细的风俗画描写，大大推缓了故事的进程。结尾处的设置，则在开放和半开放之间，容易让人联想到《边城》的结尾。这种结构上的大胆创新，同属"现代"一面。

"传统"和"现代"的融合，使得《大淖记事》的解读也具有了多重性。80 年代的批评家在面对《大淖记事》时，大多会提到这篇小说积极健康的基调——底层劳动人民对封建贞操观念的蔑视和反抗，并将这种基调和 80 年代初渐趋开放的时代背景联系在一起进行解读。现在再读《大淖记事》，汪曾祺重启文学创作之初，纳外来于传统的文学试验本身，成为故事主题之外更耐人寻味的话题。

四十年间，三写王二——《异秉》

汪曾祺

　　王二是这条街的人看着他发达起来的。不知从什么时候起，他就在保全堂药店廊檐下摆一个熏烧摊子。"熏烧"就是卤味。他下午来，上午在家里。

　　他家在后街濑河的高坡上，四面不挨人家。房子很旧了，碎砖墙，草顶泥地，倒是不庆遢，也很干净，夏天很凉快。一共三间。正中是堂屋，在"天地君亲师"的下面便是一具石磨。一边是厨房，也就是作坊。一边是卧房，住着王二的一家。他上无父母，娶亲的只有四口人，一个媳妇，一儿一女。这家总是那么安静，从外面听不到什么声音。街的人家总是吵吵闹闹的。男人揪着头发打老婆，女人拿火叉打孩子，老太婆拿菜刀剁着砧板诅咒偷了她的下蛋鸡的贼。王家从来没有这些声音。天不亮王二就起来备料，然后就烧煮。他媳妇揉好头就推磨磨豆腐。——王二的熏烧摊每天要卖出不少回卤豆腐干，这豆腐是自家做的。磨得了豆腐，就帮王二烧火。火光照得她的圆盘脸红红的，（附近的空气里弥漫着王二家飘出的五香味。）后来王二喂了一头小毛驴，她就不用围着磨盘转了，只要把小驴牵上磨，不时去磨眼里倒半碗豆子，注一点水就行了。省出时间，好做针线。一家四口，大裁小剪，很费功夫。两个孩子，大儿子长得象妈，圆乎乎的脸，两个眼睛笑起来一道缝。小女儿象

　　父亲，瘦长脸，眼睛挺大。儿子念了几年私塾，能记账了，就不念了。他一天就是牵了小驴去饮，放它到草地上去打滚。到大了一点，就帮父亲洗料备料做生意，放驴的差事就归了妹妹了。

　　每天下午，在上学的孩子放学，人家淘晚饭米的时候，他就来摆他的摊子。他为什么选中保全堂来摆他的摊子呢？是因为这地点好，东街西街和附近几条巷子到这里都不远，因为保全堂的廊檐宽，柜台到铺门有相当的余地；还是因为这是一家药店，药店到晚上生意就比较清淡。——很少人晚上上药铺抓药的，他摆个摊子碍不着人家的买卖，都说不清。当初这一定是请人向药店的东家说了好话，亲自登门叩谢过的。反正，有年头了。他的摊子的全部"生财"——这地方把做买卖的用具叫做"生财"，就寄放在药店店堂的后面过道里，换摊放着，上面就是悬在二梁上的赵公元帅的神龛。这些"生财"包括两块长板，两条三条腿的高搁凳，以及好几个一面装了玻璃的匣子。两块长板支好，长板放牢，玻璃匣子排开。这些玻璃匣子里装的是黑瓜子、白瓜子、盐炒豌豆、油炸豌豆、兰豆、五香花生米。长板的一头摆开"熏烧"。"熏烧"除回卤豆腐干之外，主要是牛肉、蒲包肉和猪头肉。这地方一般人家是不大吃牛肉的。吃，也很少红烧、清炖，只是到熏烧摊

21

2019 年 5 月底，我们到高邮参加一场活动，也与《北京青年报》"青睐"组织的旅行团同行。在高邮组织了一次汪曾祺作品讨论会。我问汪朗老师："您觉得，汪曾祺先生最喜欢他自己的哪部作品？"

汪老师想了想说："可能是《异秉》和《职业》吧。"我又问："那您最喜欢他的哪篇小说呢？"汪老师又想了想，说："可能也是《异秉》。"

汪曾祺写过《〈职业〉自赏》，说："有不少人问我：'你自己最满意的小说是哪几篇？'这倒很难回答！只能老实说，大部分都比较满意。'哪一篇最满意？'一般都以为《受戒》《大淖记事》是我的代表作，似乎已有定评，但我的回答出乎一些人的意外：《职业》。"

不过我认为，《异秉》至少可以与《职业》并列为"汪曾祺最在意的作品"，理由是这两篇小说，他都在四十年间写过好几次。

从 1941 年到 1980 年，汪曾祺将《异秉》这个题材写过三次，第一次的题目叫《灯下》，当时汪曾祺还是西南联大中文系二年级的学生；第二次发表于 1948 年（由于写作时间存在疑问，下文依据发表时间，称为"1948 年版"），标题叫《异秉》；第三次是 1980 年，汪曾祺刚重拾小说之笔，笔下流出的第一篇小说，既不是一出震惊文坛的《受戒》，也不是获得全国短篇小说奖的《大淖记事》，而是这篇旧作重写的《异秉》。

"要贴到人物写"

汪曾祺在西南联大就读期间，沈从文开了三门课：中国小说史、创作实习、各体文习作。前一门课他在上海中国公学时就开过了，后面两门，与沈从文知名作家身份有关。沈从文还担任全校通选课《大一国文》的部分讲授。汪曾祺在1939年秋季入学，他又是奔着沈从文才考的西南联大中文系，所以，如徐强判断的那样，他不太可能错过第一学年的《大一国文》。

比他高一年级的外文系学长许渊冲说汪曾祺"一看就知道是中国文学系才华横溢的未来作家。他在联大生活自由散漫，甚至吊儿郎当，高兴时就上课，不高兴就睡觉，晚上泡茶馆或上图书馆，把黑夜当白天"，这也是很多人对汪曾祺的印象。但是，沈从文的每门课，汪曾祺都会选，都认真上，与他对其他课的态度大不相同。

也是借助汪曾祺后来的回忆，旁人才能了解沈从文在西南联大上课的方式：

> 沈先生是凤凰人，说话湘西口音很重，声音又小，简直听不清他说的是什么。他讲课可以说是毫无系统。没有课本，也不发讲义。只是每星期让学生写一篇习作，第二星期上课时就学生的习作讲一些有关的问题。"创作实习"由学生随便写什么都可以，"各体文习作"有时会出一点题目。我记得他给我的上一班出过一个题目："我们的小庭院有什么"。有几个同学写的散文很不错，都由沈先生介绍在报刊上发表了。他给我的下一班出过一个题目，这题目有点怪：

"记一间屋子的空气"。我那一班他出过什么题目，我倒记不得了。

……沈先生教写作，用笔的时候比用口的时候多。他常常在学生的习作后面写很长的读后感（有时比原作还长）。或谈这篇作品，或由此生发开去，谈有关的创作问题。这些读后感都写得很精彩，集中在一起，会是一本很漂亮的文论集。可惜一篇也没有保存下来，都失散了。（《我的创作生涯》，1990）

沈从文把《我们的小庭院有什么》《记一间屋子的空气》这一类的题目习作叫"车零件"，说："先得学会车零件，然后才能学组装。""零件"车得少了，基本功不够。写的东西就不耐读，不吸引人。这种方式汪曾祺很赞同，他自己早期的作品，大多是"车零件"，不追求鸿篇巨制，甚至不是完整的故事——这其实也是鲁迅说的"宁可将可作小说的材料缩成 Sketch（速写），决不将 Sketch 材料拉成小说"（《答北斗杂志社问——创作要怎样才会好》）。

沈从文还有一句话，翻来覆去地讲，汪曾祺记了一辈子，那就是"要贴到人物写"。汪曾祺自己行文用的是"贴着人物"，其实是将湘西话翻译成了普通话。"贴到人物写"，这句话看上去很简单，但能听懂的人不多。汪曾祺回忆说，"我们有的同学不懂这话是什么意思"，当时班上，能理解、接受沈从文这一文学观念的，恐怕只是少数。

即使是汪曾祺，一开始也转不过来，"我们年轻时往往爱把对话写得很美，很深刻，有哲理，有诗意"。汪曾祺有一次写了这样一篇习作，沈从文说："你这不是对话，是两个聪明脑壳打架。""聪明脑壳打架"与"贴到人物来写"，显然是对立的，这个要怎么理解？我们可以来看看汪曾祺在 1983 年一次青年文学讲习班对沈从文这一创作观念的分疏：

　　以我的理解，一个是他对人物很重视。我觉得在小说里，人物是主要的，或者是主导的，其他各个部分是次要的，是派生的。当然也有些小说不写人物，有些写动物，但那实际上还是写人物；有些着重写事件；还有的小说甚至也没人物也没事件，就是写一种气氛，那当然也可以，我过去也试验过。但是，我觉得，大量的小说还是以人物为主，其他部分如景物描写等等，都还是从人物中派生出来的。

　　……我认为沈先生这句话的第二层意思是指作者和人物的关系问题。作者对人物是站在居高临下的态度，还是和人物站在平等地位的态度？我觉得应该和人物平等。当然，讽刺小说要除外，那一般是居高临下的。因为那种作品的人物是讽刺的对象，不能和他站在平等的地位。但对正面人物是要有感情的。沈先生说他对农民、士兵、手工业者怀着"不可言说的温爱"。我很欣赏"温爱"这两个字。他没有用"热爱"而用"温爱"，表明与人物稍微有点距离。即使写坏人，写批判的人物，也要和他站在比较平等的地位，写坏人也要写得是可以理解的，甚至还可以有一点儿"同情"。这样这个坏人才是一个活人，才是深刻的人物。作家在构思和写作的过程中，大部分时间要和人物溶为一体。我说大部分时间，不是全过程，有时要离开一些，但大部分时间要和人物"贴"得很紧，人物的哀乐就是你的哀乐。不管叙述也好，描写也好，每句话都应从你的肺腑中流出，也就是从人物的肺腑中流出。这样紧紧地"贴"着人物，你才会写得真切，而且才可能在写作中出现"神来之笔"。

……第三，沈先生所谓"贴到人物写"，我的理解，就是写其他部分都要附丽于人物。比如说写风景也不能与人物无关。风景就是人物活动的环境，同时也是人物对周围环境的感觉。风景是人物眼中的风景，大部分时候要用人物的眼睛去看风景，用人物的耳朵去听声音，用人物的感觉去感觉周围的事件。你写秋天，写一个农民，只能是农民感觉的秋天，不能用写大学生感觉的秋天来写农民眼里的秋天。这种情况是有的，就是游离出去了，环境描写与人物相脱节，相游离。如果贴着人物写景物，那么不直接写人物也是写人物。我曾经有一句没有解释清楚的话，我认为"气氛即人物"，讲明白一点，即是全篇每一个地方都应浸透人物的色彩。叙述语言应该尽量与人物靠近，不能完全是你自己的语言。对话当然必须切合人物的身份，不能让农民讲大学生的话。对话最好平淡一些，简单一些，就是普通人说的日常话，不要企图在对话里赋予很多的诗意，很多哲理。托尔斯泰有句名言："人是不能用警句交谈的。"

……另外谈谈语言的问题。我的老师沈从文告诉我，语言只有一个标准，就是准确。一句话要找一个最好的说法，用朴素的语言加以表达。当然也有华丽的语言，但我觉得一般地说，特别是现代小说，语言是越来越朴素，越来越简单。比如海明威的小说，都是写的很简单的事情，句子很短。（《小说创作随谈》，1983）

当然，这些感悟，是汪曾祺在后来四十年的创作生涯中慢慢体会出来的。在西南联大上大一、大二的时候，汪曾祺还是会时不时写

"聪明脑壳打架"的小说，而且，他赞叹的沈从文"不可言说的温爱"，在 20 世纪 40 年代汪曾祺那里，还未必能成为稳定的情感。这一点，我们从《异秉》故事的三度重写中，可以看得很清楚。

"语体文习作班佳卷"

沈从文教习作，有着别的教授无法企及的优势。一是他对中外小说作品非常熟悉，可以帮助学生打开眼界："看了学生的习作，找了一些中国和外国作家用类似的方法写成的作品，让学生看，看看人家是怎么写的。"二是沈从文利用他在文坛的人脉，将比较满意的学生作品推荐出去发表，也能给予初学习作的学生以极大的鼓励。

汪曾祺无疑在班上同学里，出类拔萃。目前所知沈从文最早向别人提到汪曾祺，是 1941 年 2 月 3 日，他写信给在福建厦门大学任教的施蛰存，提到"新作家联大方面出了不少，很有几个好的。有个汪曾祺，将来必有大成就"。根据已经发现的材料，汪曾祺在 1940 年春至 1941 年初，已经在昆明《中央日报》《今日评论》、重庆 / 桂林《大公报》等媒体发表小说《钓》《翠子》《悒郁》《寒夜》《复仇——给一个孩子上半年的故事》《春天》《猎猎——奇珠湖》，还有两三首新诗。作为一名中文系大一到大二的学生，这一成绩可以说颇了不起。这成绩当然含有沈从文为其揄扬的成分。

《灯下》则是沈从文对汪曾祺等人进行的这种"训练—发表"模式的典型之作。这篇小说是如此典型，以至让汪曾祺日后忘掉了此前发表的八九篇小说，他晚年回忆说："我记得我写过一篇《灯下》（这可能是我发表的第一篇小说），写一个小店铺在上灯以后各种人物的言谈行动，无主要人物，主要情节，散散漫漫，是所谓'散点透视'吧。沈先生就找了几篇这样写法的作品叫我看，包括他自己的《腐烂》。这样引导学生看作品，可以对比参照，触类旁通，是会收到很大效益，很实惠的。"（《我的创作生涯》，1990）

《灯下》篇末标明的时间是"三月十八日写成"，发表则是同年九月出版的《国文月刊》一卷十期"习作选录"，当期的"编后记"明确指出了作者身份、作品性质及沈从文在发表中所起的作用：

> 本期《灯下》一篇，由沈从文先生交来，是西南联大语体文习
> 作班佳卷，作者汪曾祺先生是联大文学院二年级学生。

估计汪曾祺也没有保留这篇习作，它也没有收入汪曾祺第一本小说集《邂逅集》。但汪曾祺还是牢牢记住了这篇习作，并且告诉采访者"我后来的小说《异秉》便是以此为雏形的"（李辉《听汪曾祺谈沈从文》）。

《灯下》真的就是写"一个小店铺在上灯以后各种人物的言谈行动，无主要人物，主要情节，散散漫漫"，小说出现了如下的人物：

> 陈相公。他在服伺"新买来的礼和银行师子牌汽油灯"。
> 陶先生。在翻剪报集成的章回小说。
> 苏先生。用欣赏书画的神情看王二切肉。

王二。一边切肉，一边接钱。还忙着让儿子扣子补货。

扣子。在写账。

卢管事。在校核账目。

陆二先生。蒙馆放学后来，谈点"新闻"。

虾二爷。

张汉。

老炳。

卖鱼的疤眼。

其余的，都是"不上名姓的熟人"。至于他们的谈话内容，也都散漫无依。卢管事问陈相公"今天买了几个铜板酱油"，虾二爷问陆二先生"今儿在东家太太家吃了甚么来了"，老炳问陆二先生"唐伯虎有几个太太"——这个题目引人入胜，"听过的，没听过的，都很诚心耐心的听着"，连正在读《应酬大全》的陈相公也放下了书，"呆呆的听着，又想着"。

接下来，张汉看了虾二爷点烟，遂"把自己丢在回忆里"，大谈"烟啊，一共有几种？有五种：水，旱，鼻，雅，潮"。旁人则问虾二爷"大太爷的田，买成了没有"，于是我们知道，虾二爷大约是一位捐客之流人物，而且很傍着"大太爷"这样的阔人。卖鱼的疤眼临走时，他还追上去吩咐"明儿送十斤蟹到大太爷宫（小公馆）里去"。

总之，一切都是日常生活的，流水账式的，"散点透视"。它跟每天晚上灯下发生的谈话，并无不同，没有什么高潮。对于这种日常的、琐碎的、言不及义的谈话，作者只有一段总结：

> 谈话还是继续下去，不知是为何开头的，不知怎么又转换了话题，也不知到甚么时候才会停止，一切都极自然，谁也不肯想想。大家都尽可能的说别人的事情，不要牵涉到自己。（自己的甘苦，顶好留到在床上睡不着的时候一个人说说去。）各种姿势，各种声调，每个人都不被忽略，都有法子教别人知道自己的存在。

这是通篇唯一点明主旨的地方，因为每个人都想显示自身的存在，但又不愿意把自己的"甘苦"交出去，变成别人嘴里咀嚼的谈资。于是每个人贡献出的，都是"别人的事情"，陆二先生说说东家太太的厨艺人品，还有"蒙馆先生不应当说的话"，虾二爷谈谈阔人买房买地的"新闻，还有唐伯虎独占九美，烟有几种，打牌怎么赢了钱之类的闲篇"，然后就是往老炳背上贴纸乌龟，在张汉头上放草花翎，将陆二先生的衣角用串钱小绳系在桌腿上，种种熟人间的恶作剧。这是小城"无聊"的日常生活。而整个城市的"公共空间"就以这种无聊的方式维持与运转着。

汪曾祺说，沈从文为了让他写好《灯下》，找了几篇类似的作品给他看，其中包括沈从文自己创作的小说《腐烂》（1929年）、《泥涂》（1932年）。《腐烂》描写上海闸北的稻草浜一块"总永远那么发臭腐烂"的地方，看相的，赌博的，卖淫的，酗酒的，收捐的，还有流浪的小孩子，形形色色，从日到夜，又迎来鸡叫天明。"天上有流星正在陨落，抛掷着长而光明的线，非常美丽悦目"。《泥涂》则写"长江中部一个市镇"上种种的生活片断，视线一直围绕着一个妇人从早至晚的一天奔走。

从题材上说，《腐烂》《泥涂》与《灯下》有相似之处，但两位作者的姿态与视角都不大一样。汪曾祺描写药铺众人的灯下聚谈，更冷静客观，感情更内敛，不像沈从文，面对底层生活，面对不能掌控自己命运的人群，总有一种"悲悯"在笔下。

可以用来比较的还有一篇名作，沙汀的《在其香居茶馆里》（1940年12月1日《抗战文艺》第6卷第4期）。这篇小说也写抗战后方四川一个乡镇茶馆里的各色人物，有前清的监生，地方的闲汉，当过团练的袍哥，焦点是治保主任与小恶霸的冲突。这是一篇充满戏剧张力的讽刺小说，每个人都呈现出一种漫画化的嘴脸。它的批判锋芒，指向的是当时国民政府在四川实施的兵役制度。

而《灯下》呢，当然字里行间，也时时透出一点儿嘲讽的味道。但总的说来，它是平静的，无所针对的，似乎作者只是想画一张那一天（随便哪一天）小城灯下的人物速写，从上灯写到人散。药铺完成了它作为聚谈地点的使命，人们又过了平常的一天，不投入什么感情的一天。

汪曾祺正是从大学二年级起，迷上了西班牙作家阿索林（时译为"阿左林"），"写了一些很轻淡的小品文"。我们可以将《灯下》也归入这些"很轻淡的小品文"中去。阿索林对汪曾祺的创作影响很大，他自己说阿索林是"我终生膜拜的作家"，而阿索林的特点，跟废名一样，是小说带着散文诗的成分。汪曾祺特别欣赏阿索林的地方，在于他描写"安静"的擅长，描写"安静的回忆中的人物的心理的潜微的变化"："他的小说的戏剧性是觉察不出来的戏剧性。他的'意识流'是明澈的，覆盖着清凉的阴影，不是芜杂的、纷乱的。热情的恬淡，

入世的隐逸。阿左林笔下的西班牙是一个古旧的西班牙，真正的西班牙。"（《谈风格》）

"京派"受阿索林影响的作家不少，如何其芳、李广田、师陀等等。汪曾祺对阿索林的热爱与模仿，《灯下》表现得非常明显，也有所谓"觉察不出来的戏剧性"，暗含在众人的动作与言语中，各人的社会地位，彼此间的支配与被支配关系，在汪曾祺脑海里，其实清清楚楚，但是他只肯在《灯下》里写冰山一角，留给读者足够的想象空间，以散文诗的形式书写安静，却又藏着从四面八方汇集来的生活的暗流。这是汪曾祺从阿索林那里学来的创作方式。

摆熏烧摊子的王二在《灯下》出场不多，除了开头的手忙脚乱切肉收钱外，只有灯下众人将散时，才提了一句"王二本想来店堂里头坐坐，趁现在稍微闲一点的时候。他叫了一声'扣子'，可是回头一看，只好又说'没有甚么，你别打盹'"。王二想让儿子替自己招呼剩下不多的主顾，自己也加入灯下的谈话会，然而人已经散了。

> 说真的，这回街上可真寂静得可以，阴沟里的沉积畅畅快快的吐着泡沫，像鱼戏水。卖唱的背了松了弦子的二胡，踽踽走过。一天星斗。

王二在灯下的药铺重新出场，已经成了《异秉》的主角，而且在 1948 年、1980 年出演了两回。

"等王二来，这才齐全"

　　高邮人画过汪曾祺幼时东大街（现人民路）的店铺分布图。从图上可以看出，汪曾祺去上小学，必须走半条东大街，他写过的许多店铺，如戴车匠、侯银匠、如意楼……都在这条街上，最近的，莫过于保全堂。踏出汪宅，来到东大街上，斜对过就是！要去大淖，也会经过保全堂。可以说，保全堂是汪曾祺在高邮最熟悉的所在，不光因为离家近，更因为这是他家的产业。

　　　　祖父所开的店铺主要是两家药店，一家万全堂，在北市口，一家保全堂，在东大街。这两家药店过年贴的春联是祖父自撰的。万全堂是"万花仙掌露，全树上林春"，保全堂是"保我黎民，全登寿域"。祖父的药店信誉很好，他坚持必须卖"地道药材"……因为信誉好，盈利是有保证的。我常到两处药店去玩，尤其是保全堂，几乎每天都去。我熟悉一些中药的加工过程，熟悉药材的形状、颜色、气味。有时也参加搓"梧桐子大"的蜜丸，碾药，摊膏药。保全堂的"管事"、"同事"（配药的店员）、"相公"（学生意未满师的）跟我关系很好。他们对我有一个很亲切的称呼，不叫我的名字，叫"黑少"——我小名叫黑子。我这辈子没有别人这样称呼过我。我的小说《异秉》写的就是保全堂的生活。（《我的祖父祖母》）

　　保全堂煮饭的老朱，每天要到大淖去挑水，汪曾祺也常常跟着，所以也熟悉大淖。老朱这个人物，在1948年版《异秉》里没有，到

1980 年版才出场。

现在收入 2019 年人民文学版《汪曾祺全集》的 1948 年版《异秉》，文末标明"十二月三日写成。上海"。发表则是《文学杂志》1948 年第二卷第十期。《全集》将这篇小说归入 1947 年，不知是否因为发表日期为 1948 年，故此倒推为 1947 年 12 月所作。然而这个时间有疑问，因为 1947 年 7 月 16 日汪曾祺致信在北平的沈从文，信中有这么一句话：

> 很久以前与《最响的炮仗》同时寄来尚有一篇《异秉》，是否尚在手边？收集时想放进去，若一时不易检得，即算了，反正集子一时尚不会即动手编，而且少那么一篇，也不妨事。

《最响的炮仗》写于 1946 年 11 月 19 日至 20 日，发表于 1946 年 12 月 28 日天津《益世报》。如果汪曾祺写完后立即寄沈从文，再由沈从文主编的《益世报》文学周刊发表，时间线是对得上的。问题是，如《异秉》是与《最响的炮仗》同时寄给沈从文，那么《异秉》的创作时间就绝不会是 1947 年，而应该是 1946 年的 12 月 3 日，此时汪曾祺也在上海。到了 1947 年 7 月汪曾祺再致信沈从文，说"很久以前"也说得过去。沈从文估计将《异秉》也推荐出去了，但不知何故迁延，到 1948 年才得以发表——朱光潜主编的《文学杂志》，1947 年 6 月 1 日方在北平复刊，1948 年 11 月又再次停刊，本身也处于不稳定状态。而且《文学杂志》1947 年已经刊出汪曾祺《戴车匠》《牙疼》两篇小说，《异秉》放在 1948 年 3 月的二卷十期，完全可以理解。

汪曾祺在上海，但《益世报》是大报，《文学杂志》是京派重要刊物，不应该见不到。不知为何，沈从文固然无法寄回两篇小说的原稿，而1949年4月由文化生活出版社出版的汪曾祺第一本小说集《邂逅集》居然也未收入《最响的炮仗》《异秉》两篇。究竟是何原因，还很难说清。但《异秉》写于1946年末，殆无疑义。

《异秉》书写的时间十分准确，晚上八点到十点。这个时候，"一天已经过去了"，那这段时间呢？"对于许多人，至少在这地的几个人说起来，这是好的时候。可以说是最好的时候，如果把这也算在一天里头。更合适的是让这一段时候独立自足，离第二天还远，也不挂在第一天后头。"所以"这是一个结束，也是一个开始"。

唯其这种时候，药店里的气氛是安适的。白天，管事、同事、学徒，都"属于这个店"，唯独这段时间，好像属于他们自己，可以"或捧了个茶杯，茶色的茶带烟火气；或托了个水烟袋，钱板子反过来才搓了的两根新媒子；坐着靠着，踱那么两步，搓一搓手，都透着一种安徐自在。一句话，把自己还给自己了"。就连唯一还有活儿干的学徒，吸鼻涕也吸出了"自得其乐的意趣，与白天挨骂时吸得全然两样"。整个空间弥漫着一种和煦、闲适的气氛，"小店堂里洋溢感情，如风如水，如店中货物气味"。

我们的主角王二，可不像在《灯下》那样没有存在感了，店堂里群贤毕集，但大家"心里空了一块。真是虚应以待，等着，等王二来，这才齐全。王二一来，这个晚上，这个八点到十点就甚么都不缺了"，作者又进一步强调"今天的等待更是清楚，热切"。

王二呢？王二还在做生意。汪曾祺笔头一调，开始了他已经娴熟的铺叙：熏烧摊子是什么样，王二的生意又好成什么样，这在《灯下》里一笔带过，在《异秉》里得用力写：

> 王二他有那么一套架子，板子；每天支上架子，搁上板子：板子上一排平放着的七八个玻璃盒子，一排直立着的玻璃盒子，也七八个；再有许多大大小小搪瓷盆子，钵子。玻璃盒子里是瓜子，花生米，葵花籽儿，盐豌豆，……洋烛，火柴，茶叶，八卦丹，万金油，各牌香烟，……盆子钵子里是卤肚，薰鱼，香肠，炸虾，牛腱，猪头肉，口条，咸鸭蛋，酱豆瓣儿，盐水百叶结，回汤豆腐干。……一交冬，一个朱红蜡笺底洒金字小长方镜框子挂出来了，"正月初一日起新增美味羊羔五香兔腿"。先生，你说这该叫个甚么名堂？这一带人呢，就省事了，只一句"王二的摊子"，谁都明白。话是一句，十数年如一日，意义可逐渐不同起来。
>
> 晚饭前后是王二生意最盛时候。冬天，喝酒的人多，王二就更忙了。王二忙得喜欢。随便抄一抄，一张纸包了；（试数一数看，两包相差不作兴在五粒以上，）抓起刀来（新刀，才用趁手），刷刷刷切了一堆；（薄可透亮，）当的一声拍碎了两根骨头：花椒盐，辣椒酱，来点儿葱花。好，葱花！王二的两只手简直像做着一种熟练的游戏，流转轻利，可又笔笔送到，不苟且，不油滑，像一个名角儿。五寸盘子七寸盘子，寿字碗，青花碗，没带东西的用荷叶一包，路远的扎一根麻线。王二的钱龙里一阵阵响，像下雹子。钱龙满了时，王二面前的东西也稀疏了：搪磁盆子这才现出他的白，王二这才看见那两盏高罩子美孚灯，灯上加了一截纸套子。

忙完了这段，王二能够坐下了，他很想进店堂去，参与里面的聊天与哄笑，但他终究留在了凳子上，因为"不愿留下扣子一个人，零碎生意却还有几个的"，王二只是坐在外面，"入神，皱眉，张目结舌，笑"。

等到王二真正收了摊子，读者才知道，为什么今晚如此与别天不同。原来，"今天实在是王二的摊子最后一天了。明天起世界上就没有王二的摊子"。明天，王二就要搬到隔壁的旱烟店去，有半间自己的店面了。

王二想搬吗？不想。十几年来，他习惯了在这么一丈来长、四尺宽的地方摆摊。而且，他喜欢一面做生意，一面听店堂里的人聊天说话，"晚上听里边说话已成了个习惯。要他离开这里简直是从画儿上剪下一朵花来"。只是，生意日益发达，他有了改善的能力，更重要的是，十几年中他娶了妻，生了儿女，"他不愿意他的扣子像他一样在这个檐下坐一辈子。扣子也不小了"。这才是关键。

对于店堂里的人来说，王二说不上多重要，他不打断别人说话，也不抢话说，是一名绝佳的听众。比起店里的先生和客人，还有教蒙馆的，他很懂得分寸。但是久而久之，王二成了这座药店，甚至整座小城的一个时间标志："王二这一坐下，大家重新换了一遍烟茶：王二一坐下，表示全城再没有甚么活动了。灯火照在人家槅子纸上，河边园上乌青菜叶子已抹着薄霜。阻风的船到了港，旅馆子茶房送完了洗脚汤。知道所有人都已得到舒休，这教自己的轻松就更完全。"

目睹着王二的发达，他们调侃地叫着"二老板"，但这种调侃明显是善意的。连学徒也在心里，用了一个《申报》上看来的新名词，叫王二"幸运儿"。王二的兴旺发达，是他一手一脚做出来的，是吹了十几个冬天的西北风挣来的。"叫这么一声真是欢欢喜喜的。为王二欢喜，简直连嫉妒的意思都没有。"

王二此前求"先生们"给他的小店起个字号，自己再去刻个图章。这是一种标志，有了字号和图章，王二就不是游商小贩了，也是坐地开户的正经商户。这是一种经济上、社会地位上质的变化，这对王二很重要，对王二的儿子扣子更重要，"他一想到扣子把一方万胜边枣木戳子蘸上印色，呵两口气，盖在一张粉连子上，他的心扑通扑通直跳"。

王二想催一催先生们，但又不好意思。没想到，陆先生主动提起了此事，并且想得很周到："你不是想日后把店传给儿子吗，我们觉得还是从你们两个名字当中各取一个字，就叫王义和好了。"王二听着这些话，只觉得"一辈子没听过这么好听的声音"。当陆先生告诉他，图章也刻好了，在卢先生那里时，王二"啊——"一声，说不出话来。他感动极了。而正是这几句对话，引发了今晚保全堂里的交流狂欢：

王二如果还能哭，这时他一定哭。别人呢，这时也都应当唱起来。他们究竟是那么样的人，感情表达在他们的声音里，话说得快些，高些，活泼些。他们忘记了时间，用他们一生之中少有的狂兴往下谈。扣子已经把一盏马灯点好，靠在屏门上等了半天，又撑开罩子吹熄了。

在这种往事叙述的狂欢中，王二"简直伤心，伤心又快乐，总结起来心里满是感激。他手里一方木戳子不歇的掂来掂去"。读到这里，我们能感到，店面，字号，木戳，还有扣子的未来，都是混合一体的。而王二这样一位勤劳的小商贩，在这一晚感受到了来自周边的极大的温情。

小说最后才写到了王二的"异秉"。似乎方才的善待与畅谈，给了一向"知分寸"的王二以勇气，他回答"如何能有今天"的问题时，表示出了一种异乎寻常的庄重：

> 王二这回很勇敢，用一种非常严肃的声音，声音几乎有点抖，说：
>
> "我呀，我有一个好处：大小解分清。大便时不小便。喏，上毛房时，不是大便小便一齐来。"
>
> 他是坐着说的，但听声音是笔直的站着。
>
> 大家肃然。随后是一片低低的感叹。

紧接着，女儿来了，王二该回家了。一家父子三人在已经断了行人的街上慢慢走远。

保全堂的店门也关上了。最后一句"学徒的上毛房"结束了这一版的《异秉》。

"对生活的一声苦笑"

1980年5月20日，汪曾祺重写了《异秉》。这是汪曾祺时隔三十多年后，第一篇重涉"高邮题材"的作品，比石破天惊的《受戒》还早了近三个月，比《大淖记事》早了六个多月。

《异秉》是重写，而且，它甚至催生了《受戒》。汪曾祺在 1981 年《关于〈受戒〉》里说："这以前，我曾经忽然心血来潮，想起我在三十二年前写的，久已遗失的一篇旧作《异秉》，提笔重写了一遍。写后，想：是谁规定过，解放前的生活不能反映呢？既然历史小说都可以写，为什么写写旧社会就不行呢？今天的人，对于今天的生活所过来的那个旧的生活，就不需要再认识认识吗？旧社会的悲哀和苦趣，以及旧社会也不是没有的欢乐，不能给今天的人一点什么吗？这样，我就渐渐回忆起四十三年前的一些旧梦。当然，今天来写旧生活，和我当时的感情不一样，正如同我重写过的《异秉》和三十二年前所写的感情也一定不会一样。"

选择重写《异秉》，作为自己"写写旧社会"的开端，反映了汪曾祺对这个题材的钟爱。而确实，随着自己阅历、处境的改变，汪曾祺一再回顾保全堂的热闹，却每每能从中读出不同的况味。1980 年的汪曾祺，感到自己终于"可以不说假话，我怎么想的，就怎么写"，他总结道："《异秉》《受戒》《大淖记事》等几篇东西就是在摆脱长期的捆绑的情况下写出来的。从这几篇小说里可以感觉出我的鸢飞鱼跃似的快乐。"（《认识到的和没有认识的自己》, 1988）

不过，《异秉》的待遇远比不上《受戒》《大淖记事》。林斤澜回忆《异秉》的发表过程，相当艰难：

> 《异秉》由我介绍给南京《雨花》新任主编叶至诚、高晓声，说是江苏作家写的江苏事情，他们两位十分欣赏，却不知道江苏有

这么个作家，不知道四十年代的名声，要我找机会引见。过了三几个月，未见发表出来，一问，原来编辑部里通不过。理由是如果发表这个稿子，好像我们没有小说好发了。这意思不是离发表水平差一点，而是根本不是小说。后来还是主编做主发出去，高晓声破例写了个"编者按"，预言这篇小说的意义。汪曾祺看了"编者按"说：懂行。(《〈汪曾祺全集〉出版前言》, 1998)

　　叶至诚之子叶兆言回忆："父亲一直遗憾没有以最快速度将汪曾祺的《异秉》发表在《雨花》上。记得当时不断听到父亲和高晓声议论，说这篇小说写得如何好。未能即时发表的原因很复杂，结果汪另一篇小说《受戒》在《北京文学》上抢了先手。从写作时间看，《异秉》在前，《受戒》在后。以发表而论，《受戒》在前，《异秉》在后。"(《郴江幸自绕郴山》) 其实，即使《异秉》抢先发表，声名也未必及得上《受戒》《大淖记事》。这不单是时间先后、刊物影响力的问题，决定因素还包括彼时的社会心态，人们对文学的认知方式，等等。

　　不过，汪曾祺日后讨论自己的文学风格、文学手法时，常常提及《异秉》，又由于《异秉》是重写，也不时被用来比较汪曾祺自己"四十年代"与"八十年代"创作的异同。

　　汪曾祺曾经在接受采访时说："我恢复了自己在四十年代曾经追求的创作道路，就是说，我在八十年代前后的创作，跟四十年代衔接了起来。"(张兴劲《访汪曾祺》,《北京文学》1989 年第 1 期) 从创作题材与创作风格来说，比如对"小说散文化"的实践，对"氛围即人物"的追求，这句判断是成立的，但毕竟隔了三十多年，确如他自己所说，"感情"首先就不一样了。

但是强调"异"有时也不免过头。有时甚至让人怀疑,汪曾祺自己还记不记得 1948 年版的《异秉》写了些什么——毕竟,他已经不记得 20 世纪 40 年代《异秉》的准确写作时间:

> 有一篇小说(《异秉》)我在一九四八年就写过一次,一九八〇年又重写了一次。前一篇是对生活的一声苦笑,揶揄的成分多,甚至有点玩世不恭。我自己找不到出路,也替我写的那些人找不到出路。后来的一篇则对下层的市民有了更深厚的同情。(《要有益于世道人心》, 1982)

"对生活的一声苦笑,揶揄的成分多,甚至有点玩世不恭"用来形容 20 世纪 40 年代汪曾祺的不少小说,是恰当的,如《落魄》《老鲁》《庙与僧》《锁匠之死》《职业》,甚至用来形容《灯下》,也很准确——沈从文再三当面、写信跟汪曾祺说"千万不要冷嘲",应当就是发现了这位得意弟子笔下有那种玩世不恭的倾向。但是,1948 年版的《异秉》不是冷嘲之作,恰恰相反,这是一篇带有"不可言说的温爱"的小说。前后两版《异秉》,内在情感有着相当强烈的共鸣。

不妨先来比较一下两版《异秉》的差异:

(一)1948 年版有着严格的时间:王二结束摊子那天的八点到十点,而 1980 年版则是一种长时态的书写,"不知从什么时候起""每天下午""有一天"。

（二）1948年版的主人公是王二，核心情节是"王二撤摊开店"，而1980年版的主人公有王二，也有保全堂的陈相公、陶先生。

（三）1948年版突出了王二的发达，1980年版除了写王二的发达，还作为映衬，写了这一条街的"景况都不大好"。

有研究者说1948年版是"焦点透视"，1980年版是"散点透视"（王枫《〈异秉〉〈职业〉两种文本的对读》）。其实《灯下》才是"散点透视"。1948年版《异秉》确实很"聚焦"，大家在等王二，王二收摊，王二进店，陆先生交代字号印章，大家回忆往事，谈到"异秉"，告别……王二得到了前所未有的满足，仿佛是对他和儿子多年努力的回报。在《异秉》中，王二不再像《灯下》似的可有可无，我们甚至可以将这两篇小说看成前后篇。在长年无聊的灯下聚谈中，王二始终是边缘的、不入流的角色，而终有一日，他发达了，变成了"二老板"，于是他被这个小团体接纳了，成为被夸赞、被谈论的人物，王二获得了地位的提升。

然而，1980年版的《异秉》固然不只写王二一个主人公，1948年版也并不是焦点总在王二身上的，重点在于最后一段，当王二庄重地说出了自己的"异秉"，并随女儿离去后：

> "聋子放炮仗，我们也散了。"师爷与学究连袂出去，这家店门也阖起来。
>
> 学徒的上毛房。

"学徒的上毛房"这六个字，才突然让我们注意到了"学徒的"这个连名字都没有的角色。在《灯下》一开篇，学徒"陈相公"在服伺"新买来的礼和银行师子牌汽油灯"，这盏灯点亮，才意味着充满热闹的夜晚开场；别人在谈天时，陈相公在看《应酬大全》，听到"唐伯虎有几个女人"才停下来听，想。在《灯下》里，陈相公与陶先生苏先生一样，都是药店里庸庸碌碌的一员。而在 1948 年版《异秉》里，这个学徒更边缘化了。他只在一开始，王二还没来的时候，"在'真不二价'底下拣一堆货"，我们知道他白天是常常挨骂的，但晚上他也能在拣货时自得其乐。除此以外，他就只剩下了最后六个字："学徒的上毛房。"

汪曾祺在 1948 年版《异秉》里真的跟读者玩了一个叙事游戏。比起那些热情道贺的、畅谈往事的、有份后天去聚兴楼吃开业酒的、所有的在场者来，"学徒的"是最不起眼的存在，连王二也不会在意的存在。偏偏是他，在王二说出"大小解分清"的"异秉"后，最急于在自己身上验证、尝试。小说至此戛然而止，却在某种程度上刺破了前面热闹的泡沫。汪曾祺当然对王二的辛劳，他的舐犊之情，饱含同情与悲悯，但也在看似不经意之间，点出了"学徒的"这位王二的崇拜者，他的无奈与凄楚——当然，也可能带一点儿"冷嘲"或"同情"。毕竟，此时在上海致远中学教学的汪曾祺，也是心情低落颓废，到了想自杀的地步。

"写旧生活，也得有新思想"

　　1980 年的汪曾祺，经历了《说说唱唱》《民间文学》，写过京剧《范进中举》，下放过张家口四年，参加过《沙家浜》样板戏创作……他再来写《异秉》，可以说，题材一致，内在情感也一致。不同的是，保全堂的分量大大地增加了。尤其是陶先生与陈相公，几乎可以和王二分庭抗礼。写法，也有了巨大的改变，不能说是"散点透视"，而是更加贯彻"氛围即人物"的主张，将氛围写厚、写透，不然人物也立不住。

　　保全堂这个小圈子里，边缘人物有二，陶先生和陈相公。这从过年推牌九可以看出来："打麻将多是社会地位相近的，推牌九则不论。谁都可以来。保全堂的'同仁'（除了陶先生和陈相公），替人家收房钱的抡元，卖活鱼的疤眼……王二。"

　　这里面，比较特别的是王二，因为他是一位上升的边缘人物，生意越来越好，用上了钱庄、绸缎庄才用的汽灯，也不怕别人议论，常常去"听书"。推牌九的时候，"把五吊钱稳稳地推出去，心不跳，手不抖"。相反，"收房钱的抡元下到五百钱一注时手就抖个不住"。赢得多了，王二也能上去推两庄。显然，王二的地位有了超越性的上升。同样是边缘人物，王二的遭际，当然会给"失败者"陶先生、陈相公一种虚幻的期望。

　　在 1980 年版《异秉》里，形象变化最大的无疑是陈相公。这个在《灯下》与 1948 年版《异秉》中只有寥寥几笔的小人物，在 1980 年被汪曾祺细细地描写着：脑袋大大的，眼睛圆圆的，嘴唇厚厚的，说话声气粗粗的——呜噜呜噜地说不清楚。他每天绝早起来给"先生"们倒尿壶。扫地。擦桌椅，擦柜台。到处掸土。晒药，收药。碾药。裁纸。刷印包装纸。搓纸枚子。擦灯罩。摊膏药。放尿壶。上门。临睡前还要背两篇《汤头歌诀》。他有一个多年守寡的母亲。

这一段描写，汪曾祺自己颇得意。他晚年主张小说要"短"，"短是出于对读者的尊重"，举的例子就是这一段："我在《异秉》中写陈相公一天的生活，碾药就写'碾药'，裁纸就写'裁纸'，两个字就算一句。因为生活里叙述一件事就是这样叙述的。如果把句子写齐全了，就会成为：'他生活里的另一个项目是碾药'，'生活里的又一个项目是裁纸'，那多噜嗦！——而且，让人感到你这个人说话像做文章（你和读者的距离立刻就拉远了）。写小说决不能做文章，所用的语言必须是活的，就像聊天说话一样。"（《说短——与友人书》，1982）

陈相公老是挨打（他在 1948 年版里还只是挨骂），因为"不大聪明，记性不好，做事迟钝"，而卢先生们打陈相公，也是"为他好，要他成人"。这就是结构性的压迫，所有人都认为理所当然。只有一次打得太狠，煮饭的老朱夺下了门闩，说了一句"他也是人生父母养的！"——这是一种"反常识的常识"。当别人将陈相公定位为"没有不挨打的学徒的"时，没有人记得他还是一个孩子。陈相公挨了打，当时还不敢哭。只能晚上，上了门，一个人呜呜地哭上半天。

他向他远在故乡的母亲说："妈妈，我又挨打了！妈妈，不要紧的，再挨两年打，我就能养活你老人家了！"

像这样的情节，1948年版里没有。在读1948年版时，我们很难揣知作者对于"学徒的"怀有什么样的态度，同情？还是讽刺？到了1980年，情感变得很鲜明，汪曾祺把巨大的同情寄托在陈相公身上，想写的是"由于对命运的无可奈何转化出一种常有苦味的嘲谑"。(《〈汪曾祺自选集〉自序》，1986)

由于有了这种"氛围"的不同书写，结局那几乎一样的情节，也就能读出不同的况味。"学徒的上毛房"，是要说什么呢？小说留下了巨大的解读空间。而1980版则写得很舒缓：

> 王二虽然发了一点财，却随时不忘自己的身份，从不僭越自大，在大家敦促之下，只有很诚恳地欠一欠身说："我呀，有那么一点：大小解分清。"他怕大家不懂，又解释道："我解手时，总是先解小手，后解大手。"
>
> 张汉一听，拍了一下手，说："就是说，不是屎尿一起来，难得！"
>
> 说着，已经过了十点半了，大家起身道别。该上门了。卢先生向柜台里一看，陈相公不见了，就大声喊："陈相公！"喊了几声，没人应声。
>
> 原来陈相公在厕所里。这是陶先生发现的。他一头走进厕所，发现陈相公已经蹲在那里。本来，这时候都不是他们俩解大手的时候。

汪曾祺有一次介绍说："一位评论家在一次讨论会上，说他看到这里，过了半天，才大笑出来。如果我说破了他们是想试试自己也能不能也做到'大小解分清'，就不会有这样的效果。如果再发一通议论，说："他们竟然把生活的希望寄托在这样的微不足道的、可笑的生理特征上，庸俗而又可悲悯的小市民呀！'那就更完了。"（《小说技巧常谈》，1983）汪曾祺对外解读自己的作品，有时会有点"滑头"，套用一些流行的概念，但说的是自己的意思。就像那句名言"我追求的不是深刻，而是和谐"，什么是"深刻"，什么是"和谐"，恐怕跟一般人理解的，都不一样。

《异秉》针对的是"庸俗而又可悲悯的小市民"吗？也是，也不是。汪曾祺是用"可笑""悲悯"来总结《异秉》里的人物：

> 我写的《受戒》《大淖记事》，抒情的成分多一些，因为我很喜爱所写的人，《异秉》里的人物很可笑，也很可悲悯，所以文体上也是亦庄亦谐。（《揉面——谈语言运用》，1982）

陈相公绝没有明海与小英子可爱，也不像巧云和十一子那么招人疼，可是，庸俗的小市民的生活里，就没有美与温情吗？他们就只配得到嘲笑，而不能获得关注与同情吗？我想，汪曾祺在几十年的跌宕起伏中，以他的敏感与多情，还有对生活的热爱，对这一层面，理解远比很多追求"深刻"的作家深刻得多。如果说《受戒》是汪曾祺发现了旧社会的美，《大淖记事》写出了底层民众的美与善，《异秉》则是发现了庸俗的小市民身上不只可悯，兼且充满欢乐的某种情味。陶先生与陈相公作鼓振金地上厕所，反而是对他们生活中苦难的一种逃避，也是一种消解，这是一种"真实的、日常的诗意"，就像陈相公每天登高望远：

这是他一天最快乐的时候。他可以登高四望。看得见许多店铺和人家的房顶，都是黑黑的。看得见远处的绿树，绿树后面缓缓移动的帆。看得见鸽子，看得见飘动摇摆的风筝。到了七月，傍晚，还可以看巧云。七月的云多变幻，当地叫做"巧云"。那是真好看呀：灰的、白的、黄的、橘红的，镶着金边，一会一个样，像狮子的，像老虎的，像马、像狗的。此时的陈相公，真是古人所说的"心旷神怡"。

很多时候，汪曾祺笔下所写，不过是艰难时世中片刻的"心旷神怡"。"随遇而安"也好，"生活，是很好玩的"也罢，没有大的沉重的压迫的氛围，这些词句就成了骗人的鸡汤，因为它构不成一整套的人生哲学与审美态度，无法让人持之以恒地在阴沟里仰望星空，在泥沼里闻见花香。所以汪曾祺一直告诫自己与世人，生活可以混乱，但欢乐才能滋润出信心：

> 我想把生活中美好的东西、真实的东西，人的美、人的诗意告诉别人，使人们的心得到滋润，从而提高对生活的信念。如果我的世界观是混乱的，我自己对生活缺乏信心，我怎么能使别人提高信心呢？我不从生活中感到欢乐，就不能在我的作品中注入内在的欢乐。写旧生活，也得有新思想。可以写混乱的生活，但作者的思想不能混乱。（《要有益于世道人心》，1982）

汪曾祺的生意经——《鸡鸭名家》

雞鴨名家

汪曾祺

剛才那兩個老人是誰？

父親在洗括鴨掌，每個蹼躞都撐開細細看過，是不是還有一絲泥垢，一片沒有括盡的皮，樣子就像是作着一件精巧的手工似的。兩付鴨掌，白白淨淨，一隻一隻，安安停停的一排。四個鴨翅，也白白淨淨，一隻一隻，安安停停的一排。看起來簡直絕對想不到那是從一隻鴨子身上取下來的，彷彿天生成這麼一種好喫東西，就這樣生的就可以喫了，入口且一定爽翻鮮甜無比，漂亮極了，可愛極了。我忍不住伸手用指頭去捏捏弄弄，覺得非常舒服。鴨翅尤其是血色和勻豐滿而肉感。鴨翅一種肥，足有六兩重！用他那把角柄小刀(那栗紫色當中閃着鋼藍色的那兄一個微微凹處輕輕一劃，一翻，蓋黃色魚子狀的東西弄出來了。「佈說雛，髒甚麼！一點都不！」是不髒，他弄得敎我

覺得不髒，我甚至沒有覺得臭味。洗涮了幾次，往鴨掌鴨翅之間一放，樣子名貴極了，一個甚麼珍奇的果品似的。我看他作這一切，用他的潔白的、熨貼的，然而男性的、有精力、果斷、可靠的手作這一切，看得很感動。王羲之論鍾張書，「自有言所不得盡其妙者，事事愈熟。」又曰「張精熟過人」「須得書意轉深，點畫之間皆有意，自有言所不得盡其妙者，事事愈然。」「精熟」「有意」，正如我追隨他的每一動作，以心，以目，以口，小時，看他作畫。父親一路來直稱讚雞鴨店那個夥計，說他拗折鴨掌鴨翅，準確極了，輕輕一來，毫不費事，毫不索皮帶肉，再三贊歎他弄着了「訣竅」，所好者技，進乎道矣，相信父親自己落到雞鴨店作夥計，也一定能作到如此地步的！

這個地方雞鴨多，雞鴨店多，敎門館子多，一定餌子多，敎門館子多，敎門館子多，有不少信回回的，雞鴨店則全城似只一家。回回多，同多。小小一

一不小心撞上了历史

2019 年 11 月 25 日，高邮气温骤降十度，早上还飘了几滴雨。下午，我与从苏州赶来的作家王道，从无锡赶回来的高邮本地人姚维儒医生一道，往访汪曾祺的妹妹汪丽纹、妹夫金家渝。

他们家本来住在竺家巷，门上钉着"汪曾祺故居"的牌子，小屋两三间，接待过许多文学名人，各处汪迷。现在故居拆掉，翻建汪曾祺纪念馆，他们就搬到月塘河边（汪曾祺书中写为"越塘"，查民国时期文献，确写为越塘）儿子家暂住。安安静静的，也是小屋。

问："纪念馆建成后会回迁吧？""会的会的。"

王道带去一册档案，封面上写：

高邮县工商业联合会

同意变更登记的申请和政府批复

自 1953 年 1 月起至 1953 年 12 月止

本卷内共 146 张 保管期限：永久

高邮人看到这册档案，都"嚯"一声，问是哪里得来。却是购自扬州。

王道带这册档案来访金家渝汪丽纹，却是希望他们辨认一下，哪些店铺后来甚至如今尚在。金家渝先生一页一页地翻着，这里面的商铺，哪怕是在东大街（人民路，即汪曾祺故居所在）的，大部分都生疏，或忘却了。

"这个，阎世俊……"他突然指着一页，"阎世俊还在，在大淖巷。"

我们大为惊异，赶紧细看这页：

企业名称	俊成蛋代理店	所在地	人民路草巷口四号
业务种类及范围	（主营）蛋		
登记护照字号	商字第五号	组织方式	合伙
变更事项			
项目	原登记内容	变更后内容	
经理更换	原经理吴焕文股东二人各出资金伍拾万元合计资金壹佰万元合伙经营	更换经理阎世俊原有股东不换资金照旧地址不动	
变更原因	因原有经理年老各事不够负责	完成日期	一九五三年九月

问："怎么找这位阎老先生？""你们去大淖巷一问，都知道。"

好，我们第二天去汪味馆吃早茶（煮干丝、蟹黄包子和蒸饺）。"再来碗鱼汤面？""谢谢，谢谢，吃不了啦。"

之后就约在大淖巷口见。走两步，有人，就问。第二位大姐就知道，那就跟她走。往深里走了几转，"前面三轮车那里右转，就到了"。果然到了，倒已不是大淖巷，门牌上写着"草巷口58号"。

阎老先生和儿子、儿媳，都在家。阎老先生听觉自然不好，但神智很清明。自言九十五岁，比汪曾祺小五岁。

那么，他当俊成蛋代理店经理时，是廿八岁。

阎世俊十多岁就出来当学徒，在炕房，就是《鸡鸭名家》里那种炕房，专做鸡鸭蛋生意。里下河四里八乡的蛋，都汇集到这条东大街上，或炕出鸡雏在本地发卖，或者外销到上海、无锡。

阎世俊在变更申请书上有一个小私章。问：在吗？还在。找了，没找到。

但清楚地知道，这是一枚水晶章，本地没有，在上海托人刻了带回来的。

草巷口四号的炕房，离汪家几步之遥。阎世俊认识汪淡如，就是汪曾祺父亲汪菊生，"好人！"

再问两人交往细节，"我唱京剧，汪淡如给我拉二胡。"

"汪淡如跟你们炕房做过生意吗？""没有。就是熟人。"

"那汪曾祺少年在高邮时，您认识吗？""不认识，后来回高邮（1981年）见过。"

只能匆匆地问问，看看。阎老的相册里，有20世纪60年代在福州拍的，"欢迎阎世俊师傅回乡"，他一定技术很好，才会被请去福建指导。

接我们去扬州的车来了，只能先告别。请姚维儒医生帮我们再跟阎老细聊。

后来姚医生给我发微信：

"今天上午去了阎世俊家，得到一些有关汪家鲜为人知的事情（1946 年保全堂后面曾经作为高邮东山镇的办公场所，组织部长郑光耀在汪家工作一年左右，直至新四军北撤，阎老 1946 年 3 月入党宣誓就在保全堂。汪老笔下的坑（炕）坊写的就是阎老工作过的俞元泰坑（炕）坊。阎老的私章找到了。"

还有一份阎老先生提供的史料《阎世俊领队活捉暗藏特务》，对阎世俊的经历交代比较清楚：

> 阎世俊，1925 年 6 月生，高邮县城人，贫苦农民家庭，1946年 2 月担任东山镇纠察中队副队长。

据阎世俊本人提供的史料上说，1946 年 4 月，一架国民党飞机在高邮城上空盘旋，全城处于戒严状态，纠察队员发现了一名可疑男子，他趴在窑巷口一住户房顶，手拿一面小圆镜在晃动，原来是利用太阳反光，给国民党飞机指目标。纠察队员报告了纠察中队副中队长阎世俊，将此人抓获，到了深夜十二点，此人又企图逃脱，仍然被阎世俊率领一百余名纠察队员在庙巷口、阴城四处搜查。凌晨三点多在阴城坟地一防空壕将其抓获。后来查清他是一名暗藏特务，经县民主政府批准，将这个特务处决。

汪曾祺写高邮，基本没有涉及阎世俊这样的进步人士，他也没有写到解放后的高邮如何时代转换。但不管怎么说，阎世俊是一个高邮商业历史与社会生活的见证人。他仿佛从历史深处的"炕房"走来，像一个连接点，把档案文件、小说文本、历史人物串连到了一起。

这真是一次让人恍在梦中的发现，好像一不小心，就在草巷口撞上了历史。

鸡鸭名家出高邮

据阎世俊接受姚维儒采访时说：

当时高邮炕坊有十家，主要分布在城北庙巷口及东大街，南门没有，南门外是粮食和鲜鱼鲜虾的集散地，粮行、油坊、鱼行比较多。炕坊具体的有：菜市街北首的"绪兴泰"；北头庙巷口的"杨裕泰"，该炕坊老板是杨在山；搭沟桥有一家叫"同和"，是 5 个人的股份店，5 个股东分别是郭元领、茆桂生、俞成龙、孙红喜和金永贵，金永贵是大师傅兼老板。东大街草巷口一带炕坊较为集中，有"蒋顺兴"，老板是蒋兆顺；"万泰"的老板是弟兄俩，叫刘元桃和刘元海；大淖河边的叫"泰和"，老板是王荣桂和戴理；窑巷口的一家叫做"顺和"，老板是俞松才；人民桥一家的叫"元和"，老板是俞松海和朱龙顺；北窑庄还有一家叫"茂盛"，老板是李桃山；位于草巷口 6 号的叫"俞元泰"，也是炕坊中规模比较大的一家，老板叫俞松林，我当时就在俞元泰做，汪曾祺于 1947 年写的《鸡鸭名家》，写的炕坊就是"俞元泰"，当时的老板是俞松林，其父亲俞登仁是当家大师傅，人称俞老五，俞登仁在家排行老大，与人拜把兄弟排行老五，俞老五就这么喊出名了。汪曾祺在小说《鸡鸭名家》里写道："余老五是余大炕坊的师傅。他虽也姓余，炕坊可不是他开的，虽然他是个炕坊里顶重要的一个人。老板和他同宗，但已经出了五服，他们之间只有东伙缘份，不讲亲戚面情。如果意见不和，东辞伙，伙辞东，都是可以的。"汪曾祺之所以这样写，自有他的道理。解放后，俞元泰的老板俞松林跑掉了，老板换成了吴焕文，阎世俊传承余老五的衣钵，成了炕坊的大师傅。1953年吴焕文因年事已高，阎世俊年富力强，自然成了新老板，不过"俞永泰"也更名为"俊成蛋行"。

"蛋行的蛋卖到什么地方？""从四乡八镇收上来的蛋主要销往上海及苏南一带，炕坊炕出来的鸡鹅鸭主要销往镇江句容一带。炕坊一般是先炕鹅，然后炕鸡，到了小满，就开始炕鸭，最后还要炕一趟迟鸡子，主要供应本地及里下河地区，高邮当时的苗情一年也就200万~300万只。到了1952年，高邮成立了蛋业合营处，这是公私合营的雏形和前奏。"

这样一来，整个民国高邮蛋业的历史立时变得清晰。这就是汪曾祺写余老五、陆长庚这两位"鸡鸭名家"的背景。

不过，阎世俊说"高邮当时的苗情一年也就200万~300万只"，我还是有疑问，因为《高邮县志》写得清楚："30年代初，全县年养禽50万只，外销20万只，输出禽蛋2500万枚。"卖鸡蛋鸭蛋，是卖鸡鸭的50倍，是外销鸡鸭125倍。反过来，其实也说明，炕鸡炕鸭的技术投入与经营成本，比起养鸡养鸭来，要高得多，至于像倪二那样将鸭子"赶到南京或镇江的鸭市上变钱"，就更非里手行家莫办。

高邮最出名的鸡鸭是高邮麻鸭、菱塘鸡。县志记载，高邮麻鸭在南宋就已定名，因为善产双黄蛋而驰名中外。一只鸭子，一年可以产蛋 160 枚，其中双黄蛋的比例大概是十分之一。说到双黄蛋，汪曾祺 1986 年有一篇长文《故乡的食物》，其中一节"端午的鸭蛋"更是脍炙人口，好像还入选了小学课本。一到端午节，就有无数媒体自媒体公号选发这篇文章，里面这段更是很替高邮人长脸：

> 我的家乡是水乡。出鸭。高邮大麻鸭是著名的鸭种。鸭多，鸭蛋也多。高邮人也善于腌鸭蛋。高邮咸鸭蛋于是出了名。我在苏南、浙江，每逢有人问起我的籍贯，回答之后，对方就会肃然起敬："哦！你们那里出咸鸭蛋！"上海的卖腌腊的店铺里也卖咸鸭蛋，必用纸条特别标明："高邮咸蛋"。高邮还出双黄鸭蛋。别处鸭蛋也偶有双黄的，但不如高邮的多，可以成批输出。双黄鸭蛋味道其实无特别处。还不就是个鸭蛋！只是切开之后，里面圆圆的两个黄，使人惊奇不已。我对异乡人称道高邮鸭蛋，是不大高兴的，好像我们那穷地方就出鸭蛋似的！不过高邮的咸鸭蛋，确实是好，我走的地方不少，所食鸭蛋多矣，但和我家乡的完全不能相比！曾经沧海难为水，他乡咸鸭蛋，我实在瞧不上。

菱塘鸡，外乡知道的人不多。菱塘是江苏省唯一的民族自治乡，那里做的清真鸡鸭鹅，听说有不少南京人周末专门驾车去吃。除了烹调手艺，食材当然也要好。菱塘鸡一年也能产蛋 160 枚，一只鸡蛋有 60 克重。

《鸡鸭名家》写的地方，我最初以为就是菱塘，因为小说开头说"这个地方鸡鸭多，鸡鸭店多。鸡鸭店都是回回开的。这地方一定有很多回回"。从前"我"去探望父亲，是在窑庄，因为"母亲葬在窑庄"，父亲在窑庄开了一块农场。窑庄在高邮镇东北，现在属于经济开发区。而十年后"我"返乡探父，住的地方既不在高邮城里，也应该不在窑庄。如果按照真实生活，是在镇江或扬州。不论是在镇江、扬州或是菱塘，那句"这两个老人怎么会到这个地方来呢"的问句，都是成立的。

"失去我的圆光了"

汪曾祺写作《鸡鸭名家》是在 1947 年 1 月初（一年后才在《文艺春秋》刊发）。这个时候，汪曾祺正处在人生的转折关头。

抗战是已经结束一年多了。南渡诸人，也就陆续开始北归。1946年 5 月 4 日，西南联大停止办学。7 月 12 日，沈从文举家乘飞机离开昆明。三天后，闻一多在西仓坡被特务暗杀。

最欣赏他的两位老师，一离一逝。汪曾祺估计还不曾从悲愤中平息，自己也踏上北归之路。7 月，他沿着当年求学西南的原路，经越南、香港回到上海。女朋友施松卿则回了福建。汪曾祺在 1946年的散文《风景》里说，"但我穷的不止是钱，我失去我的圆光了"。"圆光"，有人说是象征被爱的光环绕（1948 年《道具树》："满含月光的轻雾里，路灯投下一圈一圈的圆光"），也有人猜测"圆光"

是佛像头顶的光圈。总之，汪曾祺想表达的应该是自己失去了爱的护佑，才会"感情麻木，思想昏钝"。这里的"圆光"，或者不仅是指男女情爱，还包括师友之爱，闻一多辞世，沈从文去了北平，最好的朋友朱德熙还留在昆明，不久也去了北平。

汪曾祺在战后的大上海，一时找不到工作，寄居在朱德熙家中，睡在过道上。朱德熙的妹妹每天一早笑眯眯地跟颓在床上的汪曾祺打个招呼，高高兴兴地跑出去给党的外围组织工作。

汪曾祺自己都觉得"简直没个人样儿"，曾想过要自杀。沈从文闻知后，从北平写了一封长信把汪曾祺大骂一顿，说："为了一时的困难，就这样哭哭啼啼的，甚至想到要自杀，真是没出息！你手中有一支笔，怕什么！"然后又重复了离开昆明时对汪曾祺的嘱咐，"千万不要冷嘲"。

汪曾祺1989年在致研究者解志熙的信中回忆这段时期："我当时只有二十几岁，没有比较成熟的思想。我对生活感到茫然，不知道如何是好。"困扰汪曾祺，还包括持续数年的牙疼，1947年小说《牙疼》里写S（施松卿）的临别赠言便是："这一去，可该好好照顾自己了。找到事，借点薪水，第一是把牙治一治去。"后来汪曾祺在上海致远中学任教，果然是找学校预支了二十万块钱去看牙医，才算缓解了这苦楚。

可以说，1946年7月离开昆明，到1948年3月赴北平（又能见到沈从文先生与施松卿），这不到两年的时间，是汪曾祺年轻时代最彷徨、最苦闷的时光。关于这一段上海居留，汪曾祺日后只留下了一篇《星期天》，可以看作一种对不愉快往事的过滤。

这一段时日，能安慰汪曾祺的，除了手里的"一支笔"，黄永玉、黄裳等人的友情，巴金、李健吾等师长的关照，更重要的，大概便只有相隔几近十年的家人团聚了。

1946 年 8 月，父亲汪菊生正带着家人住在镇江避难。汪曾祺抵沪后，曾到镇江与家人短暂相聚。汪菊生想托小姑父崔锡麟为汪曾祺在银行谋职，汪曾祺拒绝了。

这年年末，汪曾祺再到扬州，与家人团聚了一个月。这是自 1939 年离开高邮之后，汪曾祺与家人共度的第一个新年。因为父亲在镇江当眼科医生，后母及三位弟妹都在扬州，汪曾祺便没有回百里之外的高邮。当时他可能也没想到，再度回乡，会是三十四年后了。

《鸡鸭名家》正是写于这次扬州家聚前后。

这篇小说看上去，主角是余老五、陆鸭两位老人。其实不如说，"父亲"才是小说的主角。小说一开篇，是在盛赞父亲洗刮鸭掌的手艺。1948 年初刊版与 1982 年收入《汪曾祺短篇小说选》的版本，文字有较大的改动（初刊中被删改的文字，以删除线表示，括号中的文字是后来加上的）：

> 父亲在洗刮鸭掌。每个蹼蹼都掰撑开（来）仔细细看过，是不是还有一丝泥垢，一片没有去尽的皮，（样子）就像在作一件精巧的手工似的。两副鸭掌白白净净，（一只一只，）妥妥停停，排成一排妥妥停停的一排。四只鸭翅，也白白净净，（一只一只，）排成一排妥妥停停一排。很漂亮，很可爱（看起来简直绝对想不到那是从一只鸭子身上取下来的，仿佛天生成这么一种好吃东西，就这样生

的就可以吃了，入口且一定爽糯鲜甜无比，漂亮极了，可爱极了，我忍不住伸手用指头去捏捏弄弄，觉得非常舒服。鸭翅尤其是血色和匀丰满而肉感）。甚至那两个鸭肫就是那个教我拿着简直无法下手的鸭肫，父亲也把它处理得极美。（他握在手里，掂了一掂，"真不小，足有六两重！"）他用用他那把（我小时就非常熟悉的）角柄小刀从栗紫色当中闪着钢蓝色的那儿一个微微凹处轻轻一划，一翻，里面的蕊黄色（蓝黄色鱼子状）的东西就翻出来了。洗刷涮了几次，往鸭掌、鸭翅之间一放，样子很名贵，像一种珍奇的果品似的样子名贵极了，一个甚么珍奇的果品似的。我很有兴趣地看着他用洁白的，然而男性的手，熟练地做着这样的事我看他作这一切，用他的洁白的，熨贴的，然而男性的，有精力，果断，可靠的手作这一切，看得很感动，王羲之论钟张书，"张精熟过人"，又曰"须得书意转深，点画之间皆有意，自有言所不得尽其妙者，事事皆然。""精熟"，"有意"，说得真好。我小时候就爱看他用他的手做这一类的事，就像我看他画画刻图章一样。我和父亲分别了十年，他的这双手我还是非常熟悉。我追随他的每一动作，以心，以目，正如小时，看他作画。父亲一路来直称赞鸡鸭店那个伙计，说他掰折鸭掌鸭翅，准确极了，轻轻一来，毫不费事，毫不牵皮带肉，再三赞叹他得着了"诀窍"，所好者技，进乎道矣，相信父亲自己落到鸡鸭店作伙计，也一定作到如此地步的！

相隔三十五年，汪曾祺将抒情的语句去除了许多（也包括掉书袋），他自己也说"抒情就像菜里的味精一样，不能多放"。但字里行间，对"父亲"的孺慕之情，仍然不减。尤其 1982 年版，添上了"我和父亲分别了十年，他的这双手我还是非常熟悉"，足见多年之后，汪曾祺的回忆中，仍然存留着那一份温暖，来自爱的圆光。

小说的主角，首先是父亲

看上去《鸡鸭名家》的主角是余老五与陆长庚两位，实际上，这篇小说的主角首先是父亲。

在 1982 年版里，汪曾祺已经大段地去除了父子之间相处的描写，而将笔触更多地集中在对"鸡鸭名家"的描摹上。这种改动，或许与汪曾祺后期对小说"短"的追求有关。在 1947 年版里，父亲的形象要更丰富更立体。

1982 年版中，作者这样交代父亲从城里下乡营作农事的由来：

> 母亲故世之后，父亲觉得很寂寞无聊。母亲葬在窑庄。窑庄有我们的一块地。这块地一直没有收成，沙性很重，种稻种麦，都不相宜，只能种一点豆子，长草。北乡这种瘦地很多，叫做"草田"。父亲想把它开辟成一个小小农场，试种果树、棉花。把庄房收回来，略事装修，他平日就住在那边，逢年过节才回家。我那时才六岁，由一个老奶妈带着，在舅舅家住。有时老奶妈送我到窑庄来住几天。我很少下乡，很喜欢到窑庄来。

这里面已经包含了很重要的信息。父亲是在"母亲故世之后"，因为"寂寞无聊"才来到窑庄开辟农场，逢年过节才回家。才六岁的"我"，只能住在舅舅家（所以前面写鸡鸭铺，有"铺子在我舅舅家附近，出一个深巷高坡，上大街，拐角第一家便是"的描述），"很少下乡"，跟父亲亲近的机会也就很少。所以，能到窑庄来，是一件令"我""很欢喜"的事。

而1947年版里，有一段描写被删去了。现在留下的，是只有幼年"我"的视角与心态，而原作中的描写，还包括了对"父亲"的理解：

> 他年轻时体格极强，耐得劳苦，凡事都躬亲执役，用的两个长工也很勤勉，农场成绩还不错，试种的水蜜桃虽然只开好看的花，结了桃子还不够送人的，棉花则颇有盈余，颜色丝头都好，可是因为好得超过标准，不合那一路厂家机子用，后来就不再种了。至今政府物产统计表上产棉项下还列有窑庄地方，其实老早已经一朵都没有了。不过父亲一直还怀念那个地方，怀念那一段日子，他那几年身体弄得很好，知道了许多事情，忘记了许多事情，从来没有那么快乐满足过。

至于"我"去窑庄，1947年版里没有"很欢喜"的主观描述，却有"我自己来了，事前连通知都不通知他！"这样一句。由此可以看出父子关系并不紧张，反而有些随便不拘，符合"父子多年成兄弟"的总结。

不仅如此，写到"运鸡的两口子"，因为车陷进坑里，两位一旁聊天的老人来帮忙，才引出了余、陆二位鸡鸭名家。但这运鸡的两口子，并非闲笔，一开始，女的拉车，男的"提了两只分量不大的蒲包在后面踱方步"，还引起了"我"的不平，觉得男的"真岂有此理"，后来车子陷坑了，才知道，一路上尽是坑，男人推车救车的负担更重。这才有了车子"吱吱呕呕地拉过去，走远了"之后，"我"突然想起的两句《打花鼓》——"恩爱的夫妻 槌不离锣"。而在 1947 年版里，看夫妻拉车时，还有一句"父亲不说甚么，很关心的看他们过去。一直到了快拐弯的地方，我们一相视，心里有同样感动了"。结合下文的"母亲故世之后，父亲觉得很寂寞无聊"，父亲到窑庄务农后"从来没有那么快乐满足过"的描写，这里面，既有儿子对父母深情的理解，也隐隐透出作者对城乡之间差异的评判。

让这种评判更明显的，是 1947 年版中对父子短暂乡居生活的描写：

> 我们刚回来一会儿，买了鸭翅，鸭掌，鸭舌，鸭胘，八只蟹，青菜两棵，葱一小把，姜一块回来，我来看父亲，父亲整天请我吃，来了几天，吃了几天。昨天晚上隔了一层板壁，他睡在外面房间，我睡在里头，躺在床上商议明天不出去吃了，在家里自己作。不要多，菜只要两个，一个蟹，蒸一蒸，不费事，——喝酒；一个舌掌汤，放两个菜头烩一烩——吃饭。我父亲实在很会过日子，一个人在外头，一高兴就自己作饭，很会自得其乐！——那几只蟹买得好，在路上已经有两个人问过，好大蟹，甚么地方买的，多少钱一斤，很赞许的样子，一个老先生，一个女人，全都自然极了，亲切极了，可是我一点也不认识，真有意思！大都市里恐怕很少这种情形了。

汪曾祺很细致地写了十年后父子重逢的滋味,那也是经历了流离,也经历了漂泊的都会生活,重返乡间的简单生活。虽然现实生活中,汪曾祺与汪菊生未能在高邮相聚,父子重逢,无论何处,亲情总是沁人心脾,父亲"整天请我吃,来了几天,吃了几天",而偶逢的路人,全都"自然极了,亲切极了",作者欣喜愉悦的心情,溢于字里行间。

　　由于1982年版的改动,这种父子团聚的欣喜,变得不那么明显。但是,整篇小说仍然保持着儿子向父亲"追问"来引出故事的结构。关于余老五、倪二、陆长庚的故事,多少来自"我"的观察与想象,多少来自父亲的叙述呢? 在小说里已是浑然一体,无法区分。我们不妨将父亲视为真正的叙述者,毕竟,他一直长居斯地,而"我",不过是少小离家,十年来归的游子。说"我"是借父亲的眼睛,在打量着余老五、倪二、陆长庚,打量着这一片熟悉又陌生的故乡,亦不为过。

显性结构与隐性结构

　　《鸡鸭名家》可以看作鲁迅《故乡》那样的"返乡小说"。一个生长于斯的青年,事隔多年回到故乡,故人故事,都带上了新的色彩、新的意味。

　　只是现实中的汪曾祺,并未在1947年回到高邮。这是一次想象中的返乡。他要写的,其实是记忆中的故乡中的某些人物与世相。而这些人物与世相，又是通过"父亲"的引领与讲述，进入"我"的世界。

因此《鸡鸭名家》的显性结构是："我"回乡探父——遇见两位老人——余老五炕蛋——父亲与倪二的事业——倪二养鸭卖鸭——鸭子丢了，陆长庚江湖救急。而鸡鸭名家们的现状，只落得了小说的结尾疑问："这两个老人怎么会到这个地方来呢？他们的光景过得怎么样了呢？"余老五、陆长庚，如父亲的反问提醒"我"的那样，是"两个值得记得的人"。为此"我觉得高兴"，这两个形象唤醒了"我"的故乡记忆，让睽违十年的故乡不再是满目的人事全非。

余老五与陆长庚，用时下的话说，都是出色的"匠人"，余老五面对炕蛋最后一刻的神奇，确实是"进乎技"的：

　　余老五总要多等一个半个时辰。这一个半个时辰是最吃紧的时候，半个多月的功夫就要在这一会见分晓。余老五也疲倦到了极点，然而他比平常更警醒，更敏锐。他完全变了一个人。眼睛塌陷了，连颜色都变了，眼睛的光彩近乎疯狂。脾气也大了，动不动就恼恕，简直碰他不得，专断极了，顽固极了。很奇怪，他这时倒不走近火炕一步，只是半倚半靠在小床上抽烟，一句话也不说。木床、棉絮，一切都准备好了。小徒弟不放心，轻轻来问一句："起了吧？"摇摇头。——"起了罢？"还是摇摇头，只管抽他的烟。这一会正是小鸡放绒毛的时候。这是神圣的一刻。忽而作然而起："起！"徒弟们赶紧一窝蜂似的取出来，简直是才放上床，小鸡就啾啾啾啾纷纷出来了。余老五自掌炕以来，从未误过一回事，同行中无不赞叹佩服。道理是谁也知道的，可是别人得不到他那种坚定不移的信心。这是才分，是学问，强求不来。

而陆长庚吆那些已经丢掉鸭子的技艺，同样令人瞠目结舌：

> 拈起那根篙子（还是那根篙，他拈在手里就是样儿），把船撑到湖心，人仆在船上，把篙子平着，在水上扑打了一气，嘴里喷喷喷咕咕咕不知道叫点什么，赫！——都来了！鸭子四面八方，从芦苇缝里，好像来争抢什么东西似的，拼命地拍着翅膀，挺着脖子，一起奔向他那里小船的四围来。本来平静辽阔的湖面，骤然热闹起来，一湖都是鸭子。不知道为什么，高兴极了，喜欢极了，放开喉咙大叫："呱呱呱呱呱……"不停地把头没进水里，爪子伸出水面乱划，翻来翻去，像一个一个小疯子。岸上人看到这情形都忍不住大笑起来。倪二也抹着鼻涕笑了。看看差不多到齐了，篙子一抬，嘴里曼声唱着，鸭子马上又安静了，文文雅雅，摆摆摇摇，向岸边游来，舒闲整齐有致。兵法：用兵第一贵"和"。这个"和"字用来形容这些鸭子，真是再恰当不过了。他唱的不知是什么，仿佛鸭子都爱听，听得很入神，真怪！
>
> 这个人真是有点魔法。

"这个人真是有点魔法"一句，是 1982 年才加进去的。想汪曾祺改到这一段的时候，事隔四十余年，仍然从心底发出这样的赞叹。无论是否真有陆鸭其人（多半有），这个人物形象都立起来了。

然而，《鸡鸭名家》厉害之处，甚至可以说超越了《故乡》之类前辈作品的地方，在于它的显性结构之下，还埋藏着一个"隐性结构"。读者随着"我"的视角，看父亲做事，余老五、倪二、陆鸭，种种作为，不知不觉已经融入了那一片水乡风情之中。但汪曾祺的观察并不止于此，《鸡鸭名家》的叙事隐性结构，将高邮1930年代禽蛋业的种种格局，都点到了，写出了。汪曾祺不是很多读者想象中不通世务的遗老遗少，他内心有一盘生意经。

　　这也是为什么我在本文开头要用那么多篇幅来介绍对阎世俊的走访。

　　《鸡鸭名家》的叙事隐性结构是：禽蛋业扫描——养鸭炕蛋——新的力量介入——产业的式微。

　　这一隐性结构，与小说的叙事结构完全错位，甚至不容易让人看出两者的联系。汪朗先生看过《重读〈八千岁〉》后，疑惑地问我：老头儿写经济，他真的懂吗？

　　不怪汪朗先生疑惑，记得1990年代初，有媒体采访汪曾祺，问他对"市场经济"的看法，他的回答是："我对市场经济无动于衷。"

　　我觉得，汪曾祺不是"不懂经济"，他是在高邮最大商圈（北门大街）长大的绅商之子，他懂得观察做生意的人，他们"吃什么，想什么"，用所谓"商业术语"说，就是盈利模式与行业预期。

　　汪曾祺1940年代写过《落魄》，作者无来由地厌恶着开始精精神神的，后来萎靡不振的扬州人。1985年他还写过一篇很短的小说《如意楼和得意楼》，写了门对门两家茶馆，迥然不同的命运。如意楼越来越兴盛，得意楼越来越萧条。汪曾祺对二位老板的褒贬，就在不同的描写与总结之中：

> 　　如意楼的胡二老板有三十五六了。他是个矮胖子，生得五短，但是很精神。双眼皮，大眼睛，满面红光，一头乌黑的短头发。他是个很勤勉的人。每天早起，店门才开，他即到店。各处巡视，尝尝肉馅咸淡，切开揉好的面，看看蜂窝眼的大小……胡老二还是每天要视验一下，方才放心。然后，就坐下来和师傅们一同擀皮子、刮馅儿、包包子、烧麦、蒸饺……（他是学过这行手艺的，是城里最大的茶馆小蓬莱出身）……他既是财东，又是要手艺。他穿短衣时多，很少有穿了长衫，摇着扇子从街上走的时候。

> 　　得意楼的老板吴老二有四十多了，是个细高条儿，疏眉细眼。他自己不会做点心的手艺，整天只是坐在帐桌边写帐，——其实茶馆是没有多少帐好写的。见有人来，必起身为礼："楼上请！"然后扬声吆喝："上来 × 位！"这是招呼楼上的跑堂的。他倒是穿长衫的。帐桌上放着一包哈德门香烟，不时点火抽一根，蹙着眉头想心事。
>
> 　　……
>
> 　　吴老二蹙着眉头想：我怎么就这么不走运呢？
>
> 　　他不知道，他的买卖开不好，原因就是他的精神萎靡。他老是这么拖拖沓沓，没精打采，吃茶吃饭的顾客，一看见他的呆滞的目光，就倒了胃口了。

一个人要兴旺发达，得有那么一点精气神。

还能说，汪曾祺不懂生意经吗？

这个人怎么懂这么多

虽然习惯说"鸡鸭"，鸡在鸭前，或者说二者总是相提并论，但高邮麻鸭的声名，远在鸡种之上。而且鸡可以由农户散养，鸭则成群放牧，较为经济。《高邮县志》称："高邮河湖荡滩和水田面积广大，水生动植物十分丰富，有利鸭子饲养。小群鸭散放河沟，早出晚归。大群鸭每百只配 1～2 人放牧。历史上高邮运东里下河地区多一熟老沤田，一年栽植一季水稻，有经验的鸭农在立秋前一月左右捉养苗鸭，至早稻收割时放鸭入田，摄食散失谷粒，经济合算，是为秋鸭。"高邮只种一季水稻，是明以来水灾频发的后果，也造成了养鸭业的束缚。这成了一个千年来似乎没变过的行业。

改变正是来自小说中"父亲"这样的人。他在窑庄开农场，试种水果和棉花，棉花种成了，就改变了窑庄地方的生态。老佃户倪二对种棉花没有兴趣，也不相信这块地方能长出棉花。倪二要改行，第一想到的就是养鸭，因为"这一带多河沟港汊，出细鱼细虾，是很适于养鸭的地方"。倪二从来没养过，但只要父亲肯借他本钱，他也敢入这一行。一年下来，居然把一趟鸭养得不坏，以至于父亲高兴得说："明年我们换换手。"让倪二种棉，自己养鸭。

结果，即使父亲已经证明了这块地适于种棉，倪二还是没法接手，"因为管理不善，结出来的朵子越来越伶仃了"。这里面或许有知识技术的差异，但倪二作为乡民的代表，已经颇难改易，"人究竟不像树木，可以随便接枝。即树木，有些接枝也不能生长的"。所以倪二养鸭，看起来很成功，却有着内在的矛盾冲突，是父亲说的"不像"。

写到这里，汪曾祺的笔荡开去，写了一段养鸭人的苦：

> 放鸭是很苦的事。问放鸭人，顶苦的是什么？"冷清"。放鸭和种地不一样。种地不是一个人，撒种、车水、薅草、打场，有歌声，有锣鼓，呼吸着人的气息。养鸭是一种游离，一种放逐，一种流浪。一大清早，天才露白，撑一个浅扁小船，仅容一人，叫做"鸭撇子"，手里一根竹篙，篙头系着一把稻草或破蒲扇，就离开村庄，到茫茫的水里去了。一去一天，到天擦黑了，才回来。下雨天穿蓑衣，太阳大戴个笠子，天凉了多带一件衣服。"连一个说话的人都没有。"远远地，偶尔可以听到远远的一两声人声，可是眼前只是一群扁毛畜生。有人爱跟牛、羊、猪说话。牛羊也懂人话。要跟鸭子谈谈心可是很困难。这些东西只会呱呱地叫，不停地用它的扁嘴呷喋呷喋地吃。

"冷清"是 1982 年改过的词儿。1947 年，汪曾祺用的是"寂寞"，"问养鸭人顶苦是甚么，很奇怪的，他们回答'是寂寞'"。大概后来汪曾祺也觉得高邮乡下养鸭人哪里说得出"寂寞"这个词。但廿七岁的汪曾祺，也未必是那样的学生腔，他有解释："这简直不能相信了，似乎寂寞只是坐得太久谈得太多,抽烟喝茶度日的人才有的感情,'乡下人'!会'寂寞'吗?也许寂寞是人的基本感情之一,怕寂寞是与生俱来的,襁褓中的孩子如果不是确知父母在留心着自己,他不肯一个人睡在一间屋子里。也可能这是穴居野处时对于不可知的一切来袭的恐惧心理的遗传,人总要知觉到自己不是孤身的面对整个自然。"年轻的汪曾祺写到乡村或乡下人,总会有意无意地带入"都市"或"知识者"作为比较,这也是沈从文的遗风,但这个习惯到 1980 年代基本都洗掉了。

这一段描写也很难不让人想到 1961 年《羊舍一夕》里对"放羊苦"的描写:

> 放羊苦么?
>
> 咋不苦!最苦是夏天。羊一年上不上膘,全看夏天吃草吃得好不好。夏天放羊,又全靠晌午。"打柴一日,放羊一晌"。早起的露水草,羊吃了不好。要上膘,要不得病,就得吃太阳晒过的蔫筋草。可是这时正是最热的时候。不好找个荫凉地方躲着么?不行啊!你怕热,羊也怕热哩。它不给你好好地吃!它也躲荫凉。你看:都把头埋下来,挤成一疙瘩,净想躲在别的羊的影子里,往别个的肚子底下钻。这你就得不停地打。打散了,它就吃草了。可是打散了,一会会,它又挤到一块去!打散了,一会会,它又挤到一块去了。你想休息?甭想。一夏天这么大太阳晒着,烧得你嘴唇、上腭都是烂的!
>
> 真渴呀。这会,农场里给预备了行军壶,自然是好了。若是在旧社会,给地主家放羊,他不给你带水。给你一袋炒面,你就上山吧!

你一个人，又不敢走远了去弄水，狼把羊吃了怎办？渴急了，就只好自己喝自己的尿。这在放羊的不是稀罕事。老羊倌就喝过，丁贵甲小时当小羊伴子，也喝过，老九没喝过。不过他知道这些事。

从十几岁到四十几岁，汪曾祺一直在关注各行各业的苦焦，观察，想象，记录。我们看他写到什么，总是娓娓道来：养鸭有养鸭的苦，放羊有放羊的苦，药店伙计有他的苦恼，当铺掌柜有他的苦闷，茶馆老板也总是蹙着眉头……"这个人怎么懂这么多！"

借着鸡鸭，回望故乡

余老五是行尊，年年炕鸡从不失误，老板供着捧着，连坟地都给他看好了。而陆长庚陆鸭呢？他的本事一点儿不比余老五小，但时运差得太远。《鸡鸭名家》对陆鸭有极详细的描写，几乎是汪曾祺小说中描写最细的一位：

陆长庚瘦瘦小小，小头，小脸。八字眉。小小的眼睛，不停地眨动。嘴唇秀小微薄而柔软。他是一个农民，举止言词都像一个农民，安分，卑屈。他的眼睛比一般农民要少一点惊惶，但带着更深的绝望。他不像余五那样有酒有饭，有寄托，有保障。他是个倒霉的人。他的脸小，可是脸上的纹路比余老五杂乱，写出更多的人性。他有太多没有说出来的俏皮笑话，太多没有浪费的风情，他没有爱抚，没有安慰，没有吐气扬眉，没有……他是个很聪明的人，乡下的活计没有哪一件难得倒他。许多活计，他看一看就会，想一想就明白。他是窑庄一带的能人，是这一带茶坊酒肆、豆棚瓜架的一个点缀，一个谈话的题目。可是他的运气不好，干什么都不成功。日子越过越穷，他也就变得自暴自弃，变得懒散了。他好喝酒，好赌钱，像一个不得意的才子一样，潦倒了。

陆鸭指挥鸭群，如臂使指，不用数就知道鸭群数量（可能是觉得过于惊世骇俗，1982 年版将陆鸭一口叫出的鸭群数量从"三千"改成了"三百"），手一掂就知道斤两，一两不差，一指头就能杀死鸭子。可是他为什么那么失败，放过多年鸭，到头来连本钱都蚀光了？归结于"鸭瘟"似乎太重个人运气，或者这里有陆鸭的性格悲剧："这是一点本事。可是人最好没有这点本事。他正因为有这些本事，才种种不如别人。"

但也可能是整个行业的悲剧。如果倪二这样的生手也能养好鸭子，而像陆鸭这样的养鸭状元也无可奈何鸭瘟，那这个行业的门槛在哪里？行业上升的空间又在哪里？

《鸡鸭名家》对高邮养鸭业的描写，是从父亲剥鸭掌开始的，紧接着是写沙滩上四个汉子分鸭子。1982 年版的描写很简单："四个人都一色是短棉袄，下面皆系青布鱼裙。这一带，江南江北，依水而住，靠水吃水的人，卖鱼的，贩卖菱藕、芡实、芦柴、茭草的，都有这样一条裙了。系了这样一条大概宋朝就兴的布裙，戴上一顶瓦块毡帽，一看就知道是干什么行业的。"

1947 年版可有大段的感想：

　　昨天在渡口市滩看见有这种裙子在那儿卖，我说我想买一条，父亲笑笑，我要当真去买，人家不卖，以为我是开玩笑的。真想看一个人走来讨价还价，说好说歹，这一定是很值得一看的，然而过去又过来，这两条裙子竟是原样放着，似乎没有人抖开前前后后看过！这种裙子穿在身上，有甚么好处，甚么方便，有甚么感情洋溢出来呢？这与其说是一种特别装束，不如说是一种特别装束的遗制，其由来盖当相当古远，似乎为了一点纪念的深心！他们才那么爱好这条裙子，和头上那种瓦块毡帽。这么一打扮，就"像"了，所有的身份就都出来了。"我与我周旋久，宁做我"，生养于水的，必将在水边死亡，他们从不梦想离开水，到另一处去过另外一种日子，他们简直自成一个族类，有他们不改的风教遗规。

　　这种叙述，很能看出青年汪曾祺受沈从文写湘西的影响，喜欢总结，晚年则收敛到近乎白描。而这一段描述，真是可以看作对高邮禽蛋业，尤其是养鸭业的一种高度浓缩的扫描。汪曾祺几乎带着一点儿"哀其不幸，怒其不争"的启蒙心态写道："那个红脸小伙子眼睛生得很美，很撩人的，他可以去演电影。——还是鱼裙瓦块帽做鸭子生意！"于是这也构成了汪曾祺对"养鸭业"的基本态度：高超的、不变的、式微的一个行业。

　　这种大的行业趋向，当然不能要求汪曾祺回答了。他已经尽了自己的力，同时也借着鸡鸭，回望着他深爱的故乡。1947 年在上海、在扬州，1982年在北京，高邮的点滴，始终萦绕在心头，流淌在笔下。那是一个曾经存在的世界，现在却只能活在回忆里，鱼裙，瓦块帽，长篙，包括那个桥头的茶馆，是高邮几个相关行业的"公共空间"：

> 桥头有个茶馆，是为鲜货行客人、蛋行客人、陆陈行客人谈生意而设的。区里、县里来了什么大人物，也请在这里歇脚。卖清茶，也代卖纸烟、针线、香烛纸祃、鸡蛋糕、芝麻饼、七厘散、紫金锭、菜种、草鞋、写契的契纸、小绿颖毛笔、金不换黑墨、何通记纸牌……总而言之，日用所需，应有尽有。这茶馆照例又是闲散无事人聚赌耍钱的地方。茶馆里备有一副麻将牌（这副麻将牌丢了一张红中，是后配的），一副牌九。推牌九时下旁注的比坐下拿牌的多，站在后面呼吆喝六，呐喊助威。船从桥头过，远远地就看到一堆兴奋忘形的人头人手。船过去，还听得吼叫："七七八八——不要九！"——"天地遇虎头，越大越封侯！"

"应有尽有"的乡土世界肯定不存在了。十年还乡，连父亲也不清楚余、陆两位"鸡鸭名家"怎会来此，现在作甚——这也说明了这个行业的衰落。但"我"还在关心着他们，并且知道了"那个分鸭子的年青小伙子一定是两老人之一的儿子，而且是另一老人的女婿"（由此句推断，我主张故事发生在菱塘），后继有人，可喜可贺，但是又如何呢？"他们从不梦想离开水，到另一处去过另外一种日子"，在变化的时代保持不变，大概只会像1947年《鸡鸭名家》结尾那只大公鸡吧？一窝小鸡买进来十只，陆续都死去，只剩这一只长命，时不时发疯似的抽筋——父亲说怕是受刺激太深，是跟它同伴的死有关。
是不是都没差别，这一只大公鸡，也会被杀掉风起来的吧？因为"这
两天正是风鸡的时候"。

草炉烧饼的时代结束了——《八千岁》

八千岁

汪曾祺

据说他是靠八千钱起家的，所以大家背后叫他八千岁。八千钱是八千个制钱，即八百枚当时的铜元。当地以一百铜元为一吊，八千钱也就是八吊钱。按当时银钱市价，三吊钱兑换一块银元，八吊钱还不到两块七角钱。两块七角钱怎么就能起了家呢？为什么整整是八千钱，不是七千九，不是八千一？这些，谁也不去追究，然而死死地认定了他就是八千钱起家的，他就是八千岁!

他如果不是一年到头穿了那样一身衣裳，也许大家就不会叫他八千岁了。他这身衣裳，全城无二。无冬历夏，总是一身老蓝布。这种老蓝布是本地土织，本地的染坊用蓝靛染的。染得了，还要出一个师傅双脚分叉，站在一个 U 字形的石碌上，来回晃动，加以碌砑，然后捧在河边空场上晒干。自从有了阴丹士林，这种老蓝布已经不再生产，乡下还有时能够见到，城里几乎没有人穿了。蓝布长衫，蓝布夹袍，蓝布棉袍，他似乎做得了这几套衣裳，就没有再添置过。年复一年，老是这几套。有些地方已经洗得露了白色的经纬，而且打了许多补丁。衣服的款式也很特别，长

度一律离脚面一尺。这种方能盖住膝盖的长衫，从前倒是有过，叫做"二马裾"。这些年长衫兴长，穿着拖齐脚面的铁灰洋绉时式长衫的年轻的"油儿"，看了八千岁的这身二马裾，觉得太奇怪了。八千岁有八千岁的道理，衣取蔽体，下面的一截没有用处，要那么长干什么？八千岁生得大头大脸，大鼻子大嘴，大手大脚，终年穿着二马裾，任人观看，心安理得。

他的儿子跟他长得一模一样，只是比他小一号，也穿着一身老蓝布的二马裾，只是老蓝布的颜色深一些，补丁少一些。父子二人在店堂里一站，活脱是大小两个八千岁，这就更引人注意了。八千岁这个名字也就更被人叫得死死的。

大家都知道八千岁现在很有钱。

八千岁的米店看起来不大，门面也很暗淡。店堂里一边是几个米囤子，囤里依次分别堆积着"头糙"、"二糙"、"三糙"、"高尖"。头糙是只碾一道，才脱糠皮的糙米，颜色紫红。二糙较白。三糙更白。高尖则是雪白发亮几乎是透明的上好精米。四个米囤，由红到白，各有不同的买主。头糙卖给挑箩把担卖力气的，二糙三糙卖

26

草炉烧饼

1990 年 2 月 9 日，台北《联合报》副刊刊登了散文《草炉饼》，作者张爱玲。居美多年的张爱玲劈头就说：

"前两年看到一篇大陆小说《八千岁》，里面写一个节俭的富翁，老是吃一种无油烧饼，叫做草炉饼。我这才恍然大悟，四五十年前的一个闷葫芦终于打破了。"

张爱玲记得的，是抗战上海沦陷后窗外天天有小贩叫卖"马……炒炉饼！""马"是吴语的"卖"。这食品的主顾"不是沿街住户，而是路过的人力车三轮车夫，拉塌车的，骑脚踏车送货的，以及各种小贩"，所以张爱玲也只在白天的马路上看过一眼，另有两次，一次是房客的女佣，一次是她姑姑，买了一角回来，"不是薄饼，有一寸多高，上面也许略洒了点芝麻"，"干敷敷地吃不出什么来"。只是想不通为何叫"炒炉饼"，《八千岁》帮她解开了半个世纪的疑团：原来是"草炉饼"。

其实张爱玲还是狐疑的，毕竟她不曾从正在叫喊"马……炒炉饼！"的小贩手里买过饼，而她看到的所谓草炉饼，是"一尺阔的大圆烙饼上切下来的"，这跟《八千岁》里写的可不太一样：

"这种烧饼是一箩到底的粗面做的，做蒂子只涂很少一点油，没有什么层，因为是贴在吊炉里用一把稻草烘熟的，故名草炉烧饼。"

一尺阔的大圆烙饼当然没法"贴在吊炉里"烘熟，所以张爱玲只好想当然地解释说，《八千岁》里的苏北草炉饼大概是"原来的形式，较小而薄"，而上海的草炉饼是"近代的新发展"。

后来《草炉饼》收入《对照记》，传回大陆。有人说，张爱玲看到的，是上海的大饼，并非草炉饼。

但这些差别，于张爱玲来说，或许没那么重要，诱使她在四五十年后追忆当年沪上这种"贫民食品"的，主要是那"马……炒炉饼！"的叫卖声：

> 卖饼的歌喉嘹亮，"马"字拖得极长，下一个字拔高，末了"炉饼"二字清脆迸跳，然后突然噎住。是一个年轻健壮的声音，与卖臭豆腐干的苍老沙哑的喉咙遥遥相对，都是好嗓子……此后听见"马……草炉饼"的呼声，还是单纯地甜润悦耳，完全忘了那黑瘦得异样的人。至少就我而言，这是那时代的"上海之音"，周璇、姚莉的流行歌只是邻家无线电的噪音，背景音乐，不是主题歌。

那是张爱玲最贪恋的上海的市声。有意思的是，在草炉饼的苏北老家，至少在汪曾祺的笔下高邮，这物事没有人去叫卖，八千岁坐在店堂里，"闻得见右边传来的一阵一阵烧饼出炉时的香味，听得见打烧饼的槌子击案的有节奏的声音：定定郭，定定郭，定郭定郭定定郭，定，定，定……"

据说《八千岁》里的烧饼店有其原型，是汪曾祺家附近的一家"吴大和尚烧饼店"，想必汪曾祺十九岁离开高邮前，每日都会听见那"定定郭，定定郭，定郭定郭定定郭，定，定，定"的打烧饼声。

这烧饼店开在高邮县城的草巷口。汪曾祺回忆道：

吴家的格局有点特别。住家在巷东，即我家后门之外，店堂却在对面。店堂里除了烤烧饼的桶炉，有锅台，安了大锅，煮面及饺子用；另有一张（只一张）供顾客吃面的方桌。都收拾得很干净。（《吴大和尚和七拳半》）

汪家开的药店"保全堂"就在草巷口，据比汪曾祺小几岁的高邮人储元仿回忆，这条极短的街市东头有一家草炉烧饼店，西头有一家插酥烧饼店，每天储元仿都在烧饼声中醒来：

那声音，每天在朦胧晨光中，像闹钟一样将我唤醒，睁着眼睛在床上听着那有节奏的噼啪之声，听得出今天是东家卖草炉烧饼的先开炉了。因为草炉烧饼一炉做得多，总是噼噼啪啪一阵子停下来。到了第二天，准是西家插酥烧饼先开炉，做插酥烧饼颇要一点功夫。噼啪声有高有低，有长有短，神似非洲人擅长的击鼓之声，听得十分悦耳。这两家烧饼店似乎有了默契，今天东家早开炉，明天必是西家，你卖你的草炉，我卖我的插酥，真是河水不犯井水，从未见他们为抢生意吵骂。后来我稍微注意一点，发现两家的顾客不同：草炉烧饼的买主多数是苦力或农村上城的人；吃插酥烧饼的多数是吃早点的老人家、读学堂的学生、沿街店铺子里的老板和那些身份稍高的店员。（《草巷口杂记》，《高邮文史资料》第九辑）

不管是上海夜间的叫卖声，还是高邮清晨的打饼声，这市声里都有着世态与人情。张爱玲听声猜测这卖草炉饼的是"乡下人为了现在乡下有日本兵与和平军，无法存活才上城来，一天卖一篮子饼，聊胜于无的营生"。储元仿到抗战大后方读书，在流亡中学里"每天吃两顿干高粱做的黑中带红的馒头，肠胃不适，确是苦恼"，总是想起做草炉烧饼的噼啪声。汪曾祺则让八千岁每天听完做烧饼的"定定郭"，叫两个乡下人才吃的草炉烧饼——而不是合乎他米店老板身份的插酥烧饼。

高邮的乡人说，草炉烧饼二十世纪六十年代即已绝迹。1983 年，汪曾祺将这种平民吃食写入《八千岁》里，1990 年，张爱玲因之写出了《草炉饼》。汪曾祺与张爱玲同生于 1920 年，1995 年张爱玲在纽约去世，1997 年汪曾祺病逝于北京。

一只再也吃不到的草炉饼，沾染着各种乡思，就这样飘飘悠悠地掉进了文学史。

时间的意义

汪曾祺的故里小说中，《八千岁》不算特别显眼。它不像《受戒》（1980 年）、《大淖记事》（1981 年）那样有"破界"的意义，逮至《人民文学》1983 年第 2 期发表《八千岁》，汪曾祺关于高邮的小说已经层见叠出：《岁寒三友》《故乡人》《徙》《王四海的黄昏》《故里杂记》《鉴赏家》《晚饭花》，连他 20 世纪 40 年代写高邮的《鸡鸭名家》也已重新修改面世。接着《八千岁》发表的，还有众口称赞的《故里三陈》（尤其是《陈小手》）。《八千岁》在汪曾祺的"高邮序列"里，似乎只是大运河中的一段静流。

尤其是《八千岁》的题材，只是写一名吝啬的商人被当地驻军敲诈，既非抒写劳动人民的"精神美""人情美"，也不代表"最后一个士大夫"的文人雅趣。在当年，《八千岁》可以说将《受戒》引出的"汪曾祺之问"——"小说可不可以没有意义？"推到了极致。似乎也正是因此，少有评论文章单独讨论《八千岁》，多是将它放在一连串的汪曾祺高邮小说中，说是书写了"小人物的悲欢"。

三十年后回看《八千岁》，它的特别之处正在于超越了读者熟悉的劳动者、文人这两个汪曾祺笔下常见的群体，展现了小城高邮更多的社会层面与生活场域。如果我们将汪曾祺看作一个为高邮作传的写者，《八千岁》以其人物之丰富、描写之凝练，堪称进入"汪曾祺的高邮"的一把钥匙。

与汪曾祺其他高邮小说相较，《八千岁》另一特色，是时间比较明晰，八舅太爷进入里下河地区是"抗战军兴"之后，而这一带呈现出畸形的繁荣，是在"'八一三'以后，日本人打到扬州，就停下来，暂时不再北进"。扬州沦陷，是 1937 年 12 月 14 日，高邮被日军占领，是 1939 年 10 月 2 日，而汪曾祺就在这年夏天离开高邮经上海、香港往昆明考西南联大。《八千岁》的主要故事，应当就发生在 1938 年初至 1939 年上半年这一时段。

这一时段，念高中二年级的汪曾祺为避战乱，辗转借读于淮安中学、私立扬州中学、盐城临时中学，1938 年还随祖父、父亲到高邮北乡庵赵庄住了半年——那儿正是《受戒》故事的发生地，可是从《受戒》中我们却完全看不出战乱的背景。

时间明晰的意义，在于它决定了文本的方向。《受戒》的末尾注明"写四十三年前的一个梦"，这个梦是没有确切时间的，它可以发生在汪曾祺高邮十九年生涯的任何一个时段。甚至在那之前、之后，也没有太大的关系，只要庵赵庄没有改成人民公社，善因寺没有申请非物质文化遗产，明海与小英子的故事就会一次一次地上演。（善因寺方丈石桥的原型叫铁桥，此人在高邮沦陷后投靠日本人，彼时汪曾祺已不在高邮，可即使《受戒》的故事移到那会儿，又有什么不同？）《大淖记事》犹如一幅里下河的风俗画，而这风俗画也是长时段的，锡匠与挑夫，日复一日地重复劳作，小说结尾，巧云也挑起担子，十一子伤好了还是锡匠，刘号长被赶走了，水上保安队依然存在。日子似乎会永恒地这样过下去。

但《八千岁》不一样，这篇小说写的是"变"。前半篇的"不变"，映衬着后半篇的"变"。在《八千岁》中，汪曾祺的高邮不再是一个梦，或一幅风俗长卷，视线所及，满纸都是大堤将决前的波荡。

八千岁守成不变

《八千岁》的开头算得奇崛：

> 据说他是靠八千钱起家的，所以大家背后叫他八千岁。八千钱是八千个制钱，即八百枚当十的铜元。当地以一百铜元为一吊，八千钱也就是八吊钱。按当时银钱市价，三吊钱兑换一块银元，八

吊钱还不到两块七角钱。两块七角钱怎么就能起了家呢？为什么整整是八千钱，不是七千九，不是八千一？这些，谁也不去追究，然而死死地认定了他就是八千钱起家的，他就是八千岁！

"八千岁"在高邮话中不知有无别义，我只猜是来自杨家将戏中的"八贤王"，即八王千岁。八千钱起家，怎么就引申成了"八千岁"？不知。但这个人总括起来，一句话就说完了："八千岁那样有钱，又那样俭省，这使许多人很生气。"

民国的银价是逐渐走高的。据陈存仁《银元时代生活史》，1910~1919年，一块银元兑铜元128枚，因此三吊钱兑一块银元，当是1920~1939年的市价。而据陈存仁记载，1914年的上海米价，每担三元六角。1929年，高邮米价每担六元（大旱大涝灾时曾涨至一担廿四元），抗战前夕，江南米价只有五元一担（丰子恺《伍圆的话》）。在八千岁发迹的这一时期，八吊钱连一担米都买不到，而八千岁能以此贩米起家（不熟不做，他应该别无他业），靠的什么？一靠俭省，二靠"不变"。

所谓"不变"，首先是米价，"早晚市价，相差无几"，十多年来，也不过从三元六角涨到了五六元。"卖米的客人知道八千岁在这上头很精，并不跟他多磨嘴"，自然，卖米的利润也是固定的，而且做的是街坊生意，"买米的都是熟人，买什么米，一次买多少，他都清楚"。

其次是他的生产方式。"这二年，大部分米店都已经不用碾子，改用机器轧米了，八千岁却还用这种古典的方法生产"，机器轧米的革新还不曾影响到八千岁的生财之道，因为"本县也还有些人家不爱吃机器轧的米，说是不香，有人家专门上八千岁家来买米的，他的生意不坏"。托庇这相对安稳的时世，八千岁才能一点一点靠着"不变"积攒他的财富。

他的俭省，说穿了也是"不变"。永远的青菜豆腐饭，永远的草炉烧饼，汪曾祺不断用"非常简单""非常单调"来形容他的生活。八千岁最有标志的衣着"二马裾"，用老蓝布做，"自从有了阴丹士林，这种老蓝布已经不再生产，乡下还有时能够见到，城里几乎没有人穿了"，阴丹士林创于民初，可见老蓝布已是前清的产物，款式也与"长衫兴长"的时样背离，只能盖住膝盖。而这"长衫兴长"怕也快过时了，据《高邮县志》，"二三十年代出现了学生服、西服、中山服、衬衫、卫生衫、汗衫，服装向短装发展，男子较少穿长衫"。那么，八千岁的穿着，真是双重的不合时宜，土气到家了，难怪"全城无二"。

他的儿子小千岁，才十六七岁，不但也穿一身老蓝布二马裾，而且被父亲收拾得同样的嗜好全无。八千岁到底允许他养了几只鸽子，不光是有宋侉子的说情，重点还在于"米店养鸽子，几乎成为通例"。八千岁虽然俭省，但也遵守行规成例，如卖稻客人来，要加荤菜，要吃茶点，他都循例招待，只是自己绝不染指。

老中国看重勤俭持家，这没错，但一边也时时嘲笑那些吝啬鬼。从《笑林广记》到《儒林外史》，出格的吝啬鬼总是人们轻蔑乃至讽骂的对象。然而八千岁的俭省至于让城里很多人"生气"，不光是他的行径独特，更因为这份俭省应用到了社会生活里，那就成了"不通人情"。

"竖匾两侧，贴着两个字条，是八千岁的手笔。年深日久，字条的毛边纸已经发黄，墨色分外浓黑。一边写的是'僧道无缘'，一边是'概不做保'。"年深日久，足见八千岁一开始营商，就坚守这两条信则。僧道无缘，是舍不得出钱；概不做保，是不愿惹麻烦。这很符合八千岁的性格，但也将他推到了"路人侧目，同行议论"的地步。

斋僧布道，打发乞丐，不仅关乎民间信仰，更重要的这是传统社会的慈善互助形式。老中国是自治化程度较高的熟人社会，比如地保李三，发现了孤寡去世或"路倒"，就会"拿了一个捐簿，到几家殷实店铺去化钱，然后买一口薄皮棺材装殓起来"，同时他也帮店家驱赶串街的叫花子（《故里杂记》）。"做保"也是熟人社会的特色，是前现代的信用评估体系，所以需要"殷实铺保"，财产多寡与信用程度成正比。虽然"僧道无缘""概不做保"的店铺不止八千岁一家，但人人都知道八千岁有钱，肯花八百大洋买两匹大黑骡子，但偏偏不肯施舍，不愿做保，这是很犯众怒的作风。传统社会敬重的是《岁寒三友》中王瘦吾、陶虎臣、靳彝甫那样的商人：

> 某处的桥坍了，要修一修；哪里发现一名"路倒"，要掩埋起来；闹时疫的时候，在码头路口设一口瓷缸，内装药茶，施给来往行人；一场大火之后，请道士打醮禳灾……遇有这一类的事，需要捐款，首事者把捐簿伸到他们的面前时，他们都会提笔写下一个谁看了也会点头的数目。因此，他们走在街上，一街的熟人都跟他们很客气地点头打招呼。

八千岁的为人处世，一是"万事不求人"，二是"肥水不流外人田"。

这样的风格,虽然不招人待见,但和平年月,熟人社会,多半也不会有人找他的麻烦。小说里没有写到他的妻室,猜想多半被这种苦日子压死了。将来八千岁给小千岁娶亲,仍然会有人图他家的殷实把女儿嫁过去,再给他家生下小小千岁。

但这样的稳当日子,被战争一手挑破了。

八舅太爷摧毁规则

八舅太爷这样的人最适应乱世,聪明,胆大,不安分,而且无赖不讲理,"八舅太爷"这个绰号就是这么来的,因为高邮人"把不讲理的人叫做'舅舅',讲一种胡搅蛮缠的歪理,叫做'讲舅舅理'"。

如果没有战乱,八舅太爷多半在上海当他的白相人,"放浪形骸,无所不至"。即使混进了军队,也未必能公开地鱼肉乡里。然而抗战军兴,和江苏省政府委员兼江南行署主任冷欣、第三战区司令长官顾祝同都能拉上关系的八舅太爷,就成了里下河几县轮流转,说一不二的"霸王",骂一声"汉奸",就可以拉一个人出去军法从事,"城里和乡下的狗一见他的车队来了,赶紧夹着尾巴躲开"。

汪曾祺对这段时间高邮社会的描述极为准确而精彩:

> "八一三"以后,日本人打到扬州,就停下来,暂时不再北进。
>
> 日本人不来,国军自然不会反攻,这局面竟维持了相当长的时间。
>
> 起初人心惶惶,一夕数惊,到后来大家有点麻木了;竟好像不知道

有日本兵就在一二百里之外这回事，大家该做什么还是做什么。种田的种田，做生意的做生意。长江为界，南北货源虽不那么畅通，很多人还可以通过封锁线走私贩运，虽然担点风险，获利却倍于以前。一时间，几个县竟呈现出一种畸形的繁荣，茶馆、酒馆、赌场、妓院，无不生意兴隆。

非常时期，军事第一，八舅太爷俨然成了本地的"最高军政长官、县长、区长"。最妙的是，"当地人觉得有一支军队驻着，可以壮壮胆，军队不走，就说明日本人不会来，也似乎心甘情愿地孝敬他"。高邮社会的规则已经变换，《大淖记事》里的锡匠们"顶香请愿"，虽然不见于《六法全书》，但县长不愿把他们逼急，会邀请县里的绅商商议，通过协商了结十一子与刘号长的恩仇，而在战时，军队领袖的统治合法性至高无上，八千岁这样的富商自然无法与之相抗。

八舅太爷在汪曾祺小说里还出场过一回，那是1992年发表的《鲍团长》。鲍团长是保安团的团长，在国民革命军里当过营长。八舅太爷闹得实在不像话，商会会长王蕴之请鲍团长出面，以军伍前辈的身份规规劝劝八舅太爷。哪知名片递进去，回话说："旅长说：不见！"鲍团长自觉愧对乡亲父老，这件事成为他去职的原因之一。

政权、绅权、行伍伦理，八舅太爷一概不顾，偏偏他还自称"戎马书生""富贵英雄美丈夫"，占了宋侉子的踢雪乌骓，画一张画当谢礼。这样一个"风雅"的兵痞流氓，倒也是当代小说中民国人物形象的创格。

小城中的商人、小手工业者，受到的迫害往往来自军队与流氓。

《岁寒三友》中，王瘦吾毁于流氓式商人王伯韬之手（流氓式商人的穿着很特别："不论什么时候，长衫里面的小褂的袖子总翻出很长的一截。料子也是老实商人所不用的。夏天是格子纺，冬天是法兰绒。脚底下是黑丝袜，方口的黑纹皮面的硬底便鞋。"），陶虎臣的炮仗店，一败于当地驻军严禁冬防期间燃放鞭炮，二败于蒋介石的"新生活运动"（其实是某种意义上的全民军事化运动），最后连女儿也卖给了一个驻军连长，倍受欺凌。军队与流氓，都是民国社会中的"变数"。传统社会依靠官绅共治，以此达成社会的稳定，而军队与流氓是或明或暗的破坏力量。一旦像八舅太爷那样，将军队与流氓结合起来，又恰逢乱世，便几乎可以摧毁一切人们熟知的伦理规则。

小城里的边缘人

在汪曾祺的高邮世界里，社会下层有他们的委屈、辛酸与悲苦。但他们可以依仗自己的努力寻求希望与出路，巧云与十一子的相恋，《异秉》里的陈相公梦里与母亲的对话，"岁寒三友"都靠技艺与变革迎来过好运，八千岁更是全凭俭省起家。他们各有特色，但合在一起，构成了其乐融融、有板有眼的人间。然而新的破坏力量自外而来，不仅是流氓、军队这些有形的力量，还有时代的变动那种"惘惘的威胁"（张爱玲）。

八千岁古井不波的生活里，偶尔也会有所触动。看小千岁玩鸽子，他也觉得有趣。看见"长得像一颗水蜜桃"的虞小兰，他也会想："长得是真好看，难怪宋侉子在她身上花了那么多钱。不过为一个姑娘花那么多钱，这值得么？"结论且不说，八千岁肯定觉得想想这个问题，都能把自己吓一跳！所以"他赶快迈动他的大脚，一气跑回米店"。

八舅太爷一来，八千岁生活里的很多规则都守不住了。他往仙女庙贩粮，却不肯事前花钱运动。这种做法以前行，现在不行，立即被扣上了"资敌"的罪名。宋侉子是他这辈子唯一信得过的朋友，肯帮忙。宋侉子叫他拿一百块钱送给虞芝兰，讲好八百大洋赎人，又"说了好多好话"，才请到两个同行出面做保，将八千岁保了出来。

八千岁给自己和小千岁换上了蓝阴丹士林的长袍，刮去了"概不做保"与"僧道无缘"两道字条。跟着就是那句点睛之笔：

> 吃晚茶的时候，儿子又给他拿了两个草炉烧饼来，八千岁把烧饼往账桌上一拍，大声说：
>
> "给我去叫一碗三鲜面！"

这段结尾的况味，与老舍《断魂枪》结末沙子龙抚摸着冰凉的枪杆，说的那句"不传，不传"有异曲同工之意。一个时代的逝去，不是升斗小民所能看清的，但他们能够清晰感觉到那种动荡。

这种动荡，在有些语境里，或许还是一种进步或革新的象征。但在汪曾祺的高邮世界里，那些手艺高超的匠人，那些安分守己的坐商，甚或只凭力气吃饭的贫民，都被这种动荡剥夺了按照自己意愿或成规常例生活的权利。

八千岁为什么只跟宋侉子要好？从生活习性、饮食爱好各方面看，两人都格格不入。或许他们的共同点，在于对米粮古典生产方式的恋慕。宋侉子喜欢贩马贩骡的浪子生涯，八千岁舍不得他的碾子与大骡子。显然，这种生产方式马上就将被机器轧米取代，而且较大的米厂，如春裕米厂，此时已在高邮出现，职工达数十人，碾米车间三百余平方米，有十六匹柴油内燃机与大小碾米机，日产大米五千至一万五千斤。可以想象，八千岁和宋侉子怎么敌得过这样的潮流？

跟宋侉子关系不浅的虞小兰母女，看似风光无限，其实也是时代波荡的牺牲品。虞芝兰本是前清盐务道关老爷的小妾，关老爷死后被大妇逐出，只能重张艳帜，年老色衰后又以女儿瓜代。原本的大户人家子女，被迫只能以色相事人。她们同样是新生活中的边缘人。虞小兰出来走走，"路上行人看见，就不禁放慢了脚步，或者停下来装做看天上的晚霞，好好地看她几眼。他们在心里想：这样的人，这样的命，深深为她惋惜"。美是大家都喜欢的，但这份美在乱世难以将养，只能为有权人或有钱人攫夺。

看似家庭矛盾与正妻的伦理威权是虞小兰母女重堕风尘的主因，但若没有世代驻防旗人关家入民国后的渐次凋落，虞小兰就算不容于大妇，又岂敢在本城公然卖春？（有类似遭际的赛金花在洪钧逝后，就必须更名换姓，北上京津，才不会被洪家追究。）

《八千岁》从一个吝啬的富商，写到一个骡马贩子，再写到一个美貌妓女，看上去并无任何叙事的逻辑，实际上，汪曾祺写的是这座小城里的一些边缘人。时代对他们的改变，就是逼迫他们放弃生活的轨迹，让他们不再能以自身的不变，来做转型社会的保留地，而只能与时俱进，随波逐流。没有这些改变，他们虽然路人侧目，同行议论，却可以生活在自足的世界中。当宋侉子无马可贩，虞小兰辗转于驻军首领之间，八千岁脱下了二马裾，晚茶吃上了三鲜面，一个时代就此逝去。

当年读《八千岁》，看到最后一句，似乎作者的描写是同情里夹着嘲讽。现在重读，字里行间传递的东西要复杂得多，其中一层一层的滋味，纵是起汪先生于地下，也未必说得清楚吧。而文学的无可替代，不正在这点儿"说不清楚"上吗？

一般人读汪曾祺，很容易留意到他的文字里有大量水的意象，像法国的研究者居里安评论《受戒》说，"写水虽不多，但充满了水的感觉"（《自报家门》，1988）。汪曾祺自己也承认："我的家乡是一个水乡，我是在水边长大的，耳目之所接，无非是水。水影响了我的性格，也影响了我的作品的风格。"（《我的家乡》，1991）"我是高邮人。高邮是个水乡……我的小说常以水为背景，是非常自然的事，记忆中的人和事多带有点泱泱的水气，人的性格亦多平静如水，流动如水，明澈如水。"（《〈菰蒲深处〉自序》，1992）

问题是，水能载舟，亦能覆舟。虽说"我们那里的水平常总是柔软的、平和的，静静地流着"，然而"水有时是汹涌澎湃的"，高邮的水，暴烈起来让人难以想象。因此"水"对高邮地域文化性格的影响，必然是双重的，既有柔软、平和、沉静的一面，也有变动、激越、无常的一面。纵然经过汪曾祺诗性笔触的过滤与沉淀，无常的水性仍然时时在他的作品中闪现。尤其是 1931 年那场大洪灾构成了汪曾祺最深刻的高邮记忆之一，只要一提到故乡，关于水灾的记忆便涌上他的笔端。水灾叙事是汪曾祺故乡叙事中的重要部分。

陆读：

士绅传统的传承——《故乡人》

故 乡 人

打 鱼 的

女人很少打鱼。

打鱼的有几种。

一种用两只三桅大船,乘着大西北风,张了满帆,在大湖的激浪中并排前进,船行如飞,两船之间挂了极大的拖网,一网上来,能打上千斤鱼。而且都是大鱼。一条大铜头鱼(这种鱼头部尖锐,颜色如新擦的黄铜,肉细味美,有的地方叫做黄段),一条大青鱼,往往长达七八尺。较小的,也都在五斤以上。起网的时候,如果觉得分量太沉,会把鱼放掉一些,否则有把船拽翻了的危险。这种豪迈壮观的打鱼,只能在严寒的冬天进行,一年只能打几次。鱼船的船主都是个小财主,虽然他们也随船下湖,驾船拉网,勇敢麻利处不比雇来的水性极好的伙计差到哪里去。

一种是放鱼鹰的。鱼鹰分清水、浑水两种。浑水鹰比清水鹰值钱得多。浑水鹰能在浑水里睁眼,清水鹰不能。湍急的浑水里才有大鱼,名贵的鱼。清水里只有普通的鱼,不肥大,味道也差。站在高高的运河堤上,看人放鹰捉鱼,真是一件快事。一般是两个人,一个撑船,一个管鹰。一船鱼鹰,多的可到二十只。这些鱼鹰歇在木架上,一个一个都好象很兴奋,不停地鼓胼子,扇翅膀,有点迫不及待的样子。管鹰的把篙子一摆,二十只鱼鹰扑通扑通一齐钻进水里,不大一会,接二连三的上来了。嘴里都叼着一条一尺多长的鳜鱼,鱼尾不停地搏动。没有一只落空。有时两只鱼鹰合抬着一条大鱼。喝!这条大鳜鱼!烧出来以后,哪里去找这样大的鱼盘来盛它呢?

一种是扳罾的。

一种是撒网的。……

还有一种打鱼的:两个人,都穿了牛皮缝制的连鞋子、裤子带上衣的罩衣,颜色白黄白黄的,站在齐腰的水里。一个张着一面八尺来宽的兜网,另一个按着一个下宽上窄的梯形的竹架,从一个距离之外,对面走来,一边一步一步地走,一边把竹架在水底一戳一戳地戳着,把鱼赶进网里。这样的打鱼的,只有在静止的洪水里,或者在虽然流动但水不深,流不急的河里,如护城河这样的地方,才能见到。这种打鱼的,每天打不了多少,而且没有很大的,很好的鱼。大都是不到半斤的鲫鱼拐子、鲫瓜子、鲇鱼。连不到二寸的"罗汉狗子",薄得无肉的"猫杀子",他们也都要。他们时常会打到乌龟。

在小学校后面的苇塘里,臭水河,常常可以看到两个这样的打鱼的。一男一女。他们是两口子。男的张网,女的赶鱼。奇怪的是:他们打了一天的鱼,却听不到他们说一句话。他们的脸上既看不出高兴,也看不出失望、忧愁,总是那样平平淡淡的,平淡得近于木然。除了举网时听到款的一声,和梯形的竹架间或搅动出一点水声,听不到一点声音。

1931 年大洪灾的记忆

汪曾祺的水灾叙事,主要是对 1931 年大洪灾的记忆。这场大洪灾,中国被灾国土达四分之三,全国受灾人口 2520 万人,相当于美国全国农民之数,尤其"江淮两流域,则大地陆沉达数月之久"。1931 年六七月份,淮河流域连降三次大暴雨,范围涉及整个淮河流域 20 多万平方公里,河南、安徽、山东、江苏 4 省约 140 个县市。连续暴雨导致洪泽湖、高邮湖水位猛涨,给运河大堤造成了巨大的压力,浪借风势猛烈冲击运堤,运河大堤在 8 月 26 日清晨被撕开了若干个缺口,洪水淹没了里下河地区的粮田和村庄,使高邮、兴化、泰州、东台、盐城等地成为一片汪洋。据《运河专刊》记载,这场灾难,里下河地区 1320 万亩农田颗粒无收,倒塌房屋 213 万间,物产损失达 2 亿元以上,超过 77000 人死亡,受灾民众约 350 万人,逃荒人数达 140 多万。西方评论认为 1931 年发生在中国的洪灾是二十世纪最严重的自然灾害之一。

汪曾祺笔下最早出现这场大洪灾,是 1981 年以父亲为原型的小说《钓鱼的医生》:

这地方常闹水灾。水灾好像有周期,十年大闹一次。去年闹了一次大水。王淡人在河边钓鱼,傍晚听见蛤蟆爬在柳树顶上叫,叫得他心惊肉跳,他知道这是不祥之兆。蛤蟆有一种特殊的灵感,水涨多高,他就在多高处叫。十年前大水灾就是这样。果然,连天暴雨,一夜西风,运河决了口,浊黄色的洪水倒灌下来,平地水深丈二,大街上成了大河。大河里流着箱子、柜子、死牛、死人。这一年死于大水的，有上万人。大水十多天未退，有很多人困在房顶、树顶和孤岛一样的高岗子上挨饿；还有许多人生病：上吐下泻，痢疾伤寒。

之后这份水灾记忆，在汪曾祺笔下不断闪现，如《故乡水》《他乡寄意》《故乡的野菜》……最详细的描写是在《我的家乡》中：

> 阴历七月，西风大作。店铺都预备了高挑灯笼——长竹柄，一头用火烤弯如钩状，上悬一个灯笼，轮流值夜巡堤。告警锣声不绝。本来平静的水变得暴怒了。一个浪头翻上来，会把东堤石工的丈把长的青石掀起来。看来堤是保不住了。终于，我记得是七月十三（可能记错），倒了口子。我们那里把决堤叫做倒口子。西堤四处，东堤六处。湖水涌入运河，运河水直灌堤东。顷刻之间，高邮成为泽国。
>
> 我们家住进了竺家巷一个茶馆的楼上（同时搬到茶馆楼上的还有几家），巷口外的东大街成了一条河，"河"里翻滚着箱箱柜柜，死猪死牛。"河"里行了船。会水的船家各处去救人（很多人家爬在屋顶上、树上）。
>
> 约一星期后，水退了。
>
> 水退了，很多人家的墙壁上留下了水印，高及屋檐。很奇怪，水印怎么擦洗也擦洗不掉。全县粮食几乎颗粒无收。我们这样的人家还不至挨饿，但是没有菜吃。老是吃慈姑汤，很难吃。比慈姑汤还要难吃的是芋头梗子做的汤。日本人爱喝芋梗汤，我觉得真不可理解。大水之后，百物皆一时生长不出，唯有慈姑芋头却是丰收！

我在小学的教务处地上发现几个特大的蚂蟥，缩成一团，有拳头大，踩也踩不破！

高邮百年以来，一直为水灾所苦。高邮"悬湖"的地形，古已有之，秦少游曾形容为"吾乡如覆盂，地据扬楚脊。环以万顷湖，粘天四无壁"（《送孙诚之尉北海》）。然而检索从宋代以来的高邮文人诗词，到了近代，谈及水患的篇章才陡然增多。高邮近代水灾之频，应与明清以来，黄河与淮河从合流到分流有关。尤其是万历之后采"蓄清刷黄"的河策，保证运河水量，淮水南下经高邮穿过运河，向东入海。高邮等里下河地区遭受水患的概率大增。"淮河完全离开了原来的河道，唯一的入海方式是通过洪泽湖东南角的一个出口注入长江。洪泽湖的这一出口也是有问题的，每当洪泽湖因水位升高而决堤溃口时，整个里下地区就会一片汪洋。"（佩兹，《工程国家：民国时期（1927—1937）的淮河治理及国家建设》）

晚清高邮诗人谈人格在《导淮叹》中指出："长淮入海道，久被黄河夺。河流今北归，淮亦难径达。……即如导淮之说岂不伟，其奈济川力薄非所胜。吁嗟乎！河流既退淮并缩，八百年方逢此局。鸿陂可复更几时，来告徒闻两黄鹄。"

从人口变化也能看出这一点：宋时高邮有六万六千多人口，明初仍是这个数字，到了嘉靖三十一年，丁口增至近十四万。万历九年之后，改用"户丁"概念，即只计十六岁至六十岁的纳税男子，但户口的下降趋势明显，从崇祯朝人丁三万多，到顺治三年的二万七千余，再到康熙元年的三万出头，这是由于改朝换代战乱所致。然而到康熙十年，"屡年水患，民多死亡"，人丁只有二万八百有四。（杨杰《唐代至清代高

邮人口考》）

据新编《高邮县志》，自明万历十九年（1591年）至民国三十七年（1948年）的三百五十七年间，高邮共发生一百二十七次较大水灾，平均不到三年就发生一次。城中专门建有"水部楼"，楼上设大鼓，用来及时向市民报警(廖高明《水部楼——洪灾频仍的象征》)。频繁的水灾甚至导致了淮河流域文化环境的衰落，有清一代，苏北与江南的经济、文化差距越拉越大。

理解汪曾祺水灾记忆背后的历史成因，就不难理解身为高邮人的汪曾祺，为什么对家乡的水灾念兹在兹，"我的童年的记忆里，抹不掉水灾、旱灾的怕人景象。在外多年，见到家乡人，首先问起的也是这方面的情况"(《故乡水》, 1985)，以至于他离家四十二年后，1981年首次返乡，主要动机就是为了调查高邮的水利建设。

高邮士绅的救灾传统

1931年的大洪灾，不仅在现代灾荒史上，在现代文学史上也有着不一般的地位。配合中共中央的决议，左翼作家将1931年洪灾视为"最值得作家们抓住的主要的题材"，对之进行了集中描写，当年秋冬，"左联"常务委员田汉创作了话剧《洪水》。1932年1月，第2卷第1期的《北斗》杂志又推出了匡庐的短篇小说《水灾》。当然，最引人注目，也最具文学史地位的，是著名作家丁玲的《水》。

《水》描写了灾民与政府乃至军队之间的冲突，而在这场冲突中，

"士绅"这种角色是缺席的，唯一沾边的是灾民充满义愤的讲述中提到的"有钱人"：

> 我晓得，有钱的人不会怕水，这些东西只欺侮我们这些善良的人。我们在张家做丫头的时候也涨过水，那年不知有几多叫化子，全是逃荒的人，哼，那才不关财主们的事，少爷们照旧跑到魁星阁去吃酒，说是好景致呢，老爷在那年发了更大的财，谷价涨了六七倍，他还不卖，眼看野外的尸身一天一天多起来……唉，讲起来都不信，有钱人的心像不是肉做的。

不过，有研究者指出："按照《水》的描写，在重兵戒备之下，仅极少数先到的灾民有幸在粥厂领'一碗薄粥'，只有1%的灾民得到异地安置。这些细节在1931年的大水灾中都可对号入座。但总体来看，作为国民政府的赈济措施绝非'虚伪'所能定义。据灾后统计，'国水委'募集中外人士捐款750余万元，经用款项及赈品总计7000万元，仅急赈一项即达1700余万元，受赈区域即达269县，受赈人口500万。"（杨慧《灾荒中的艰难"向左转"——再论丁玲的〈水〉》）

因此，以左翼文学中的描写来概括士绅群体在灾荒等社会事务中的角色，未免失于偏颇。以清末淮灾而论，江苏士绅一直试图接手治淮事业，1906年张謇曾上书江苏巡抚，要求成立导淮局，他甚至说服江苏咨议局，成立了江淮水利公司，但这一举措没有得到政府的支持。自清末至民国，治淮工程一直在政府、士绅、灾民三方之间博弈与互动。

1931 年 8 月 26 日高邮决堤之后,《申报》9 月 1 日刊登了江苏水灾义赈会题为《救命! 救命!! 救命!!! 》的紧急启事:

> 高邮、邵伯间运河决口十五处,高邮全城、邵伯全镇尽被冲没,里下河之兴化、东台、秦县、盐城、阜宁及沿运河之宝应诸县,水深丈余,浅亦在七八尺,死亡数十万众,滔天大祸,从古罕闻,好生诸公,从速救命!

后来的高邮救灾,主要由上海华洋义赈会主持,复堤工程花费 36.28 万元,发放面粉 2000 吨,主体款项来自一位自称"林隐居士"的匿名者 20 万元的捐款,而华洋义赈会复堤的倡议者、监管者是美国传教士托马斯·汉斯伯格(中文名何伯葵)。整个 1931 年高邮救灾,是由政府与中外慈善民间力量共同完成的,其中民间力量占的比例,甚至远远超过了政府。(倪文才《故事里的故事》)

所谓"士绅",主要是指在野的并享有一定政治和经济特权的知识群体,包括科举功名之士和退居乡里的官员。在传统中国,士绅阶层掌控着县城以下社会的"公共领域",他们担当着三种类型的角色:维持秩序的角色(组织防卫、民事仲裁、赈灾济贫),经济角色(引进外贸、修建水利、调控物价),文化角色(主持祭祀、书院讲学、主导舆论)。士为四民之首,他们既是地方官吏的协助者,也是官府与民众之间的中介者。如果官府与民众发生冲突,士绅往往会站在民众一边,力图改变官府的决定,正如张仲礼指出的那样:"地方领袖是他们力量的源泉。""如江苏曾有这样的事例,当高邮等县因遭水灾时，两江总督在奏章中说，'在城居民有力之家，例不在赈恤之列'。但是，高邮生员朱恺七，聚众罢市，抬神闹哄公堂、衙署，勒要散赈。"

（张仲礼《中国绅士——关于其在 19 世纪中国社会中作用的研究》）

相比平民百姓，士绅拥有更多的资源、更大的力量，就像汪曾祺自述的那样：（水灾之后）"全县粮食几乎颗粒无收。我们这样的人家还不至挨饿，但是没有菜吃"。因此，士绅理应承担更大的责任，在救灾中担当超越性的角色。

比如清代设立归海坝，让"堤坝之争"成为里下河不同地域之间的利益争夺：在抵挡不住高邮湖水上涨压力时，一旦开坝，里下河地区尽成泽国，但不开坝，一旦堤决，高邮全城都将被淹没。这便是谈人格在《保坝谣》中叙述的"长淮千里来自西，官民扰扰争一堤。保堤坝必启，保坝堤又危"。官府要护堤，要求开坝泄洪，百姓则反对，因为"青青之稻方满田，留坝一日增获千，忍使未秋先弃捐"。最后"毕竟官尊民不胜""水高丈六坝则启"，这是有碑为证的旧例。然而谈人格很怀念能以军法治淮河防洪的左宗棠，能做到"是岁坝不开而水竟无恙""安得飞符申厉禁，爱民重遇左文襄"。谈人格作为地方士绅，立场是在民众一面的，尽管决堤会淹没他自己居住的高邮城。

谈人格是同光间高邮最有名的诗人，一县人都叫他"谈四太爷"，也是汪曾祺的外曾祖父。谈人格的诗词中，咏水灾的篇目相当多，如描述同治五年（1866 年）夏运河堤决的《清水潭决纪事》，与汪曾祺《自报家门》《钓鱼的医生》中的水灾叙事非常相似，仿佛这是高邮百姓的百年宿命：

危堤乍欲溃，惊走鸣鼓鼙。

河弁诿弗闻，夜半贪安栖。

涓涓不早塞，后悔乃噬脐。

可怜千万村，浊浪迷高低。

富家得船去，余劫归犬鸡。

贫者不及迁，汩没如凫鹥。

谈人格一向认为决堤前后的灾祸，既有天灾，亦有官吏颟顸造成的人祸（参见《保坝谣》)，因此他在诗末讽刺地写道："父老泣且跪，双膝沾涂泥。一纸张通衢，似欲慰灾黎。此灾天所为，胡用长号啼？"

关注水灾的乡先贤，还有一位，汪曾祺生母杨氏的叔祖父杨福申。他的《水车行》正好可以与《故乡水》对照，里面同样详细记录了车栽秧水时"'外头不住地敲'——车水都要敲锣鼓；'家里不住地烧'——烧吃的；'心里不住地焦'——不知道今天能不能把田里的水上满"那种图景：

爰有头闸设城北，水门苦高流苦塞。大田龟坼秧针枯，农夫仰天长太息。……水车百计人千计，水声澎湃人喧哗。踏车相戒勿偷惰，劳悴差逾袖手坐。……妇子远饷来纷纷，人声鼎沸天应闻。

杨福申终身未仕，替在京师的兄长管理家政，支应用度。但在《水车行》里却大声疾呼"畴将疾苦告当途，弊政奚难一朝革。我闻因民所利利最溥，不费之惠在官府。愿将歌谣备采风，未必将来绝无补。

贱士可怜言总轻，刍荛安用鸣不平"。

王淡人与老杨，是汪曾祺刻画的"士绅"

应该说，这种士绅的救灾传统与民胞情怀，对于汪曾祺影响很大。在汪曾祺1931年大洪灾的记忆中，印象最深的，除了大水造成的灾害图景外，便是父亲的作为：

> 民国二十年发大水，大街成了河。我每天看见他蹚着齐胸的水出去，手里横执着一根很粗的竹篙，穿一身直罗褂，他出去，主要是办赈济。我在小说《钓鱼的医生》里写王淡人有一次乘了船，在腰里系了铁链，让几个水性很好的船工也在腰里系了铁链，一头拴在王淡人的腰里，冒着生命危险，渡过激流，到一个被大水围困的孤村去为人治病，这写的实际是我父亲的事。不过他不是去为人治病，而是去送"华洋赈灾会"发来的面饼。

汪曾祺强调："这件事写进了地方上人送给我祖父的六十寿序里，我记得很清楚。"父亲汪菊生在汪曾祺的记忆中"为人很随和，没架子。他时常周济穷人，参与一些有关公益的事情。因此在地方上人缘很好"（《我的父亲》，1992）。汪曾祺在《钓鱼的医生》里写，王淡人"看看病人身上盖着的破被，鼻子一酸，就不但诊费免收，连药钱也白送了"，"有人说：王淡人很傻"，但在结尾他写出了在父辈身上看到的地方士绅风范：

王淡人就是这样,给人看病,看"男女内外大小方脉",做傻事,每天钓鱼。一庭春雨,满架秋风。

你好,王淡人先生!

汪曾祺自 1939 年离开高邮,辗转往昆明求学,其后四十二年从未返乡。1981 年 6 月,汪曾祺小学同学、高邮中学物理教师刘子平受高邮宣传文化部门之托,来信问汪曾祺是否愿意回乡一看。汪曾祺表示愿意回乡调查高邮的历史情况,包括:"一、搜集整理秦少游的材料;二、调查一下高邮的历史情况,主要是宋代高邮的情况;三、调查高邮明代的一个散曲作家王磐的材料",希望高邮方面做些准备工作。

但很快因为《人民日报》的约稿,汪曾祺将回乡的工作方向调整为高邮的"水利建设":

人民日报知道我有回乡之意,曾约我写一点家乡的东西,小说、散文、报告文学均可。我现在想到一个现成的题目是《故乡水》。听说高邮的水患基本上控制住了,这是大好事。我想从童年经过水灾的记忆,写到今天的水利建设。如果方便,请与水利部门打个招呼,帮我准备一点材料。胡同生(此人你想当记得)在江苏水利厅,届时我也许拉他一同回来。他是水利专家,必可谈得头头是道。

显然,汪曾祺的选题调整,是因为《人民日报》的约稿。换言之,《人民日报》的约稿将汪曾祺的关注点从自身兴趣浓厚的乡土历史,转向了公共性与现实性都更强的水利建设状况，而且他选择了自己并不擅长但社会参与度更高的"报告文学"作为返乡写作的预设体裁。

1981年10月6日，汪曾祺乘车南下，7日先抵南京，在南京逗留三日，果然先找了初中同学、江苏省水利厅总工程师胡同生，听他介绍江都水利枢纽（江都水利枢纽是解决里下河地区水患的关键工程，现在的南水北调东线工程也是从这里抽水的）。10月10日自南京抵高邮，至11月23日前往镇江，汪曾祺在高邮住了一个多月，走亲访友，游玩胜迹，也观察故乡市井人物，还要为母校与机关干部做文学讲座。而报告文学《故乡水》是已经答应必须完成的任务，因此汪曾祺"硬是挤出时间，起早带晚地翻阅了当年出版的《运工专刊》《勘淮笔记》等大量有关高邮水情的文字、图片资料，还接连参加了由高邮水利专家、水利技术人员介绍情况的座谈会，访问了县里几位前后主持水利工作的领导同志，并到运河畔的车逻公社，'十年九涝、十涝九灾'的全县地势最低洼的川青公社实地考察了一天"（金实秋《水边的抒情诗人——说说汪曾祺与故乡水》）。

《故乡水》的背景，是作者"童年记忆"里水旱二灾的可怕往事：

> 我的家乡苦水旱之灾久矣。我的家乡的地势是四边高，当中洼，如一个水盂。城西面的运河河底高于城中的街道，站在运河堤上可以俯瞰堤下人家的屋顶。运河经常决口。五年一小决，十年一大决。民国二十年的大水灾我是亲历的。死了几万人。离我家不远的泰山庙就捞起了一万具尸体……我的童年的记忆里，抹不掉水灾、旱灾的怕人景象。

正是基于这种童年记忆，以及对家乡的现实关怀，"调查水利"成了促使汪曾祺回乡的主要目的："我这次回乡，除了探望亲友，给家乡的文学青年讲讲课，主要目的是想了解了解家乡水利治理的情况……家乡人现在可以吃到江水，水灾、旱灾一去不复返！县境内河也都重新规划调整了；还修了好多渠道，已经全面实现自流灌溉。我听了，很为惊喜。因此，县里发函邀请我回去看看，我立即欣然同意。"

汪曾祺1986年写作的《他乡寄意》，再次确认了他1981年回乡的主要动机是"关心水灾"：

> 县城的西面是运河，运河西堤外便是高邮湖。运河河身高，几乎是一条"悬河"……民国二十年的大水我是亲历的。湖水侵入运河，运河堤破，洪水直灌而下，我家所住的东大街成了一条激流汹涌的大河。这一年水灾，毁坏田地房屋无数，死了几万人。我在外面这些年，经常关心的一件事，是我的家乡又闹水灾了没有？前几年，我的一个在江苏省水利厅当总工程师的初中同班同学到北京开会，来看我。他告诉我：高邮永远不会闹水灾了。我于是很想回去看看。我十九岁离乡，在外面已四十多年了。

> 苏北水灾得到根治，主要是由于修建了江都水利枢纽和苏北灌溉总渠。这是两项具有全国意义的战略性的水利工程……我参观了江都水利枢纽，对那些现代化的机械一无所知，只觉得很壮观。但是我知道，从此以后，运河水大，可以泄出；水少，可以从长江把水调进来，不但旱涝无虞，而且使多少万人的生命得到了保障。呜呼，厥功伟矣！

……我站在平整坚实的河堤上，看着横渡的轮船，拉着汽笛，悠然驶过，心里说不出的感动。

尽管在扬州、高邮看到了那么多的水利枢纽，只是由于"对那些现代化的机械一无所知"，汪曾祺在《故乡水》里避实就虚，还是回到了他擅长的人物观察与描写。《故乡水》除了交代写作的前因后果，用了超过一半篇幅记录了对一位"老杨同志"的采访。

这位老杨同志，带领大家兴修水渠，让久受水旱之苦的车逻地区有了自流灌溉，但因为私自买卖耕牛筹集经费，修渠又占了私田与私坟，被人联名控告，最后的处理是撤职、留党察看。

汪曾祺对于这位"以民为本"的前官员相当欣赏，《故乡水》的末尾写道：

> 对于这个人的功过我不能估量，对他的强迫命令的作风和挖掘私坟的作法也无法论其是非。不过我想，他的所为，要是在过去，会有人为之立碑以记其事的。现在不兴立碑，——"树碑立传"已经成为与本义相反的用语了，不过我相信，在修县志时，在"水利"项中，他做的事会记下一笔的。县里正计划修纂新的县志。

意犹未尽，汪曾祺又补了一笔："这位老杨中等身材，面白皙，说话举止温文尔雅，像一个书生，完全不像一个办起事来那样大刀阔斧、雷厉风行的人。"

《故乡水》结尾的语句结构，与《钓鱼的医生》如出一辙：

我忽然好像闻到一股修车轴用的新砍的桑木的气味和涂水车龙骨用的生桐油气味。这是过去初春的时候在农村处处可以闻到的气味。

再见，水车！

这种抒情式结尾蕴含的情怀，就像《故乡水》提到"我相信"新修的县志会记下老杨所做的事，与"地方上人送给我祖父的六十寿序"，或王淡人的"一条命换一块匾"一样，指向的是地方历史的认定与褒贬，也是地方士绅异常看重的不朽事业。"老杨同志"自然是党培养的干部，但在发动、完成车逻的自流灌溉这件公益事业上，他发挥的作用，与地方自治传统中士绅的作用是一致的。

写水灾，也呼应着士绅传统

《故乡水》的写作与发表都不算顺利。汪曾祺回京之后，"杂事猥集"，12 月 13 日致高邮宣传部陆建华的信中说"《故乡水》迄未完稿。也许这篇东西要流产"。陆建华后来回忆说，汪曾祺"回乡前就有许多考虑，踌躇满志，志在必得，到了家乡后他还辛辛苦苦地做了大量调查研究工作，积累了厚厚一大沓资料，但到了动笔后就感到很不顺畅，写了一半不到就产生不祥的预感"（陆建华《私信中的汪曾祺》）。

转过年来，汪曾祺在 1982 年 2 月 22 日致陆建华的信中说，《故乡水》已写就寄出，只是遭到了《人民日报》的退稿：

《故乡水》，人民日报来信说写得生动，但材料太旧，作为报告文学不合适，已退回。他们的意见是对的。过一些时我也许把它拆成三篇散文，但一时没有时间。

研究者金实秋猜测《故乡水》"拆成三篇散文"，即包括《中国》发表的《故乡水》与《新华日报》1986 年 9 月 17 日发表的《他乡寄意》，因为后者也写到高邮的水灾。但是据汪曾祺 1986 年 8 月 28 日致陆建华信中所说，"《新华日报》所要稿写出……此文毫无文学性，如报纸不用，可掷还。或丢进字纸篓也可"。考虑到《中国》发表的《故乡水》已经超过五千字（《人民日报》的约稿字数不太可能更多），而《他乡寄意》中还包括高邮历史、文化、科学等各方面内容，我倾向于《故乡水》全文发表于《中国》，《他乡寄意》则使用了汪曾祺在高邮调查水利所得材料。

以 20 世纪 80 年代的文类标准衡量，《故乡水》确实很难称得上"合格"的报告文学。首先，这位老杨同志是一个曾有"违法乱纪"记录的前官员。其次，汪曾祺关心的，老杨叙述的，是"自流灌溉是怎么搞起来的"，那是合作化时期的往事，与当下的社会现实几无关系。《人民日报》判定为"材料太旧"，概基于此。汪曾祺也承认"他们的意见是对的"。

汪曾祺没有把回乡收集的大数据，如 1958 年至 1980 年，国家整治运河堤的几项大工程，累计投入两千五百多万元，高邮动员民工近十三万人，完成土方若干与石方若干，等等，写进《故乡水》里，而只是着重写了老杨同志这么一个"像一个书生"的官员，这是什么缘故？笔者认为，汪曾祺关注故乡的水灾，重点是关注这项大工程中"人"的作用，一是水利工程的修建让多少黎民免于灾荒之苦，一是这样造福民众的工程，是由什么样的人推动完成的。

汪曾祺离乡四十余年，仍念念不忘故乡的水，哪怕是用自己并不擅长的报告文学体裁，他也想为家乡的水利建设唱一曲赞歌，尽一点微力。虽然他与"老杨同志"一样，并没有传统的士绅身份，但他们对家乡民众福祉的关怀，与旧时士绅并无二致。

正是由于这种关怀，汪曾祺在 1990 年所作的《老学闲抄·皇帝的诗》里出人意料地表扬了康熙与乾隆的诗（他别的文章里对帝王权贵的诗一向没什么好话），究其缘由，在于这两位皇帝对高邮水患的关注：

乾隆这首诗写得真切沉痛，和刻在许多名胜古迹的御碑上的满篇锦绣珠玑的七言律诗或绝句很不相同。"其乐实未见，其艰亦已甚"，慨乎言之，不啻是在载酒的诗翁的悠然的脑袋上敲了一棒。比较起来，康熙的一首写得更好一些，无雕饰，无典故，明白如话。难得的是民生的疾苦使一位皇帝内心感到惭愧。"凛凛夜不寐，忧勤悬如捣"虽然用的是成句，但感情是真挚的。这种感情不是装出来的，他没有必要装，装也装不出来。

康熙和乾隆都是有作为的皇帝。他们的几次南巡，背景和目的是什么，我没有考察过，但决不只是游山玩水，领略南方的繁华佳丽（不完全排除这因素）。我想体察民风，俾知朝政之得失，是其缘由之一。他们真是做到了"深入群众"了，尤其是康熙。他们的关心民瘼，最终的目的，当然还是为了维持和巩固其统治。这也没有什么不好。他们知道，脱离人民，其统治是不牢固的。他们不只是坐在宫里看报告（奏折），要亲自下来走一走。关心民瘼，不止在嘴上说说，要动真感情。因此，我们在两三百年之后读这样的诗，还是很感动。

我希望我们的领导人也能读一点这样的诗。

在这篇文章里，汪曾祺言说的对象，不再是普通的读者，不是"我悄悄地写，你们就悄悄地读"，而几乎像是谈人格那样，激动地"进言"："脱离人民，其统治是不牢固的。"

1991年夏天，高邮又遭遇了特大洪水袭击。汪曾祺十分关心故乡，不断打听水情信息。当年秋，汪曾祺再返高邮，据亲自陪同的金实秋记述：

> 曾陪同汪老去川青公社参观水利建设的史善成，此时已升任分管农业、水利的副县长，他们又一次谈到了水。在席间，汪曾祺特地斟满了一杯酒，站起来对史善成说："史县长，父母官，高邮保住大堤，就保住了里下河几千万人民的生命，你们功不可没，我敬你一杯！"餐后，他又特地书一联赠之："良苗亦怀新，素心常如故。"据我所知，汪曾祺用如此诗句题赠党政领导的极少，也许这也是仅有的一例。

考察近代高邮的水灾叙事，文人士夫对水患的记录，对农稼的关注，对庶民的哀怜，这些都会保留在这座小城人文风气的流传浸润之中。汪曾祺《故乡水》《自报家门》《钓鱼的医生》等作品中呈现出的水灾叙事，也饱含着这种"民胞物与"的士夫情怀。汪曾祺自我定位的"中国式的抒情的人道主义者"，其实也可以用来描述旧时地方士绅"悯农"的心情。

跟传统文人的书写相比，汪曾祺的水灾叙事又透露出一种乐观的情绪，这与他其他小说里感慨旧时匠人技艺的没落，民间美好人性的脆弱不同，他笔下对故乡水灾与防灾的密切关注，既充满对百姓受灾的哀怜，又不吝对新水利工程的溢美之词。1992年4月，汪曾祺在《故乡的野菜》的结尾，又重现了《钓鱼的医生》《故乡水》结尾那样抒情的结构：

> 我的家乡本是个穷地方，灾荒很多，主要是水灾，家破人亡，卖儿卖女的事是常有的。我小时就见过。现在水利大有改进，去年那样的特大洪水，也没死一个人，王西楼所写的悲惨景象不复存在了。想到这一点，我为我的家乡感到欣慰。过去，我的家乡人吃野菜主要是为了度荒，现在吃野菜则是为了尝新了。喔，我的家乡的野菜！

汪曾祺曾自我总结为："有何思想，实近儒家。人道其里，抒情其华。"他的文字里，虽亦不乏洋洋出尘、不滞于物的道家风韵，但根柢是儒家的诗教传统，也正是士绅传统的伦理核心。这一点，在汪曾祺的水灾叙事里，表现得特别明显。

一二三，才够意思——《晚饭花》

晚饭花就是野茉莉。因为是在黄昏时开花，晚饭前后开得最为闹唉，故又名晚饭花。

野茉莉，处处有之，极易繁衍。高二三尺，枝叶披纷，肥者可莳五六尺。花如茉莉而长大，其色多种易变。子如豆，深黑有细纹。中有瓤，白色，可作粉，故又名粉豆花。晒干作蔬，与马兰头相类。根大者如拳，黑硬，俚医以治吐血。
——吴其濬：《植物名实图考》

珠子灯

这里的风俗，有钱人家的小姐出嫁的第二年，娘家要送灯。送灯的用意是祈求多子。元宵节前几天，街上常常可以看到送灯的队伍。几个女佣人，穿了干净的衣服，头梳得光光的，戴着双喜字大红绒花，一人手里提着一盏灯；前面有几个吹鼓手吹着细乐。远远听到送灯的箫笛，很多人家的门就开了。姑娘、媳妇走出来，倚门而看，且指指点点，悄悄评论。这也是一年的元宵节景。

一堂灯一般是六盏。四盏较小，大都是染成红色或白色，而且画了红花的羊角琉璃泡子。一盏是麒麟送子，一个染色的琉璃角片扎成的娃娃骑在一匹麒麟上。还有一盏是珠子灯，绿色的玻璃珠子穿扎成的很大的宫灯。灯体是八扇玻璃，漆着红色的各体寿字，其余部都是珠子，顶盖上伸出八个珠子的凤头头，凤嘴里衔着珠子的小幡，下缀珠子的流苏。这盏灯分量相当的重，送来的时候，得两个人用一根扁担抬着。这是一盏主灯，挂在房间的正中。旁边是麒麟送子，琉璃泡子挂在四角。

到了"灯节"的晚上，这些灯里就插了红蜡烛，点亮了。从十三"上灯"到十八"落灯"，接连点几个晚上。平常这些灯是不点的。

（三篇）

汪曾祺

196

《晚饭花》，原刊于《十月》1982 年第 1 期

《晚饭花》包含了三篇短篇小说：《珠子灯》《晚饭花》《三姊妹出嫁》。写作《晚饭花》的前后，汪曾祺似乎对这种三段式故事颇有兴趣，《晚饭花》后来收入《晚饭花集》，在《晚饭花集》的自序中，汪曾祺写道："这一集，从形式上看，如果说有什么特点，是有一些以三个小短篇为一组的小说。数了数，竟有六组。这些小短篇的组合，有的有点外部的或内部的联系。比如《故里三陈》写的三个人都姓陈；《钓人的孩子》所写的都是与钱有关的小故事。有的则没有联系，不能构成'组曲'，如《小说三篇》，其实可以各自成篇。至于为什么总是三篇为一组，也没有什么道理，只是因一篇太单，两篇还不足，三篇才够'一卖'。'事不过三'，三请诸葛亮，三戏白牡丹，都是三。一二三，才够意思。"这种独特的"三合一"形式，不妨视为汪曾祺"扩大短篇小说功能"的一种文体试验，其中也有民间文学中常见的"三段式"故事形式的影响。

"晚饭花"的意义

在《晚饭花》的三个故事之前，有一个小小的题记，汪曾祺在其中引了一段吴其濬的《植物名实图考》来介绍晚饭花这种植物的特性。吴其濬这本书是汪曾祺颇为偏爱的"杂书"之一，喜爱草木鱼虫的汪曾祺在其小说散文中常常引用。他说："我读书很杂，毫无系统，也没有目的。随手抓起一本书来就看。觉得没意思，就丢开。我看杂书所用的时间比看文学作品和评论的要多得多。常看的是有关节令风物民俗的，如《荆楚岁时记》《东京梦华录》。其次是方志、游记，如《岭表录异》《岭外代答》。讲草木虫鱼的书我也爱看，如法布尔的《昆虫记》，吴其濬的《植物名实图考》，《花镜》。"（《谈读杂书》，1986）吴其濬书中所记晚饭花又名野茉莉，一大特点便是"处处有之，极易繁衍"。

汪曾祺在 1983 年的《〈晚饭花集〉自序》中，说得更为直接，他觉得晚饭花是一种极"贱"的花，这种花用"村""俗"来形容，都不为过。晚饭花既无高洁品质，也无花香花形之美，它唯一的"优点"，大概就是生命力顽强，够"野"，随便丢在哪里，都能长出一大群来。汪曾祺说他并不偏爱晚饭花，他的小说和晚饭花也无相似处，但有一点，"无足珍贵则同"。这当然是汪曾祺自谦的说法，但"晚饭花"的"野"，确是和汪曾祺小说创作上看似随意、不拘一格的小说风格有某些相近之处。

"晚饭花"之于汪曾祺，还有另一重意义——"我对于晚饭花还有一点好感，是和我的童年的记忆有关系的"。汪曾祺家中的后园中，便有一大丛晚饭花，童年时的他常常在那里捉蜻蜓。"因此我的眼睛里每天都有晚饭花。看到晚饭花，我就觉得一天的酷暑过去了，凉意暗暗地从草丛里生了出来，身上的痱子也不痒了，很舒服；有时也会想到又过了一天，小小年纪，也感到一点惆怅，很淡很淡的惆怅。而且觉得有点寂寞，白菊花茶一样的寂寞。"因为和童年记忆有关，晚饭花这种平常的草花也就变得有点不太一样了。（《〈晚饭花集〉自序》）《晚饭花》中的"晚饭花"一篇，就是典型的回忆小说。汪曾祺的小说，很多是在回忆的基调中写就的，他自己干脆就说：小说是回忆。写小说"必须把热腾腾的生活熟悉得像童年往事一样，生活和作者的感情都经过反复沉淀，除净火气，特别是除净感伤主义，这样才能形成小说"（《〈桥边小说三篇〉后记》，1985）。正因为"回忆"经过了长时间的沉淀，情感的表达也就必然不再是激烈冲突的，《晚饭花》中那很淡很淡的惆怅和一点点的寂寞忧愁，恰是这类小说的共同基调。

　　回忆当然需要一个回忆者，《晚饭花》中出现了一个对汪曾祺而言很重要的叙事者——"李小龙"。这个在高邮的小街巷中边走边看的少年，同时也是《昙花、鹤和鬼火》这篇小说的主人公和叙事者。汪曾祺的儿子曾问他《晚饭花》里的李小龙是不是他自己，汪曾祺回答说"是"。"我就像李小龙一样，喜欢随处留连，东张西望。我所写的人物都像王玉英一样，是我每天要看的一幅画。这些画幅吸引着我，使我对生活产生兴趣，使我的心柔软而充实。"（《〈晚饭花集〉自序》）《晚饭花》展现的就是李小龙的一段少年记忆。李小龙多大了，上的什么学，《晚饭花》中没有交代；而在《昙花、鹤和鬼火》中，李小龙已经是初二的学生。这个李小龙，年纪介于儿童和成年之间，是个初识愁滋味的少年人。所以他眼中的世界，也是个典型的少年眼中的世界，带有一点幻想和诗意色彩。

　　借助少年的眼睛来写故事和"风景"，是汪曾祺很喜欢的写作视角。他说废名写小说，能"用儿童一样明亮而敏感的眼睛观察周围世界，用儿童一样简单而准确的笔墨来记录，他的小说是天真的，具有天真的美"（《谈风格》，1984）。这种天真的美，同样出现在李小龙的世界中，就像废名笔下会叮叮响的万寿宫一样，《晚饭花》中的晚饭花，也有了自己的生命，成为李小龙夏日黄昏记忆里浓墨重彩的一笔："它们使劲地往外开，发疯一样，喊叫着，把自己开在傍晚的空气里。浓绿的，多得不得了的绿叶子；殷红的，胭脂一样的，多得不得了的红花；非常热闹，但又很凄清。"在这没有一点声音的浓绿叶子和乱乱纷纷的红花前，坐着一个王玉英。这便是李小龙每天要看到的那幅画。汪曾祺反复强调晚饭花是一种普通的、不怎么美的花，可在《晚饭花》中，这热闹又凄清的花，分明是具有别样的美感的。这别样的美感，便来自李小龙的眼睛。汪曾祺觉得儿童（少年）眼中的世界之所以特别，是因为孩子是纯净的，他们"与世界无欲求，无争竞，他们对世界是那样充满欢喜，他们最充分地体会到人的善良，人的高贵，他们最能把握周围环境的颜色、形体、光和影、声音和寂静，最能完美地捕捉住诗"（《万寿官丁丁响》, 1996）。周作人称这种境界为"仙境"，汪曾祺显然也非常认同，他甚至断言："一切文学达到极致，都是儿童文学。"（《国风文丛总序》, 1996）

李小龙的黄昏记忆多少是有些惆怅的，因为少年总要成长。而促使少年意识到自己成长的，往往便是生活中的一点点小小改变。在《昙花、鹤和鬼火》中，在放学路上看了一次鬼火的李小龙觉得自己长大了一点。在《晚饭花》中，这改变是王玉英出嫁了，而且这出嫁对象并非良人。"晚饭花"还开着，王玉英也还在，李小龙甚至看到了出嫁后的王玉英在河边淘米的背影，但李小龙的黄昏已经改变，因为在熟悉的放学路上，在那幅画里"再也没有原来的王玉英了"。也不单单是王玉英不在了，《珠子灯》中的孙小姐，《三姊妹出嫁》中的三姊妹和那副可以进博物馆的馄饨担子，都已经沉淀到记忆的深处。童年往事终成过去的记忆，但汪曾祺的生命中总是会有些少年心性留存下来。小说中的王玉英，这个少年李小龙为之倾心的"画中人"遭到命运的不公平的簸弄时,李小龙是气愤的,汪曾祺说他也是气愤的,而且,"便是现在,我也还常常为一些与我无关的事而发出带孩子气的气愤"(《〈晚饭花集〉自序》)。在他的小说中,这样孩子气的"气愤"也不时流露,在《大淖记事》中的巧云被人玷污时,在《珠子灯》里的大小姐越变越古怪时,在所有"美好"的人或物被损害时。

晚饭花的盛放,标示着这是一个黄昏时分的故事,因为晚饭前后,是这种花开得最为"闹哄"的时候。《晚饭花集》中,另有一篇小说叫《晚饭后的故事》,故事本身和晚饭其实没有什么关系。起这么个名字,是因为故事都是"京剧导演郭庆春在晚饭之后,微醺之中,闻着一阵一阵的马缨花的香味时所想的一些事。想的时候自然是飘飘忽忽,断断续续的"。不妨以此类推,《晚饭花》中的三段故事,那些沉淀已久的记忆,或者也是汪曾祺在夏季的某个黄昏,晚饭过后,看到随处可见的晚饭花,思绪飘忽而断续的结晶。

出嫁的故事

《晚饭花》的三个故事,其实还是有相同点的,这三个故事都有一个关键词:出嫁。

《珠子灯》里出嫁的,是一个大家闺秀,标示着她身份的,便是娘家送的一堂灯,尤其是那盏需要两个人用扁担才能抬起来的珠子灯。《晚饭花》里出嫁的,是一个小家碧玉,父亲是基层公务员——县政府的录事。《三姊妹出嫁》里,嫁出去的是卖馄饨的秦老汉的三个女儿,父亲靠着做点小生意养家糊口，从家境地位上说，三姊妹比起前两个故事里的新娘子又低了一层。三种不同身份地位的女孩，嫁的人当然也就不同。孙家大小姐嫁的是王家二少爷；小家碧玉的王玉英嫁的是钱老五，一个聪明油滑的浪荡子，从他受的教育和生活习惯看，家境应该不会太差，至少他和哥嫂分开住后，自己还有一所带院子的小房子。三姊妹嫁的，就都是小生意人，一个皮匠、一个剃头的、一个卖糖的。三个故事里的婚姻，都是门当户对的。

然而三个故事里的婚姻，却是悲喜各不相同。《珠子灯》的故事，大概是三个故事里最让人沉重的一个。《珠子灯》里的大小姐，嫁了思想开明的王家少爷，放了脚，开始读新书。她读的是王家二少爷带回来的书：黄遵宪《日本国志》、林纾译的《迦茵小传》和《茶花女遗事》。这几本书都是清末民初风靡一时的读物，《日本国志》1895年正式刊行，《茶花女遗事》和《迦茵小传》分别出版于1899年和1905年。这几本书、王家少爷革命党的身份和孙大小姐放脚的事，都让这个故事有了确定的时间背景，大约总在1910年前后。对于孙小姐来说，这是一场好婚姻，才女配才子，"两口子琴瑟和谐，感情很好"。只是这场婚姻，未免太短促了些，王常生病死了。出嫁第二年娘家送去的珠子灯，按照风俗，每年元宵前后都要点上，在孙小姐的新房里却只亮过一次。这意味着孙小姐才出嫁两年，便守了寡。回头再看看王少爷带回来的那几本小说，《茶花女遗事》和《迦茵小传》，都是以悲剧收场的爱情故事，不知赚去了当时多少读者的眼泪：可怜一卷茶花女，断尽支那荡子肠。茶花女和迦茵的爱情，都因为双方门第悬殊而酿成悲剧，门当户对的王家少爷和孙大小姐，和小说中的主人公比起来何其幸运，读这些故事时，大概他们谁也不会想到，自己的婚姻也会以这样一种方式匆匆结束吧？

王常生病死了，孙小姐的生活还得继续。王家少爷不愧是"思想很新"的革命党人，他留给夫人的遗言是：不要守节。当然这遗言是无用的，因为两家都是书香门第，从无再嫁之女。汪曾祺不去写两家长辈是否有对此事发表意见，只写了一句："改嫁，这种念头就不曾在孙小姐的思想里出现过。这是绝不可能的事。"王、孙两家，从前文看，应该都不是那种死板的大家庭。孙家对女儿的教育就很特别：教女儿读诗词《长恨歌》《琵琶行》，还能背全本《西厢记》。这都不是寻常闺阁女子应有的读物。尤其是《西厢记》，宝玉黛玉共读《西厢记》，必得是偷偷摸摸的。后来林黛玉在猜令时因怕被罚，急中生智，说了两句："良辰美景奈何天，纱窗也没有红娘报"，前一句是《牡丹亭》中的词，后一句便是《西厢记》里的句子。因为这个，还招来宝钗的一番劝诫。用宝钗的话来说，这些都不是正经书，大家闺秀是不应该读的，因为读后会"移了性情"。孙小姐能背《西厢记》，也能按照未婚夫的意愿放了脚，可见家庭氛围至少也是由旧转新、半新不旧的。但在这种环境中长大的才女孙小姐，在"守节"一事上如此决绝，"贞节"之于传统女性的束缚力之强，可见一斑。

孙小姐便在"贞操"观念的束缚下，度过了余生。先是变得古怪起来，然后便是病倒在床上。这个人的生命慢慢没有了一点活力，汪曾祺写她的"心死"，是说这个才女从此"也不看书，也很少说话"。那些她喜欢的书呢？《西厢记》《茶花女遗事》和《迦茵小传》，大概都成了会触景生情的伤心之物，早就束之高阁了吧。她的房间安静下来，听得到风筝响、斑鸠叫和麻雀打闹，甚至能听见蜻蜓振动翅膀和老鼠咬木器的声音，还有便是寄托了一个新嫁娘"吉祥、幸福和朦胧暧昧的希望"的珠子灯散了线后，珠子滴滴答答掉落的声音。孙小姐在这种寂静中躺了十年，死去了。她死的时候大概已经到了1920年，恰恰是新文化运动兴起之时，也是"贞操"观念被新一代知识分子全方位批判之时。孙小姐的房间被锁上了，里面还传出珠子掉落的声音。汪曾祺在1991年《小说的思想和语言》中说："这写的就是封建贞操观念的零落。我的作品还是有主题的。"

汪曾祺用《珠子灯》来举例，证明自己的小说是有主题的，恰恰说明这篇小说的主题藏得比较深，很容易让人误会成"无主题"。在小说是不是应该有主题的问题上，汪曾祺的态度相当明确：他的小说是有主题的，他从来没写过无主题小说。在汪曾祺看来，一个作家的创作在主题上往往是有贯串性的，比如：鲁迅作品贯串性的主题很清楚，即"揭示社会的病痛，引起疗救的注意"；他的老师沈从文，作品的贯串性主题则是"民族品德的发现和重造"。（《小说的思想和语言》）但汪曾祺又强调，现代小说的主题有可能是复杂的、丰富的、多层次的，或者说主题可以具有模糊性、相对的不确定性，甚至还有相对的未完成性。他的小说主题的特征显然属于这一类。小说要有主题，是因为有主题的小说才能承担起文学的社会功能。换言之，小说是"有用"的，用汪曾祺的话来说，他希望自己的写作有益于世道人心，这是他心目中的"文学之用"。

和王玉英的故事不一样，《珠子灯》的故事里，没有李小龙，汪曾祺这个故事，写得很客观节制，好像是一个与自己完全无关的故事。

事实上，这个故事的原型也是汪曾祺童年记忆的一部分，故事里面也有他自己。孙小姐和王家少爷的原型分别是汪曾祺的二伯母和二伯父。在《我的家》中，汪曾祺对这两位长辈有详尽的回忆。二伯母也是很年轻就守了寡，因为和汪曾祺的母亲感情好，她坚持过继了汪曾祺。汪曾祺回忆中的二伯母在守寡后性子也变得很古怪，心情好的时候会教他背《西厢记》《长恨歌》。在她的葬礼上，就由汪曾祺履行了孝子的职责。她死后娘家人提出了两个条件：一是指定要用汪曾祺的祖父的寿材盛殓；一是要在正堂屋停灵。这多少都是"逾制"的行为，但因为她年纪轻轻便守节，汪家只好都答应了。这两个特殊待遇，便是二伯母守节一辈子的"补偿"。

后来，在《昙花、鹤和鬼火》中，汪曾祺让李小龙在上学的路上，走过了两座青石牌坊。李小龙知道，这是贞节牌坊。可"谁也不知道这是谁家的，是为哪一个守节的寡妇立的。那么，这不是白立了吗"？李小龙走过这贞节牌坊时，是不是也会为二伯母或孙大小姐的故事"气愤"呢？

都是"最后一个"

《三姊妹出嫁》是三个出嫁故事中氛围最轻松的一个，但这个出嫁的故事不是从出嫁讲起，而是从秦老汉的一副馄饨担讲起的。

这副担子是全城独一份的：楠木雕花的担子，细巧玲珑，"这好像是《东京梦华录》时期的东西，李嵩笔下画出来的玩意儿"。《东京梦华录》又是汪曾祺偏爱的一本"杂书",汪曾祺将此书归入"讲风俗"的一类书,在《〈大淖记事〉是怎样写出来》中,他说:"我放在手边经常看看的一本书是古典文学出版社出的《东京梦华录》(外四种——《都城纪胜》《西湖老人繁胜录》《梦粱录》《武林旧事》)。"《东京梦华录》所载,多为南宋时期的市井生活,衣食住行,民风民俗,用汪曾祺的话来概括,从中可见"南宋遗风"。汪曾祺写美食,常常引用此书材料,如《宋朝人的吃喝》一文,便几乎全取材于此书。秦老汉的馄饨担既有这样的"流风遗韵",他卖的馄饨口味自然也不一般,讲究到以芥菜冬笋肉末为馅,与普通的葱花水打猪肉馅相比,格调自然是高的。

秦老吉的馄饨和馄饨担子都不一般,他家中的姑娘也很不一般。三个姑娘像三张画儿,再来一个的话,就好凑成一套四扇屏儿。能出现在四扇屏上的女子,当然都是美的。除了美,这三个姑娘还很能干勤快。在她们的操持下,秦老吉的家里"干净得像明矾澄过的清水",成为那些娶了邋遢婆娘进门的丈夫口中的"别人家"。汪曾祺写少女之美,深得京派文学传统之精髓。这个写三姊妹的段落,没有一句直接写三姊妹的长相,全从旁人议论着手。即便写到了三姊妹身上,也只写着衣风格,最小最娇的妹妹擅长绣花,将两个姐姐"绣得全身都是花"。一如废名在《竹林的故事》中写三姑娘之美,只用两笔:一是写三姑娘穿的是旧衣,颜色淡得如同月色一般;一是写三姑娘去卖菜,私塾里的顽童在她面前也会安静下去。巧的是,和三姊妹一样,三姑娘也是爱干净的女孩,比如每天清早起来,首先要把房里的家具抹得干净,连她妈妈都觉得乡户人家,不用这么讲究。但"讲究",

不也正是秦家人的特性吗?

这么美的三个女孩，会花落谁家呢? 好在秦老吉没有野心，三个女儿虽美，选的女婿却都是和秦老吉一样的"小生意人"。小说接下去要写的，便是这三姊妹的三个未婚夫：一个皮匠，一个剃头的，一个卖糖的。

大姐要嫁的麻皮匠，汪曾祺写得最简短，他的特点，一是脸上有几颗麻子，二是手脚很麻利，绱鞋的时候"流利合拍，均匀紧凑"，绱鞋这种没什么看头的事在他这里就成为很吸引人的动作了。这种因为"精熟"，从平凡而入"化境"，成为"美"的技能，在汪曾祺笔下的小生意人那里时常可见：《异秉》中的王二，卖熟食的姿势"简直像做着一种熟练的游戏，流转轻利，可又笔笔送到，不苟且，不油滑，像一个名角儿"；《戴车匠》中的戴车匠，干活的时候能吸引一条街上的孩子们，"一个一个，小傻子似的，聚精会神，一看看半天"。这些小生意人，都有些庄子笔下解牛的庖丁的味道，已经由"技"进乎"道"了。麻皮匠脸上有几颗麻子，长相大概不会出众，但他和秦老吉一样，能将小本生意做出自己的"名号"，大概是被秦老吉相中的主要原因。更何况，这个麻皮匠，在"乾隆和"的廊檐下摆摊，他每天会主动帮人家把店堂打扫干净，只一个细节便可看出，和秦家人一样，他是个"讲究人"。三姑娘的未婚夫，可说的也不多。吴颐福十五岁就开始卖糖，不过，他卖的糖不普通，与其说是糖，不如说是工艺品。别人买他的糖，也是当艺术品来买——买回去当摆设。这门手艺和麻皮匠绱鞋、秦老吉的馄饨一样，是门绝活儿。

汪曾祺写得最详细的，是二姑娘要嫁的对象大福子。从家境来说，这家最不错，家里开了爿剃头店"时福海记"。不过从小店的名字看，从大福子的父亲这里，才开了店，也就是小本生意。但就是这个小店背后，汪曾祺写了整整三个时代的变迁。首先是小店的开张，对应着清廷退位，民国建立，人们剪了辫子，所以时福海最擅长的是剃光头，以"水热刀快"为号召。其次是时福海擅长向阳取耳、捶背拿筋，也是半个跌打医生。然后是时代变迁，剃光头的人少了，挖鼻孔、挖耳朵不再符合卫生标准，享受捶背揪筋的老一辈也少了。宣传新的卫生观念，民国时期规模最大最集中的一次是"新生活运动"时期。"新生活运动"最早始于1934年，全面抗战前以提倡清洁和守规矩为主要宣传内容。"清洁"方面包括夏令卫生运动、清除垃圾和污水、灭蝇竞赛等。大福子大概是此时开始接手改良时福海记，时尚装修，香水发蜡，理发店靠着改良进入了新的兴盛期。大福子为理发店置办的时髦物品中包含了"司丹康"发蜡，这种男士化妆品是当时知名的民族品牌。1926年中国香料工业的先驱李润田在上海创办了巴黎香品制造厂，主要生产香水、香粉、发蜡等，其中就有司丹康。张天翼的小说《包氏父子》中，"司丹康"也是个重要道具，家境贫寒的小包一心羡慕的少爷们，每天都要涂抹司丹康发蜡。心疼儿子的老包从少爷房间的瓶子里为小包偷挖了一坨带回家，却因为不认识商标错挖了糨糊。总之，新生活运动加司丹康发蜡，基本上标示出了小说的时代背景，已经到了20世纪30年代中期左右。

新的时代意味着新的生活方式，"时福海记"已经改良，大福子也取代父亲时福海成为理发店的新一代"掌门人"。时福海带着他的"向阳取耳、捶背拿筋"的绝活，成为过去时。时福海和秦老吉一样，虽然是市井小民，身上却有"古典"的味道。他会吹唢呐，还会"进曲"，这曲子比昆曲还要古老，很有可能是元代散曲，曲风有《薤露》《蒿里》遗意。这两首曲子是汉朝乐府中的出殡曲，可以想见曲调定是悲凉的。时福海不知道自己唱的是什么，但仍然唱得感慨唏嘘。时福海和他的进曲，就如秦老吉和他的馄饨担子一样，在时移世易中，均有成为"最后一个"的可能。仔细想想，麻皮匠绱鞋的技术、吴颐福做"样糖"的手艺，会不会也随着时代变迁成为"最后一个"呢？

从文学史的角度看，"最后一个"形象系列出现在很多写作者的笔下。在大变动的格局下，文学中的"最后一个"多是对上一个时代的怀念、终结，也是对下一个新时代的开启。汪曾祺的"最后一个"系列，从《鸡鸭名家》到《戴车匠》，再到《八千岁》里坚持不用机器碾米的八千岁，多为小生意人或手工匠人，他们对传统生活方式或生产方式的坚持，也成为汪曾祺的一个"旧梦"。在《戴车匠》的结尾，汪曾祺写道："世事变化很快，他隐隐约约觉得，车匠这一行恐怕不能永远延续下去。一九八一年，我回乡了一次（我去乡已四十余年）。东街已经完全变样，戴家车匠店已经没有痕迹了。——侯家银匠店，杨家香店，也都没有了。也许这是最后一个车匠了。"

三姊妹出嫁之后的日子如何，汪曾祺没直说，但从文章中看，三个女儿出嫁后住得都不远，随时都能回来伺奉父亲，秦老吉自己"心满意足，毫无遗憾"，三个姑娘的婚后生活应该是不错的。秦老吉唯一的心事，便是那副馄饨担子，应该传给谁的问题了。小说以馄饨担开头，结尾也落在了馄饨担上。汪曾祺惦记的这副馄饨担子，到底去了哪里？汪曾祺自己也没有答案吧。

那些"不上不下"的体面人——《岁寒三友》

岁寒三友

汪曾祺

这三个人是：王瘦吾、陶虎臣、靳彝甫。王瘦吾原先开绒线店，陶虎臣开炮仗店，靳彝甫是个画画的。他们是从小一块长大的。这是三个说上不上，说下不下的人。既不是缙绅先生，也不是引车卖浆者流。他们的日子时好时坏。好的时候桌上有两个菜，一荤一素，还能筛二两酒；坏的时候，喝粥，甚至断炊。三个人的名声倒都是好的。他们都没有做过伤天害理的事，对人从不尖酸刻薄，对地方的公益，从不袖手旁观。某处的桥坏了，要修一修；哪里发现一名"路倒"，要掩埋起来；阴时疫的时候，在码头路口设一口瓷缸，内装药茶，施给来往行人；一场大火之后，请道士打醮禳灾……遇有这一类的事，需要捐款，首事者把捐簿伸到他们的面前时，他们都会提起笔写下一个谦抟了也会点头的数目。因此，他们走在街上，一街的熟人都跟他们很客气地点头打招呼。

"早！"

"早！"

"吃过了？"

"偏过了，偏过了！"

王瘦吾真瘦。瘦得两个肩胛骨从长衫的外面都看得清清楚楚。他年轻时很风雅过几天。他小时开蒙的塾师是邑中名士谈甏渔，谈先生教会了他做诗。那时，绒线店由父亲经营着，生意不错，这样他就有机会追随一些闲散的和不太忙的名士，泰秋佳日，文酒雅集。遇有什么张母吴太夫人八十寿辰征诗，也会送去两首七律。瘦吾就是那时落下的一个别号。自从父亲一死，他挑起全家的生活，就不再做一句诗，和那些诗人们也再无来往。

他家的绒线店是一个不大的连家店。店面的招牌上虽写着"京广洋货，零趸批发"，所卖的却只是：丝线、箅子、头号针、二号针、女人绞脸用的镊子、刨花[注]、挟子（涂刨花水用的小刷子）、品青、煮蓝、借糊牌洋蜡烛、太阳牌肥皂、美孚灯罩……种类很多，但都值不了几个钱。每天晚上结账时都是一垫铜板和一角两角的零碎的小票，难得看见一块洋钱。

这样一个小店，维持一家生活，是困难的。王瘦吾家的人口日渐增多了。他上有老母，自己又有了三个孩子。小的还在娘怀里抱着。两个大的，一儿一女，已经都在上小学了。不用说穿衣，就是穿鞋也是个愁人的事。

儿子最恨下雨。小学的同学儿全都在下雨天都穿了胶鞋来上学，只有他穿了还是

［注］ 榆木刨出来的薄屑的长条。泡在水里，稍带粘性。过去女人梳头抹髻，真不开它。

181

在小说《岁寒三友》里，汪曾祺借高邮大画家季匋民之口发了一句感慨：

"吾乡固多才俊之士，而皆困居于蓬牖之中，声名不出于里巷，悲哉！悲哉！"

汪曾祺小说中，列名谈甓渔弟子的，有三人。高北溟与沈石君之外，还有《岁寒三友》里的王瘦吾——这个人也是有原型的，就叫王瘦吾。《岁寒三友》中说他"有机会追随一些阔的和不太阔的名士，春秋佳日，文酒雅集。遇有什么张母吴太夫人八十寿辰征诗，也会送去两首七律。瘦吾就是那时落下的一个别号。自从父亲一死，他挑起全家的生活，就不再做一句诗，和那些诗人们也再无来往"。而真实生活中的王瘦吾，似乎不那么决绝，1927 年杨甓渔主编的《文孟》周刊上，还有王瘦吾与杨甓渔、高北溟联名推荐朱月桥医生的广告。

汪曾祺说《岁寒三友》写的是"小人物""市民层"（《认识到的和没有认识的自己》，1988）。小人物不假，但《岁寒三友》的三位主人公，和淡泊一生的钓鱼医生王淡人一样，不是普通的市民。靳彝甫三代业画，是大画家季匋民口中的"才俊之士"，祖传三块田黄印章值二百大洋（现实生活中，这三块田黄印章是汪曾祺父亲汪菊生所藏）；王瘦吾开蒙塾师是大名士谈甓渔，"年轻时很风雅过几天"；唯有陶虎臣，似乎只是一位炮仗店老板，然而汪曾祺 1946 年曾写过一篇《最响的炮仗》，文中主人公孟和，做得一手好炮仗，也坏了一只眼，可以看作陶虎臣的前身。这位孟老板，不但曾经富庶，而且品味也不俗，孟家炮仗店门上的对联是"刘石庵体"，孟老板本人是小学生作文里赞美的对象，"手上一个汉玉扳指""旱烟袋上一个玻璃翠葫芦嘴子"，他还能认出官府布告上的朱印是"肥肥壮壮的假瘗鹤铭体",文化不算低。

因此,"岁寒三友"虽操贱业,但都是市井中的雅人。他们有点儿像《儒林外史》第五十五回《添四客述往思来 弹一曲高山流水》里描述的四位市井奇人,但身处小城社会中,比他们更显眼:

> 这是三个说上不上,说下不下的人。既不是缙绅先生,也不是引车卖浆者流。他们的日子时好时坏。好的时候桌上有两个菜,一荤一素,还能烫二两酒;坏的时候,喝粥,甚至断炊。三个人的名声倒都是好的。他们都没有做过伤天害理的事,对人从不尖酸刻薄,对地方的公益,从不袖手旁观。某处的桥坍了,要修一修;哪里发现一名"路倒",要掩埋起来;闹时疫的时候,在码头路口设一口瓷缸,内装药茶,施给来往行人;一场大火之后,请道士打醮禳灾……遇有这一类的事,需要捐款,首事者把捐簿伸到他们的面前时,他们都会提笔写下一个谁看了也会点头的数目。

应该说,这是三位带有文人风骨的小商人、手工业者。

如果将"岁寒三友"与八千岁做一比较,就更能看出这一点。论起家底殷实,八千岁比"岁寒三友"不知高出多少,但八千岁与小城这个熟人社会的关系相当疏远,这固然是八千岁的独特性格所致,但也与八千岁"八千钱起的家"有关——他不像"岁寒三友",是世代居于此的旧家。对于"岁寒三友"而言,累代的名誉与交情,都负载在他们身上,家庭的熏陶,师教的浸染,让他们做不出"袖手旁观"

的事情，也因此，"他们走在街上，一街的熟人都跟他们很客气地点头打招呼"，这样的因果，就是维持这个小城世界平和运转的法则之一。

而王瘦吾、陶虎臣经商的失败，全都由于外来的威胁。

陶虎臣的炮仗，其实已经做到了当地的极致，不但货色齐全，质量保证，而且有"遍地桃花""酒梅""花盒子"这样的独家绝艺。因此陶虎臣之前可以"与世无争，生活上容易满足"。

打败陶虎臣的，是时代的变迁。早在1923年10月，就有高邮县城花炮业数百名工人要求加薪的罢工，呼应着"二七大罢工"等全国掀起的罢工潮。而鞭炮生意，此时也不过是一项夕阳产业。"鞭炮生意，是随着年成走的。什么时候风调雨顺，国泰民安，什么时候炮仗店就生意兴隆。这样的年头，能够老是有么？"在《最响的炮仗》里，这缘由写得更清楚：（一）北伐成功，破除迷信，神像推倒，庙产充公，鞭炮业大受影响；（二）连年水旱灾害，顾客越来越少；（三）硝磺缺售，成本高，货源少；（四）保安队为了防匪，不准民间燃放鞭炮，以免"风声鹤唳，容易引起误会"。在《岁寒三友》中，又增添了"蒋介石搞他娘的'新生活'"——1931年高邮县政府与国民党高邮县党部曾发起"打城隍"运动，县政府文告说"现已建国念载，封建先宜取消。今日封闭庙门，他日变废为宝。倘敢违令滋事，定予从严惩要"，县党部《告高邮县人民书》开头称"城隍庙是高邮迷信的大本营！它集中表现了封建王朝的反动思想意识！在它的影响下，每个人都打上封建主义的烙印"，并宣布成立"邑庙开发委员会，及高邮新兴事业开发公司"。（《高邮县志》）虽然打城隍运动后来被省里制止，但"反封建浪潮"席卷一时，对很大程度倚仗拜神生意的鞭炮业的影响，不言而喻。

所以陶虎臣纵然有一时的热闹生意，终于还是被逼到了卖女儿的绝境，自己也差点儿上吊自杀。

陶虎臣是守业不成，王瘦吾则是开拓无功。本来他是很肯往外寻生意的，"他做过虾籽生意，醉蟹生意，腌制过双黄鸭蛋。张家庄出一种木瓜酒，他运销过。本地出一种药材，叫做豨莶，他收过，用木船装到上海（他自己就坐在一船高高的药草上），卖给药材行。三叉河出一种水仙鱼，他曾想过做罐头……他做的生意都有点别出心裁，甚至是想入非非。他隔个把月就要出一次门，四乡八镇，到处跑"。

最后王瘦吾找到了开绳厂的路子，把零散、随机的自然经济，变成了小规模的产业经济，家庭生活改善不少，而且扩大经营；草绳厂扩张成了草帽厂。但很快，他碰到了"开陆陈行"的王伯韬。王伯韬一是资本雄厚，二是流氓出身，不顾血本玩恶性竞争，王瘦吾撑了一年，终于输掉了这场资本游戏。

陶虎臣与王瘦吾会输得那么惨，与他们身上的文人气倒未必有直接关联。面对外来的政治影响或资本冲击，无论是固守本业，还是随时而变，小生产商似乎都无法抵御破产的命运。这个在1930年代茅盾、叶圣陶等人笔下反复书写的主题，被汪曾祺在1946年、1980年又重新提及。但是汪曾祺的重点与前辈们不同，他不想探讨这种命运悲剧背后的社会成因，而只想写出小人物的易于倾覆与"相濡以沫"。

与八千岁的可笑复可怜不同，汪曾祺把"岁寒三友"写得很可爱，因为他们身上有着逐利社会所缺乏的温情与迂执，包括王瘦吾"看见妻子疲乏而凄然的笑容，他的心酸"，"像一只饥饿的鸟，到处飞，想给儿女们找一口食"，想发财是为了"挑起全家的生活"。而陶虎臣卖了女儿，会跳着脚大骂自己："不要说得那么好听！这不是嫁！这是卖！你们到大街去打锣喊叫：我陶虎臣卖女儿！你们喊去！我不害臊！陶虎臣！你是个什么东西！陶虎臣！我操你八辈祖奶奶！你就这样没有能耐呀！"这也是一个曾经的"不上不下"的体面人的愤郁。所以王瘦吾与陶虎臣的潦倒，会让作者与读者都深感心痛，为善良而无争、符合旧时代社会伦理的好人，却在新的时代风潮下碰得头破血流，而掬一捧同情的泪水。

与他们不同，靳彝甫的饭食全在手上，连爿店面都没有，看上去最不可靠。虽说交好运靠斗蟋蟀赢了四十块钱，若无别的机缘，也就坐吃山空花掉了。这时候，他听到了季匋民的劝告。

季匋民先是对着靳彝甫家藏画稿感慨："吾乡固多才俊之士，而皆困居于蓬牖之中，声名不出于里巷，悲哉！悲哉！"接着就对靳彝甫提出了忠告：

> 你的画，家学渊源。但是，有功力，而少境界。要变！山水，暂时不要画。你见过多少真山真水？人物，不要跟在改七芗、费晓楼后面跑。倪墨耕尤为甜俗。要越过唐伯虎，直追两宋南唐。我奉赠你两个字：古，艳。比如这张杨妃出浴，披纱用洋红，就俗。用朱红，加一点紫！把颜色搞得重重的！脸上也不要这样干净，给她贴几个花子！——你是打算就这样在家乡困着呢？还是想出去闯闯呢？出去，走走，结识一些大家，见见世面！到上海，那里人才多！

季匋民建议靳彝甫选出百十件画，到上海去开一个展览会。他认识朵云轩，可以借他们的地方。他还可以写几封信给上海名流，请他们为靳彝甫吹嘘吹嘘。他还嘱咐靳彝甫，卖了画，有了一点钱，要做两件事：读万卷书，行万里路。

季匋民的原型王陶民，自己就是这样做的。王陶民十九岁赴京，跟一位在故宫博物院工作的画师学画。回高邮几年后又赴上海居住七年，出任上海新华艺专国画系主任及上海美专国画系教授，其间在上海、美国都举行过画展。这样一个人，当然是"一县人引为骄傲的大人物"。

在季匋民的帮助下，靳彝甫真的到上海开画展了，又用卖画所得的钱，"行万里路"去了。一去三年，回乡之时，虽未发财，境界气魄，已自不同。

离乡之前，靳彝甫对于祖传的三块田黄"爱若性命"，邻居家失火，靳彝甫什么都没拿，只抢了这三块图章，"吃不饱的时候，只要把这三块图章拿出来看看，他就觉得对这个世界没有什么可抱怨的了"。季匋民想买他的图章，他说："不到山穷水尽，不能舍此性命。"

回乡之后，面对两位好友的窘境，靳彝甫毫不犹豫，将三块印章换成了二百大洋，两位好友一人一百。这种写法，固然显得靳彝甫的云天高义，三人多年来情好弥笃（靳彝甫去兴华斗蟋蟀时，也是王瘦吾和陶虎臣给他凑的路费和赌本），但另一方面，靳彝甫的气度显然也与从前不同了，似乎印章这种身外之物也谈不上"性命"般重要，至少，比不上友情重要。

汪曾祺曾在 1984 年 8 月 16 日致陆建华的信中劝陆建华："你调到省里工作，我觉得很好。高邮人眼皮子浅，不能容人，老是困在那里，眼界甚窄，搞不出多大名堂。"在1986年应家乡之邀而作的《他乡寄意》中，汪曾祺又提到："到2000年，我的故乡应当会真正变个样子，成为一个开放型的城市。这样，故乡人民的心胸眼界才有可能开阔起来，摆脱小家子气。"这两句话与季匋民的那句感慨对看，其中的意味相当深长。

曾国藩撰《书归震川文集后》，反对予以高北溟最喜欢的归有光过高评价："藉熙甫早置身高明之地，闻见广而情志阔，得师友以辅翼，所诣固不竟此哉。"汪曾祺固然也深受归有光影响，但说到那些才俊之士，是应当"早置身高明之地，闻见广而情志阔"，还是"困居于蓬牖之中，声名不出里巷"，他的取舍不言而喻。某种意义上，谈甓渔与高北溟这对师徒（还包括另一位学生沈石君），靳彝甫与王瘦吾、陶虎臣这仨好友，虽然彼此间恩义深重，但各人遭际的不同，结局的迥异，不能不让人从字里行间读出了汪曾祺的别具深意，毕竟，他自己也是"走出去了"的高邮才俊之士。

玖读：

想飞，没有飞出去——《徙》

徙

汪曾祺

北溟有鱼，其名为鲲。鲲之大，不知其几千里也，化而为鸟，其名为鹏，鹏之背，不知其几千里也。怒而飞，其翼若垂天之云。是鸟也，海运则将徙于南溟。

——《庄子·逍遥游》

很多歌消失了。

许多歌的词、曲的作者没有人知道。

有些歌只有极少数的人唱，别人都不知道。比如一些学校的校歌。

县立第五小学历年毕业了不少学生。他们多数已经是过六十的人了。他们之中不少人还记得母校的校歌，有人能够一字不差地唱出来。

西挹神山爽气，
东来邻寺钟声，
南望谯楼巍峨峨，

逶迤郁比列其中。
平城平郭或调元，
无女无男被教育同，
桃红李白，
芬芬葩葩，
一堂济济坐春风。
愿少年，
乘风破浪，
他日毋忘化雨功!

每逢"纪念周"，每天上课前的"朝会"，放学前的"晚会"，开头照例是唱"党歌"，最后是唱校歌。一个担任司仪的高年级同学高声喊道："唱——校——歌!"全校学生，三百来个孩子，就用玻璃一样脆脆的童音，拼足了力气，高唱起来。好象屋上的瓦片、树上的树叶都在唱。他们接连唱了六年，直到毕业离校，真是深深地印在脑子里了，说不定临死的时候还会想起校歌。

歌词的意思是没有人解释过的。低年级的学生几乎完全不懂它唱的是什么。他们只是使劲地唱，并且倾注了全部感情。到了四五年级，就逐渐明白了，因为唱的次数太多，天天就生活在这首歌里，慢慢地自己琢磨出来了。最先懂得的是第二句，学校的东边紧挨一个寺，叫做承天寺。承天寺有一口钟。钟撞起来嗡嗡地响。"神山爽气"是这个县的"八景"之一。神山在哪里，"爽气"是什么样的"气"，小学生不知道，只是无端地觉得很典，而且有一种神秘感。下面的歌词也慢慢就能理解了：是说学校有很多房屋，在城外，是个男女合校，有很多同学。总的说来是说这个学校很好。十来岁的孩子很为自己的学校骄傲，常得它很了不起，并且相信别的学校一定没有这样一首歌。到了六年级，他们才真正理解了这首歌。毕业典礼上（这是他们第一次"毕业"），几位老师们讲过了话，司仪高声喊道："唱——校——歌"。这是他们最后一次大家聚在一起唱这支歌了。他们唱得异常庄重，异常激动。玻璃一样的童声高唱起来：

西挹神山爽气，
东来邻寺钟声……

唱到"愿少年，乘风破浪，他日毋忘化雨功"，大家的心里都是酸酸的。眼泪在乌黑的眼睛里发光。这是这首歌的立意所在，点睛之笔，其命的。

有研究者统计，汪曾祺写高邮的小说有 46 篇之多，而这些小说中，写到的行业五花八门，"都是一些中下阶层的普罗大众"，包括"和尚，尼姑，炕鸡的，赶鸭的，车匠，锡匠，瓦匠，棺材匠，银匠，画匠，小贩（卖卤味、熟藕、馄饨、水果、菜），货郎，药店店员，小店老板（米店、绒线店、炮仗店、酱园、糖坊、豆腐店），挑夫，地保，打鱼的，吹喇叭的，水手，卖艺的，卖唱的，跑江湖做生意的，收字纸的，保安团长，医生，兽医，画家，中小学教师，小学校工"（方星霞《京派的承传与超越》）。

这些职业当中，医生、画家、中小学教师，都可以划入"文人"的范畴，他们并非"底层劳动者"，却是高邮社会中不可或缺的一种角色，也是汪曾祺自己最熟悉的一种角色——汪曾祺就出生在这样一个文人家庭，汪曾祺自己说是"旧式的地主家庭"，"祖父是清朝末科的'拔贡'。这是略高于'秀才'的功名。据说要八股文写得特别好，才能被选为'拔贡'。他有相当多的田产，大概有两三千亩田，还开着两家药店，一家布店"。（《自报家门》，1988）

汪曾祺的父亲汪菊生，虽然最高学历只是"旧制中学生"，但是他"金石书画皆通"，又是医生，又是画家，还擅长音乐，"不论什么乐器，他听听别人演奏，看看指法，就能学会"，年轻时还是运动健将，足球、撑杆跳、单杠都是能手，这在高邮文人里也是少见的。（《我的父亲》，1992）"我父亲是我所知道的一个最聪明的人。"汪曾祺自言能书乃受祖父之教，学画则靠看父亲作画。（《两栖杂述》，1982）

汪曾祺的生母杨氏，则是高邮大族杨氏的闺秀，结婚后还能"每天写一张大字"。汪曾祺的祖母，则是高邮名士谈人格的女儿，谈人格又是汪曾祺生母杨氏祖父杨福臻的舅舅。汪家，杨家，谈家，都处于高邮文士的联姻体系之中。因此，汪曾祺最熟悉的，尤其在心态方面，只能是高邮的文人阶层。对于《受戒》中的小英子家（农民家庭），或《大淖记事》中的挑夫（巧云）与十一子（锡匠），或《异秉》中的王二（小商贩），汪曾祺观察细致，描摹入骨，但毕竟是一种外在的视角，只有书写到文人阶层，他才会有真切的代入感，写出他们对自我、人生、世界的看法与心态。讨论汪曾祺笔下的高邮人物，这一层区别不可不注意。

汪曾祺笔下的高邮文人，颇具典型性的角色不少，如《徙》里的谈甓渔、高北溟，《鉴赏家》里的季匋民，《钓鱼的医生》中的王淡人。汪曾祺自称"写的人物大都有原型。移花接木，把一个人的特点安在另一个人的身上，这种情况是有的。也偶尔'杂取种种人'，把几个人的特点集中到一个人的身上。但多以一个人为主"（《〈汪曾祺自选集〉自序》，1986）。以上诸人，确实都有原型，如果仔细探究，会发现原型与小说人物，事迹、性情、心态大抵相近，正如汪曾祺自言："沙上建塔，我没有这个本事"，"我希望我的读者，特别是我的家乡人不要考证我的小说哪一篇写的是谁。如果这样索起隐来，我就会有吃不完的官司的。出于这种顾虑，有些想写的题材一直没有写，我怕所写人物或他的后代有意见。我的小说很少写坏人，原因也在此"（《〈菰蒲深处〉自序》，1992），"我现在写的旧社会的人物的原型，大都是死掉了的，怎么写都行"（《回到现实主义，回到民族传统》，1983）。

虽然汪曾祺并不希望读者探究他笔下的人物的原型究为何人，但如果想从汪曾祺浮世绘般的高邮小说中提炼出一个群体，尽力复原他们的经历与事迹，无疑对于理解这些"旧社会的人物"，进而理解汪曾祺描画的高邮社会，大有裨助。汪曾祺不是一位自然主义的作家，他述写的故乡人事，包含着他崇尚的、惋惜的、愤怒的、感慨的诸般心绪，尤其是对最熟悉的、最有认同感的文人群体的书写，最能从中看出汪曾祺的价值取向与审美趣味。

在自己的小说里，汪曾祺对《徙》是有些偏爱的，他在散文与文论中多次提到这篇小说，次数之多，或许仅次于给他带来巨大声名的《受戒》与《大淖记事》。

回顾自己"怎样写起小说来的"，汪曾祺首先想起的便是国文老师高北溟：从小学五年级到初中三年级，"我的国文老师一直是高北溟先生。为了纪念他，我的小说《徙》里直接用了高先生的名字。他的为人、学问和教学的方法也就像我的小说里所写的那样，——当然不尽相同，有些地方是虚构的。在他手里，我读过的文章，印象最深的是归有光的《项脊轩志》《先妣事略》"（《两栖杂述》，1982）。

《徙》里描写高北溟的教授国文，很细，把他自选教材的篇目都列了出来，并且强调他"集中地讲的是白居易、归有光、郑板桥"，"他好像特别喜欢归有光的文章。一个学期内把《先妣事略》《项脊轩志》《寒花葬志》都讲了"。汪曾祺还在小说里总结道："他选的文章看来有一个标准：有感慨，有性情，平易自然。这些文章有一个贯串性的思想倾向，这种倾向大体上可以归结为：人道主义。"

由高北溟又引出了归有光："归有光是明代的大古文家。他善于以清淡的文笔写平常的人事。顾炎武，姚鼐和他的对头，被他斥为'庸妄臣子'的王士禛都很佩服他。姚鼐说他能于不紧要之题，说不紧要之语，却自风致绝然。并说这种境界非于司马迁的文章深有体会的是不能理解的。顾炎武说他最善于写妇女和小孩的情态，这在中国封建社会时代是非常难得的。善写妇女、孩子，表明他对妇女和孩子是尊重的，这说明他对于生活富于一种人道主义的温情。这种温情使我从小受到深深的感染。我的小说受归有光的影响是很深的。"（《寻根》，1985）

胡适曾有言："你要看一个国家的文明，只消考察三件事：第一，看他们怎样待小孩子；第二，看他们怎样待女人；第三，看他们怎样利用闲暇时间。"（《慈幼的问题》）汪曾祺强调的"人道主义"，其实是以"五四"的妇女儿童观，反观新文化深恶痛绝的"桐城谬种"之祖归有光的文字与精神。这种观点，对于"五四"激进的反传统思路，是一种反拨，而对于旧式文人的淑世情怀，则是一种肯定。在这一点上，汪曾祺找到了与高北溟、归有光的共鸣处，也找到了旧文化与新文化的契合点。

高北溟"尝受业于邑中名士谈甓渔，为谈先生之高足"，高北溟为人处世的背后，有着谈甓渔深重的影响。汪曾祺自言"小说提到的谈甓渔，姓是我的祖父的岳丈的姓，名则是我一个做诗的远房舅舅的别号"（《〈菰蒲深处〉自序》，1992）。姓"谈"，来自谈人格，"我的祖母是谈人格的女儿。谈人格是同光间本县最有名的诗人，一县人都叫他'谈四太爷'。我的小说《徙》里所写的谈甓渔就是参照一些关于他的传说写的"（《我的祖父祖母》，1991）。名"甓渔"，来自汪曾祺生母堂兄杨遵路的号。谈人格又是杨遵路的祖父杨福臻的舅舅。这两个人都是高邮名士，汪曾祺将这两个人捏合在一起，塑造出了"谈甓渔"这位清末民初名士形象。

《徙》中写谈甓渔"是个诗人，也是个怪人。他功名不高，只中过举人，名气却很大。中举之后，累考不进，无意仕途，就在江南江北，沭阳溧阳等地就馆"，基本符合谈人格的生平——谈人格，同治九年（1870年）考取江南第一名优贡，光绪十四年（1888年）举人，历署赣榆县教谕、淮安府教授，中举后补授砀山县训导。（《再续高邮州志·艺文志》）

而真实生活中的高北溟，受业于杨遵路，还曾辅助杨遵路办同人诗刊《文盂》，包括《徙》中所写高北溟对老师之子幼渔的周济，都是曾有的实事。（高清如口述、颜烽整理《忆先父北溟先生》）

因为谈甓渔是由谈人格与杨遵路二人捏合而成，所以《徙》的时间线索有点乱，"教出来的学生，有不少中了进士"，自然是生活在同光之时的谈人格事迹，但真实生活中的高北溟生于1891年，1902年曾到扬州考童子试，未中。而小说为了突出命运的无常，让高北溟"十六岁的时候，高高地中了一名秀才"，第二年即停了科举。推算起来，小说中的高北溟当生于1889年。

1905年科举停废，虽是庚子事变之后众人意料中事，但对全国读书人的影响仍然非常巨大。年轻人丧失了这条向上的通道，不是留学国外，就是投入新学堂，或是参加新军，辛亥之举，与此关系甚大。而执教人士，则面临转型的尴尬。当时的新闻、小说中多有科举停废之际塾师上吊、发疯的描述。《徙》里也写了一个因科举废除的徐呆子，"这个小县城里增添了几个疯子，有人投河跳井，有人跑到明伦堂去痛哭"。

真实生活中，在科举废除前"青一衿"即取得秀才功名的，是高北溟的老师杨遵路（麑渔）。杨遵路的父亲杨芾，其时任陆军部郎中，1907年受两江都督端方咨委，赴日考察。而杨遵路已于1906年入日本宏文学院学习警务毕业，1907年转入法政大学第五班。杨遵路毕业回国后，曾任浙江仁和初级审判厅法官，后来又当过一任兴化县长。退任后在高邮任教、办刊，隐隐为高邮文坛领袖。他主持的《文盂》为十六开纯文艺周刊，内容以近体诗词为主，经常在炼阳庵举行文会，据说该刊曾远销南洋一带。高北溟是杨遵路的及门高足，名字也时常出现在《文盂》上面，与南社柳亚子等诗人也有唱和。

但是，高北溟没有老师杨遵路那样的家世与机缘，辛亥之后，他本欲去外埠求学，"祖父思想守旧，劝其学医，谓之'庸医能养连房三口'"，高北溟无奈听从，学医三年，不愿开医，只是教馆为生。《徙》中写高北溟"少孤"，而将奉命不能外出求学而业医的事，安到了他的女婿汪厚基身上。

相比之下，同是谈麑渔门下弟子，沈石君（真实人物原型为沈涤生，1925~1932年任高邮初级中学校长）因为大了几岁，也因为家境较佳，"到苏州进了书院。书院改成学堂，革命、'光复'"，再回来已经是省里的督学，后来又出长县里的初中，即使省长易人被小人排挤、告发，也"已在安徽找到事"。只可怜高北溟，好不容易从小学"徙"到初中，又被命运之手拨弄了回去。

高北溟的下一代，女儿高雪，女婿汪厚基，其实都动过"徙"的念头，但都为家庭拖累。汪曾祺在小说中一再强调这三个人的不合流俗，如高北溟的教学法，自编教材，印发相关材料，"在当时的初中国文教员中极为少见"，另外他不肯参加同事聚会，与人不通庆吊。汪厚基虽然开业从医，但"看起来完全不像个中医"，"既不弯腰，也不驼背，英俊倜傥，衣着入时，像一个大学毕业生"。他还订了好几份杂志，还看屠格涅夫的小说——这里面或许有一点汪曾祺自己的影子——当汪曾祺带着一本《沈从文小说选》，一本屠格涅夫《猎人日记》，躲避战火住到乡间小庵里，未尝没有与环境违和的感觉。并且汪曾祺强调过"屠格涅夫对人的同情、对自然的细致的观察给我很深的影响"（《西窗雨》，1992），那么，同样读屠格涅夫的汪厚基，会不会也受到同样的影响？

高雪更不用说，她本来想的是读高中，然后去北平上大学。因家庭经济条件所限，她不得不读了苏州师范，两三年间变成了一个"摩登美人"："白旗袍……漂白细草帽，白纱手套，白丁字平跟皮鞋。丰姿楚楚，行步婀娜，态度安静，顾盼有光"，唱《茶花女》，弹肖邦小夜曲，"一回本城，城里的女孩子都觉得自己很土。她们说高雪有一种说不出来的派头"。

汪厚基与高雪，都是二十世纪二三十年代，沐浴着"五四"后新风气成长起来的新一代，但是他们在所处的地域寻求不到知音，也无法强使自己融入周边的环境，用高雪姐姐高冰的话说："你想要的，这个县城里没有！"高雪最后没考上大学，又被战争隔断了外出的交通，"她想冒险通过敌占区，往云南、四川去"，汪曾祺走出高邮的那条路，高雪没能走通，只能在小县城里困着，虽然婚后汪厚基对她极好，高雪仍然郁郁而终。高雪姐姐高冰为之失声痛哭："妹妹，你想飞，你没有飞出去呀！"高北溟则捶着书桌说："怪我！怪我！怪我！"

是怪自己没有及早放女儿飞出去？

高北溟不知不觉被推到了一个两难境地：家中只有这一笔积蓄，顾得了老师的文稿，顾不了女儿的前程。为老师保全并刻印文稿，是为了报答师恩，让女儿得偿所愿，是如鲁迅所言——"肩住了黑暗的闸门，放他们到宽阔光明的地方去"。一是传统的师生伦理，一是新型的父女恩义，身处两者之间，悲剧无可避免。高冰，汪厚基，包括高北溟自己，又何尝不是为了家庭舍弃了自身的理想，最终只好一辈子当一个小县城里的"畸人"。

高雪逝后，汪厚基近乎发疯，而高北溟，虽然小说里没说他的死因，但除了与女儿一样的郁郁而终，还有什么别的出路？他的两件心事，恩师的文稿，女儿的前途与婚事，全都化成了泡影。真实生活中的高北溟，虽然结局不像《徙》中的悲凉，但大女儿高玉"于25岁患心脏病未嫁而逝"，高北溟撰写的挽联也很符合小说中人物心境：

欲哭无泪，欲言无词，我为汝子百事打算，终成一梦；

求安不得，求死不能，可怜我数十年忙碌，谁慰老怀？

据高清如（高冰）儿子高潮讲，高北溟共生四女，长女高玉、三女高雪均在年轻时去世，高北溟晚年与次女高冰（1916年生）、小女儿高露（1935年生）共同在镇江生活。显然，汪曾祺为了突出高北溟的悲凉，只写他有两个女儿。

对于高北溟的逝去，汪曾祺在小说的开头与结尾，一再引用高北溟作词的五小校歌"西挹神山爽气，东来邻寺疏钟……"饱含深情地写道："墓草萋萋，落照昏黄，歌声犹在，斯人邈矣"，这是一曲唱给转型时期高邮士人的挽歌。

　　或许是托汪曾祺这篇小说的福，现在的高邮五小（已改名城北实验小学）仍然采用了高北溟作词的这首校歌。

拾读：

士在平民之中——《鉴赏家》

鑑賞家

汪曾祺

全县第一个大画家是季匐民，第一个鉴赏家是叶三。

叶三是个卖果子的。他这个卖果子的和别的卖果子的不一样。不是开铺子的，不是摆摊的，也不是挑着担子走街串巷的。他专给大宅门送果子。也就是给二三十家送。这些人家他走得很熟，看门的和狗都认识他。到了一定的日子，他就来了。里面听到他敲门的声音，就知道：是叶三。拎着一个金丝篾篮，篮子上插一把小秤，他走进堂屋，扬声呼唤主人。主人有时走出来跟他见面，有时就隔着房门说话。"给您称——？"——"五斤"。什么果子，是看也不用看的，因为到了什么节令送什么果子都是一定的。叶三卖果子从不说价。买果子的人家也总不会亏待他。有的人家当时就给钱，大多数是到节下（端午、中秋、新年）再说。叶三把果子称好，放在八仙桌上，道一声"得罪"，就走了。他的果子不用挑，个个都是好的。他的果子的好处，第一是得四时之先。市上还没有见这种果子，他的篮子里已经有了。第二是都很大，都均匀，都香，很甜，很好看。他的果子全都从他手里过过，有疤的、有虫眼的、挤筐、破皮、变色、过小的全都剔下来，残价卖给别的果贩。他的果子都是原装，有些是直接到产地采办来的，都是"树熟"，——不是在米糠里闷熟了的。他经常出外，出去买果子比他卖果子的时间要多得多。他也很喜欢到处跑。四乡八镇，哪个园子里，什么人家，有一棵什么出名的好果树，他都知道，而且和园主打了多年交道，熟得象是亲家一样了。——别的卖果子的下不了这样的功夫，也不知道这些路道。到处走，能看很多好景致，知道很多地方风俗，可资谈助，对身体也好。他很少得病，就是因为路走得多。

《鉴赏家》，原刊于《北京文学》1982 年第 5 期通读汪曾祺的高邮小说，会发现一个有意思的现象："季匋民"这个名字出现的次数很不少。

《岁寒三友》中，他来看靳彝甫家藏的画稿，出主意让他去上海开画展，并且为靳彝甫写介绍信。三年后，靳彝甫的图章也卖到了他手里。

《抑郁症》里，龚家实在困难了，大儿媳裴云锦把"一副郑板桥的对子，一幅边寿民的芦雁"交人卖给了季匋民，以此对付过日子。

《小嬢嬢》里，谢普天与小嬢嬢谢淑媛私奔之前，也是"把一块祖传的大蕉叶白端砚，一箱字画卖给了季匋民"，将卖价作了路费。

给人的感觉是：季匋民这"全县第一个大画家"，俨然也是全县的士林领袖。

高邮旧时有"王氏五桂"的说法，指的是焦家巷王家五兄弟。季匋民的原型王陶民排行第四（陈念祖《王氏五桂》）。王陶民的名字没有出现在汪曾祺小说中，但他的大哥王榕桂（字荫之）、二哥王鸿藻（字蕴之），却在《鲍团长》中担当了重要角色。

王蕴之在民国初期当过国会议员，回高邮后当上商会会长。是他聘请鲍团长来高邮当保卫团长的。王荫之是著名的大书法家，"书名满江南江北"（真实的王荫之，民国初期当过九年的山海关关长）。

《鲍团长》中的另一位重要角色杨宜之，就是杨觉渔（遵路）的二弟杨遵猷，也是汪曾祺的"远房舅舅"。王家和杨家都是高邮的世家大族。鲍团长虽然也算小县城里的"头面人物"，"在这个县呆了十多年，和县里的绅士都有人情来往，马家——马士杰家、王家——王蕴之家、杨家……每逢这几家有喜丧寿庆，他是必到的"，但他并不能真正进入绅士的行列。

下棋可以，饮宴可以，通庆吊可以，甚至儿女在一起上学做朋友也没问题，但一旦涉及婚嫁，就不能通融了。汪曾祺交代得非常明白："鲍崇岳从杨宜之的微笑中读出了言外之意：鲍家和杨家门第悬殊太大了！"鲍团长觉得受了侮辱，可是也没有办法。

王荫之不肯指点鲍团长的卷子，究竟是"看不起他的字"，还是看不起他这个丘八？这里面也颇可玩味。诗书画之道，在高邮士人群体里，是衡量"士"之高低的一根标尺。靳彝甫在高邮画了多少年，也不见他与哪位文人雅士互相切磋，"来求画的，多半是茶馆酒肆、茶叶店、参行、钱庄的老板或管事。也有那些闲钱不多，送不起重礼，攀不上高门第的画家，又不甘于家里只有四堵素壁的中等人家"，因为他毕竟不是"画家"，只是画师而已。

因此，王瘦吾能诗，靳彝甫能画，鲍团长能书，但他们的身份不足以厕身士人之列，也就只能"声名不出里巷"。汪曾祺说"高邮人眼皮子浅"，写高北溟欲徙而不能徙，都是将这里面的门槛吃得很透，让人想起吴敬梓在《儒林外史》里写五河县的恶俗：

> 五河的风俗，说起那人有品行，他就歪着嘴笑；说起前几十年的世家大族，他就鼻子里笑；说那个人会做诗赋古文，他就眉毛都会笑。问五河县有甚么山川风景，是有个彭乡绅；问五河县有甚么出产希奇之物，是有个彭乡绅；问五河县那个有品望，是奉承彭乡绅；问那个有德行，是奉承彭乡绅；问那个有才情，是专会奉承彭乡绅。却另外有一件事，人也还怕，是同徽州方家做亲家；还有一

件事，人也还亲热，就是大捧的银子拿出来买田。

这一段吴敬梓直是指着五河人的鼻子骂，并不是鲁迅总结的"戚而能谐，婉而多讽"。汪曾祺虽不如吴敬梓直接，但他对于高邮士人群里认地位认门第不认才华的风习，其实是反感的，他自己说："《岁寒三友》的主题是什么？'涸辙之鲋，相濡以沫'。"（《道是无情却有情》，1982）他说他花了很长篇幅写陶虎臣平生第一场大焰火，"笔笔都着意写人"，"有意在表现人们看焰火时的欢乐热闹气氛中表现生活一度上升时期陶虎臣的愉快心情，表现用自己的劳作为人们提供欢乐，并于别人的欢乐中感到欣慰的一个善良人的品格"。（《谈谈风俗画》，1984）

汪曾祺喜欢写士人群中的小人物，他同情他们这些才俊之士的落魄潦倒，不为世所知。"我从小生活在一条街道上，接触的便是这些小人物。但是我并不鄙薄他们，我从他们身上发现一些美好的、善良的品行"（《认识到的和没有认识的自己》，1988），所谓"悲剧是将有价值的撕破给人看"，汪曾祺写他们大都是平凡的悲剧，但泪水又往往带着温情与敬意，比如《岁寒三友》最后的酒楼聚会，比如《钓鱼的医生》最后那一句"你好，王淡人先生"。

唯一当成主角写的"大人物"是季匋民，因为写的是他与小人物的交往。

《鉴赏家》里的故事也有原型，季匋民是王陶民，叶三是一个淮阴籍的果贩叫陈宝贵，高邮人称陈侉子。《鉴赏家》里的事迹几乎完全依据王陶民与陈宝贵的交往轶闻，如季匋民喜欢吃水果，叶三对小老鼠画与紫藤画的评点，叶三曾贱价买到一幅李复堂的画，拿去给季匐民鉴赏……甚至季匐民听取叶三的意见,将白荷花改成红莲花,也有其事,只是画上的题诗,原文是"可惜画家少见识,为君破例著胭脂",《鉴赏家》里"可惜"改成了"惭愧"。(陈其昌《王陶民为人为画琐记》)

很难说清汪曾祺选这段轶事铺衍成《鉴赏家》,与他在共和国初期编辑《民间文学》《说说唱唱》,从而加深对民间文化的认知有没有关系。但是,对民间的奇人(同时多半也是"畸人")的尊重与卫护,是汪曾祺从青年时期就抱持的态度,从《鸡鸭名家》《戴车匠》等篇目可以见出。

《鉴赏家》写季匐民与叶三的交往,重点在季匐民身上。而特别动人的细节,或许都出自汪曾祺的想象,如季匐民给叶三起了个字,叫泽之——这通常是师长对弟子晚辈的赠予;季匐民"送给叶三的画上,常题'泽之三兄雅正'",这是非常尊重对方的做法。有时径题"画与叶三",季匐民还向叶三解释:以排行称呼,是古人风气,不是看不起他。

大人物与小人物以同嗜相交,并不罕见,如杨宜之与鲍团长经常一起下棋,但是大人物真的可以平等待小人物,是非常难得的现象。这些细节不见他文记载,笔者猜测是汪曾祺心态的投射。汪曾祺自己回乡或出游,也经常为"小人物"题字作画,而且颇费心思,如1991年秋最后一次回高邮,即曾"应青年女服务员王晓梅之请,题字:晓来梅花瘦。为青年女服务员李玲写:何物最玲珑,李花初拆候"(朱延庆《汪曾祺最后一次回故乡》)。

汪曾祺用《鉴赏家》传达出了自己的价值观:无论地位高下,身份贵贱，真正懂得艺术、才能出众的人，理应不为世俗偏见所左右，彼此之间惺惺相惜，平等地交往与交流。季匋民和王淡人、靳彝甫代表了汪曾祺理想中的士人品格。前者不因有才者贫贱而鄙薄之，后二者不因功利考量而放弃自己的处世原则，正如高北溟在教学上的坚持。这些平等与坚持，或许只会赢在不可捉摸的未来（"愿少年，乘风破浪，他日毋忘化雨功"），但点滴细微的动人情节，也可以影响世道人心。

通过对高邮文人群体中这些理想形象的书写，汪曾祺完成了将"要有益于世道人心"与"使这个世界更诗化"两种价值取向连通的工作。汪曾祺在 1982 年写的《要有益于世道人心》里提出，作家"要有一个清楚、明确的世界观"，"'文章千古事，得失寸心知'，得失，首先是社会的得失。我有一个朴素的、古典的想法：总得有益于世道人心"。

对于文学的社会责任，汪曾祺并不排斥，他反对"文艺不存在教育作用，只存在审美作用"的观点，也不认为自己的作品是"唯美"的，他认为自己的作品同样有着"教育作用"，只是不那么直接，"文艺的教育作用只能是曲折的，潜在的，像杜甫的诗《春夜喜雨》所说：'随风潜入夜，润物细无声'，使读者（观众）于不知不觉中受到影响。我觉得一个作家的作品总要使读者受到影响，这样或那样的影响。一个作品写完了，放在抽屉里，是作家个人的事。拿出来发表，就是一个社会现象。我认为作家的责任是给读者以喜悦，让读者感觉到活着是美的，有诗意的，生活是可欣赏的。这样他就会觉得自己也应该活得更好一些，更高尚一些，更优美一些，更有诗意一些。小说应该使人在文化素养上有所提高。小说的作用是使这个世界更诗化"（《使这个世界更诗化》, 1994)。

汪曾祺接受沈从文的教导："千万不要冷嘲。""冷嘲"就是前面说的"揶揄的成分多"，汪曾祺解释沈从文的意思是，"他要求的是对于生活的'执着'，要对生活充满热情，即使在严酷的现实面前，也不能觉得'世事一无可取，也一无可为'。一个人，总应该用自己的工作，使这个世界更美好一些，给这个世界增加一点好东西。在任何逆境之中也不能丧失对于生活带有抒情意味的情趣，不能丧失对于生活的爱"（《两栖杂述》, 1982 ）。

汪曾祺从青年到老年，对"小人物"才能、技艺的赞叹与尊重从来没有改变，改变的是他对于"困境中的善""丑陋中的美"的有意识提炼。《最响的炮仗》和《岁寒三友》都写到了炮仗店老板的兴旺与潦倒，卖女儿，自尽。前者的结尾，孟老板放完一生最响的炮仗后，不知所终；而陶虎臣等来了靳彝甫的接济，等来了三位老友重聚酒楼的欢悦。高北溟死了，季匋民也死了，但五小的校歌一直传唱到今天，季匋民的画，他与叶三的交往，也流传到了今天。汪曾祺笔下的这些"声名不出里巷"的高邮文人群体，包括鲍团长，在现实中非常脆弱，难以得到世俗的肯定与追捧，但他们人生的意义，是依靠小说家的眼光从芸芸众生中发掘出来的。

附录

为什么汪曾祺无可替代

——读《汪曾祺全集》随感

杨早

春三月，摆在书架上的《汪曾祺全集》还在慢慢翻阅中。想起一位编者说的话：如果不是出于研究需要，很多作家的全集其实没必要看。但汪曾祺的全集是例外。——他说得对不对？为什么要这样说？这一点值得深思。

一位"最好的读者"

我忍不住会想起一位长辈，在我看来，他可以说是这套《汪曾祺全集》"最好的读者"。虽然这位长辈，已经去世三十四年了。

他叫杨汝绚，是我祖父的三弟。我从来都叫他三爷爷。我尽量简短地讲一讲他的故事，你可以自己判断"最好的读者"是不是一种夸张的修辞手法。

杨汝绚比汪曾祺小整整十岁。他有一位堂姑，是汪曾祺的生母。所以两人是姑表兄弟。汪曾祺与杨汝绚的大哥（我爷爷）同岁，汪曾祺在信里问他："（你大哥）是不是有个外号叫'道士'？"其实我爷爷小时候的外号叫"和尚"。

他们是一起在高邮长大的。1939 年，汪曾祺离开高邮，南下报考西南联大。前一年，才八岁的杨汝绚随着任职于国民政府交通部的父母，辗转到了重庆，后来考上了内迁的南开中学。

1946 年，汪曾祺去了上海，杨汝绚回了南京。汪曾祺在上海找工作不顺利，给沈从文写信说想自杀，沈从文回信将他大骂一通，说："你手中有一支笔，怕什么！"

1948 年，汪曾祺的女朋友到北京大学任教，他也跟着来了北平。杨汝绚因为家境困难，一家八口靠大哥一人工资生活，不得不从金陵大学附中高二辍学，在家自修。

1949 年，汪曾祺报名南下工作团，到了武汉又返回北京。这年春天，杨汝绚随兄嫂再度入川。他在重庆的书店里看到了一个熟悉的名字，因为没钱，杨汝绚应该是站在书店里读完了这本当年 4 月出版的《邂逅集》，汪曾祺的第一本作品集。

这肯定不是杨汝绚第一次看到这位表哥的作品，1940 年代的汪曾祺在各大文艺刊物上频频亮相，很多篇目，杨汝绚都读得异常认真，极为欣赏。

1957 年，汪曾祺与杨汝绚都被打成了右派。汪曾祺下放去了张家口，杨汝绚省内下放劳动。

1970 年，主要由汪曾祺执笔的《沙家浜》公演，样板戏掀起又一个热潮。这一年，杨汝绚替一位自杀的教师鸣冤，被打成"现行反革命"，判刑五年，押送宜宾一家煤矿劳动改造。

1980 年，汪曾祺连续发表《异秉》(重写)、《黄油烙饼》和《受戒》。已经患上肺心病的杨汝绚看到这些作品，至为惊喜。按照当时习惯的方式，他写了一封信给发表《受戒》的《北京文学》编辑部，编辑部将这封信转给了汪曾祺。

从此两人恢复了通信联系，从1980年到1984年。杨汝绚告诉汪曾祺，他读到汪曾祺新发表的小说，最大的感觉是"如逢故人"，从《邂逅集》到这一系列小说，三十年过去了，他居然目睹了这位表哥文学上的重生。

汪曾祺也很惊讶："我没有想到我还有这样一个'读者'。你提起我的一些旧作，其中有一些，不是你提起，我就根本不会想起。比如《背东西的兽物》，我连这个题目都忘得干干净净了。——你提起我才想起，是写昆明背木炭的苗人的。我真没有想到，你对我过去的作品的一些细节记得那样清楚！原因可能是两方面的。一个，是我的作品中某些部分是记录了生活的真实；一个，是由于你对生活、对文学的敏锐而精细的感觉。"后来又说："你对《邂逅集》记得那样清楚，使我感动。"

杨汝绚接到回信也很欣赏，他马上写信给大哥，大段抄录了汪曾祺的回信。还提到汪曾祺"信后的一个附白"："隆昌是个不错的地方（杨汝绚当时还在四川隆昌教书）。隆昌的泡菜坛，很好看。能写一点关于泡菜坛的散文么？"

杨汝绚在给大哥的信里说："这点杂家修养，颇令我惊佩。"

"汪派"与 Essay

两个人的通信里，有一些很重要的问题，直到今天大家都还在讨论。

1982 年 2 月，《汪曾祺短篇小说选》出版。这不仅是汪曾祺复出文坛后出版的第一本书，也是 20 世纪 40 年代的一些创作再次面世，如《复仇》《鸡鸭名家》《老鲁》《落魄》。这些小说大大拓宽了读者对"汪曾祺"的认知。

同年 12 月，汪曾祺在给杨汝绚的信中提到："对选集篇目有不同看法。有些年轻人问我为什么不照第一篇（《复仇》）那样写下去；有的文艺界的长者则认为第一篇不该入选。有人喜欢《受戒》《大淖记事》；有人认为写得最好的是《异秉》和《七里茶坊》。我都被他们有点搞糊涂了。"这也说明，这本选集展现了汪曾祺创作的多样性，而孰优孰劣，视乎时代、读者的差异，会有不同的评判。

杨汝绚的态度很鲜明：《复仇》是有趣的尝试，《黄油烙饼》《寂寞与温暖》也"画出了一个历史时期的侧影，真叫人入目难忘"。然而，"我还是想说，这些都不能与你写得最本色当行的那些小说相比——我指的就是《异秉》《受戒》《大淖记事》，还有《岁寒三友》。你是熟悉京剧的，我觉得正可以借用梨园行的习惯说法：这些小说才更是'汪派'的，不可替代的。"

接下来，杨汝绚用了很长的篇幅，作为他这个结论的辩护词：

你八十年代初发表的这些小说，还有像《鸡鸭名家》那样发出陈酒香味的旧作，都使我感到：人的精神的美，乡土的美，是永恒的，在你的笔下，这两种美是交融在一起的。什么是乡土？不就是我们生于斯、长于斯，喂养我们的心灵，用它特有的带土味的风吹开我们的眼睛，指点我们进入人生认识世界的一种奇妙的力量吗？我孤陋寡闻，没有去查考过北宋的词人秦少游之后，我们江苏高邮是不是还出过什么像样的文学家，秦少游似乎也没有怎么去写他那时的高邮。……很难想象老舍最好的小说会不带北京味儿，李劼人最好的小说会不吹扬着成都平原的风，孙犁最好的小说会不弥散着白洋淀水乡的气息……我自己离开高邮四十多年了，离开时还是个小孩子，对家乡的记忆已经很模糊了，但你写我们家乡的小说中那份浓郁的气氛仍能拨动我心上的乡情之弦，你笔下的余老五、陆鸭（《鸡鸭名家》），陈相公、陶先生（《异秉》），小明子、小英子（《受戒》），巧云、十一子（《大淖记事》，以及那"岁寒三友"……都仿佛是我自小就亲爱过的乡亲。

全段的重点在这里："问题当然不在一个小小的苏北县城，而是在于：我们国土上任何一个哪怕是名不见经传的小地方，也都自有它发掘不尽的特有的魅力，愈是写出它的个性就愈有普遍意义。"正是基于这种强烈的热爱与呼喊，杨汝绸将这封信作为文章发布时，起的标题是《人和乡土的美与本色当行的歌》。

汪曾祺也很好玩。杨汝绸是一位诗人，1940 年代开始发表诗作，1957 年几乎出版诗集，新时期也一直在《人民文学》《星星》等各刊物上发表诗作，并即将出版诗集。正如杨汝绸说《复仇》《寂寞与温暖》完全不必由汪曾祺来完成一样，汪曾祺反过来在回信里劝这位表弟，说他"对中国的新诗的信心不大"，反而希望他多写一点文论：

一口气看完你的"信"。写得很好。这种 *Essay* 式的文论现在很少有人写了。一般评论都硬得像一块陈面包。我的牙不好，实在咬不动，——至少咬起来很累。文笔也很秀。现在的评论文的文章多不好，缺乏可读性。我建议你多写写这样的 *Essay*。唐弢曾在一篇文章提到中国很缺这样随笔式的谈论文艺和文化问题的小品。这种东西很不好写。一要学养，二要气质，——一种不衫不履，不做作，不矜持的气质。你是具备这样的条件的。

杨汝绚去世于 1985 年末，诗文一时都绝。而汪曾祺倒是将他的观点付诸实践，《汪曾祺全集》"谈艺卷"中收入的文论，全是这种"Essay 式的文论"，的确是"一要学养，二要气质，——一种不衫不履，不做作，不矜持的气质"。

汪曾祺是不是无可替代

现在我们将两个问题合到一起来讨论。一是开头说的为什么读汪曾祺要读全集，二是为什么说杨汝绚是全集"最好的读者"。

在谈到汪曾祺时，我们常常会碰到两个字"完整"。比如孙郁先生说过，汪曾祺的小说有高下之别，但每一篇都是完整的。小说卷主编之一李建新说："我所理解的'完整'，是几乎每一篇的完成度都相当高，都充分表达了作者的意图，无论语言、技术还是情绪……我们整体地看汪曾祺的小说，也像浏览一位绘画大师一生的作品，有名作，也有素描、速写，甚至在小纸片上随手画的几笔。这一切使作家的形象更为丰富、饱满，也让人觉得更亲切。"

汪曾祺自己说到"完整"，可能是另外一层意义，他的说法是："我活了一辈子，我是一条整鱼（还是活的），不要把我切成头、尾、中段。"

汪曾祺在座谈会上，在文章里，几次说过这样的话："我悄悄地写，读者悄悄地看，就完了。我不想把自己搞得很响亮。这是真话。"在给杨汝绗的信中，他还说过"我现在变成一个为人瞩目的作家，很不舒服"。这不见得只是谦虚，汪曾祺对切割式研究的拒斥，也是自身写作的美学追求使然。

对这种美学追求的考察与研究，最后会落到一个问题上：汪曾祺的独特意义究竟是什么？或者说，汪曾祺是不是不可替代？是什么让汪曾祺无可替代？

新时期以来，已经有相当数量的当代文学史出版。这些文学史当然不可能不写汪曾祺，但它们在处理汪曾祺时，无一例外也会有啃不动这块面包的感觉。把老头儿放到哪个阵营哪个潮流里比较好呢？乡土文学？寻根文学？市井小说？诗化小说？好像都可以，但又好像都不太妥当。

对汪曾祺的各种定位，包括他的自我定位，"最后的士大夫""一个抒情的人道主义者"，甚至像普通读者理解的"人道主义的大吃货"，都不能说没有道理，但细究之下，都只是片面的摸象之举。汪曾祺是一位初读没有门槛，感觉很浅很简单的作家，你觉得他的文字很美，但又很难说清楚那是怎样一种独特的美。似乎很好模仿，但是你真的去模仿一下，恐怕只能骗骗外行。如果你同意我说的这种阅读感觉，那就意味着汪曾祺的独一无二正在其中。

这个问题值得我们反复追问下去，因为这不仅关乎对汪曾祺的阅读方式，关乎汪曾祺的文学史定位，还关乎中国文学在过去与未来的可能性。

"气氛即人物"是一把钥匙

我先说一个很不成熟的答案，那也是杨汝绚在致汪曾祺信中说的一句话："'气氛即人物'，你这个看法可以说是读你的小说的一把钥匙。"

汪曾祺在《汪曾祺短篇小说选》的自序中，是这样阐述"气氛即人物"的："有人说，小说跟散文很难区别，是的。我年轻时曾想打破小说、散文和诗的界限。《复仇》就是这种意图的一个实践。后来在形式上排除了诗，不分行了，散文的成分是一直明显地存在着的。所谓散文，即不是直接写人物的部分。不直接写人物的性格、心理、活动。有时只是一点气氛。但我以为气氛即人物。一篇小说要在字里行间都浸透了人物。作品的风格，就是人物性格。"

对此，杨汝绚的诠释是"写气氛并不都即是写人物，气氛也可以是和人物相游离的；乡风土俗，写来也可以是孤立的，不受注意的，与人物命运无依无傍的。你的小说里不是这样。在你那里，乡风土俗就是人物活动，是借以展现人物灵魂的东西，它们不仅因人而活泛起来，也给小说人物悄悄默默地增添活力与血肉"。

中国新文学发展到 20 世纪 40 年代，已经出现了巨大的不均衡。小说看上去最繁盛，实际上如沙滩上的大楼，真正打动人心的还是更传统的"故事"。张恨水的长盛不衰，还珠楼主的风行一时，还有解放区出现的"赵树理方向"，都在潜在地修正着中国小说的衍变。而当时最好的一批新文学作者，他们的小说，都不约而同出现了诗化（抒情化）、散文化的倾向，这实质上是新小说在向中国传统最成熟也最得心应手的诗与散文求援。像萧红的《呼兰河传》，冯至的《伍子胥》，沈从文的《长河》，等等。这种"打破小说、散文和诗的界限"不只是青年汪曾祺的追求，也是一批作家的共同认知，这一点，从沈从文与汪曾祺的传承也可以看出来：沈从文曾经在"各体文习作"上出过《我们的小庭院里有什么》《记一间屋子里的空气》，这都是在强调"气氛"的练习。

之所以说汪曾祺的小说"完整"，当然不是说他写的小说故事都有头有尾，而是每一篇小说都写出了独特的气氛，这种气氛让人物变得鲜活，而且是连带人物所在的环境也一齐变得鲜活。杨汝绚举了一个例子，汪曾祺曾经反复写过的《异秉》里摆熏烧摊子的王二，"这样的人和这样的行业许多县城都有，但只有他王二身上带着高邮熏烧摊上的五香味和青蒜味，且因为生意兴旺，熏烧摊子从保全药店廊檐下搬进隔壁源昌烟店的空店堂里去了，他身上就还奇妙地沾着高邮中药店里的气味和刨旱烟的气味——我敢说：不是随便哪一位作家敢于轻易这么'一担三挑'，同时把一支笔伸到熏烧摊、中药铺和旱烟店里去的"。王二的传神之处就在于此，他身上的气味如此复杂，以至读者没有办法把王二从旧时高邮那个小县城里剥离出去，用同样的笔调就没法写北京街头卖煎饼的。包括我也分析过《八千岁》里面高邮的米行生意，它正好就卡在那个点儿上，机器轧米已经大兴，高邮人的饮食结构在发生改变的"啃节儿"上。还有《岁寒三友》里的绒线店与炮仗店，画师的小生意，不仅是高邮的，而且是"那个时候高邮的"，正是从这个意义上，我才将汪曾祺称为高邮的传记作者。更古时的高邮，现在的高邮，都不再是汪曾祺书写的高邮。

这也是为什么我说杨汝绸是"汪曾祺最好的读者"，不仅仅是因为他们都熟悉那时的高邮，还因为杨汝绸见证了汪曾祺从《邂逅集》以来的创作努力，这种对"气氛即人物"的试验与探寻，曾经因为时代的关系中断(其实《沙家浜》那段著名唱词照样解为"气氛即人物")，但毕竟在 1980 年代复苏了，虽然杨汝绸没能看到汪曾祺后来十二年的创作，但既然前三十年汪曾祺都没有放弃这种探索的努力，后来又怎么会停止呢？

怀念汪曾祺的理由

如果用一个更准确的词来替换"完整"，我想用的是"浑然"这两个字。

汪曾祺的最大特点就在于他的浑然。虽然明明从事创作五十多年，中间有各种的力量在拉扯他，限制他，压抑他，但汪曾祺就像一个坚韧的气球，不管怎样拍打它，推动它，遮盖它，气球始终是气球。就像汪曾祺在 1982 年致杨汝绸信中所说："如果我还继续写下去，也还是只能按照我想写的那样写下去。如果不行，不被容许，那我就不写。"可以不写，但如果让写，他就只会这么写。

汪曾祺在他那个时代的作家中，经历的苦难并非最为深重，肯定比不上他的老师沈从文。但说到创作的延续性与浑然一体，跨越民国文学到共和国文学，从"十七年"到"新时期"，我们很难数出第二人。当然汪曾祺也一直在学习，沈从文之外，老舍、赵树理，以及民间文学研究、张家口下放、京剧创作，都在他的作品里留下了烙印。但你始终无法将汪曾祺归到哪一个派别中，他就是躲在潮流之外"悄悄地写"的汪曾祺。

汪曾祺自己曾说他自己"前三十年生活在旧社会，后三十年生活在新社会，按说熟悉的程度应该差不多，可是我就是对旧社会还是比较熟悉些，吃得透一些。对新社会的生活，我还没有熟悉到可以从心所欲，挥洒自如。一个作家对生活没有熟悉到可以从心所欲、挥洒自如的程度，就不能取得真正的创作的自由。所谓创作的自由，就是可以自由地想象，自由地虚构。你的想象、虚构都是符合于生活的"(《道是无情却有情》,1982）。这实际上在说明，小说怎样才能写出最重要的"气氛"。

而整部《汪曾祺全集》，无论小说、散文、戏剧、文论、书信、诗歌，都是在营造这样一种"气氛"，不管你打开哪一种作品，汪曾祺都将你带入他那个世界，汪曾祺的文字就像一个爱丽丝奇境的树洞入口。一旦进入，你会发现，用"汪眼"看到的世界，跟你熟悉的世界是不一样的。汪曾祺的世界不构成对现实世界的批判，或者消解，但他的世界也不是现实世界的复制或映射。用汪曾祺自己的说法，"我想给读者一点心灵上的滋润"。有人说汪曾祺也是心灵鸡汤，好，姑且承认这句话，但那不是一碗鸡汤，而是一间屋子里的空气都是鸡汤。

没有人会质疑汪曾祺写的是中国人，是中国故事。但他笔下的中国人与中国故事，与任何其他人都不一样。这是一个非常粗浅的、废话一般的结论。但这就是我怀念汪曾祺的全部理由。

与汪曾祺谈创作

访谈人：杨鼎川

（1994 年 12 月 13 日下午至晚上，北京蒲黄榆汪老寓所）

杨鼎川（以下简称杨）：您曾在一篇文章中说过，您最早的创作是 20 世纪 40 年代初在西南联大中文系上沈从文先生的课时的习作，先是在一本内部刊物上刊登，后来由沈先生介绍正式发表。可否谈谈那份刊物的情况？是不是学生自己办的刊物？

汪曾祺先生（以下简称汪）：那是《文聚》。《文聚》是当时西南联大的同学办的一个土纸本的刊物，背景是什么，经费从哪儿来，我也不太了解。主持人应该是林抡元，他后来叫林元，他办的那刊物。那个刊物刊登的主要是同学的一些作品。《文聚》这个名字很可能是我取的，把一些文章聚在一起。

杨：为什么您在 1944 年左右想起来写《复仇》这么一篇小说？您说如果看您的早期小说的话，《复仇》可算是代表作，我理解代表作可能主要指表现形式，比如说意识流，比较现代的手法，但是它和您的其他早期小说还是不太一样，它是一篇寓言体的小说。

汪：写这个东西，跟当时的局势有些关系。尤其是 1944 年对 1941 年那篇同名小说的重写。（杨：记得您在一个地方曾说到，如果谁知道 1944 年左右那种事情，那种政治形势的话，应该不难理解我当时"复仇"的意思。）那时内战快要打，我们已经预感到内战将是一场灾难。原来我是地主家庭出身，后来沦落了，所以对当时造成这种情况有一种悲凉的感觉，也受了一点佛家思想影响。

杨：您在小说前面引了庄子的话"复仇者不折镆干"，本来后面还有一句"虽有忮心，不怨飘瓦"，有些版本上有，有些就没有了。

汪：两种不同，后面那句不要。

杨：不要好一点。

汪：这篇东西在写法上，是受了一个日本新感觉派作家谷崎润一郎的影响。

杨：不是跟菊池宽有关？

汪：跟菊池宽没有关系，谷崎润一郎他更现代一点。在我很小的时候，刚刚接触文学的时候，我看了他的一篇作品，印象很深，不但是它的那个技巧，还包括它的思想。

杨：您还记得起作品叫什么名字吗？

汪：什么题目我不记得。其实它讲的道理很简单，就是人应该是，说白了应该为了一个崇高的目的去走他自己道路，而不应该让一个杀人的复仇思想去充斥一生。

杨：这里头有一些具体的问题，比如说《复仇》一开始写了蜂蜜，而且把蜂蜜跟和尚连在一起，说主人公想干脆把和尚叫作蜂蜜和尚算了，用这个蜂蜜是不是构成一个意象，还是正好随手抓来的一个什么东西，因为蜂蜜那种浓和稠的气味。

汪：蜂蜜本身有一种香甜。

杨：后来写到主人公走到一个小山村，看到一些山村里的景象以及物件，包括青石井栏以及在井栏边穿银红衫的村姑啊，那里有一段联想。他真愿意自己有那么一个妹妹，像他在这个山村里刚才见到的，可是他没有妹妹；然后写到母亲，先是黑头发后来是白头发的年轻母亲；最后写到他遇见杀父仇人，正要复仇但终于放弃了复仇的念头，把剑重新入鞘的时候，您在小说里写了一句话："忽然他相信他的母亲一定已经死了。"这个地方我想恐怕是有意为之。为什么会数次出现关于那个母亲的幻象呢？

汪：他一生的复仇是秉承了他母亲的意志，现在母亲已经死了，他这个复仇的意念已经不存在，他不必再去完成他母亲的遗愿。

杨：解志熙的分析还是有道理的：后来复仇者感到自己已经变成他人而不是自我了，所以您小说中写，"有一天找到那个仇人，他只有一剑把他杀了。他说不出一句话。他跟他说什么呢？想不出，只有不说"。后来他甚至更希望自己被仇人杀死，甚至觉得自己就是那个仇人。表明这个复仇导致了人的异化，自我的丧失。那么，有没有一点恋母的情结在里面？写那个主人公。

汪：有一点，但不全是这个。

杨：另外我想作为一篇寓言体的小说，"复仇"具有不断指涉、多重指涉这样一种潜能，甚至对现实可以进行重构。也就是说，不同时代的人读这篇小说都可以结合自己现实体验去理解它。因此，它的主题可能是多个，不同的人能读出不同的意义来。

汪：也可能吧。

杨：因为它是寓言体嘛。有一个女学者，她认为鲁迅先生的《狂人日记》是寓言体，但后来有些小说，像《子夜》《太阳照在桑干河上》就不是。她说《子夜》虽然也有象征的含义，但跟现实的对应关系太清楚了。作者实际做了些不太必要的工作，就是把毛泽东对社会阶级分析时作的结论用形象演绎了一下而已。但是鲁迅的《狂人日记》不一样，你永远都可以从里面读出新的含义。这是一种重构能力，对现实多重指涉。我感觉《复仇》也有同类性质，当然不一定有《狂人日记》那么深刻。后来您在一个地方说，有一个批评者说（这篇作品）是不是受到佛教思想的影响。您当时说去年读了一下佛教的书，发现和佛教讲的冤亲平等，确实有些关联。冤亲平等，我理解就是不管亲爱的人也好，仇恨的人也好，在佛教徒心目中都一样。

汪：是同等看待。

汪：朝鲜有人把这篇小说看成佛教小说，要选入佛教小说选（笑），他所取的就是冤亲平等这个思想。

杨：那么您暗示那个庙里实际上有两个和尚，因为有两个蒲团，有两个经卷，他住的可能也不是那个老和尚的居室，后来他走进绝壁里，他也开始用锤凿凿起山洞来，最后他们两个人同时凿在虚空里，迎来了第一线光明，把山洞给凿通了。老和尚在这个小说里是不是这个意思？

汪：真正他是代表佛教的教义。

杨：《邂逅集》收了八篇，为什么早期小说里头像《异秉》没收进去？

汪：《异秉》晚了一点。

杨：《绿猫》也是早期创作，为什么没收《绿猫》？

汪：在当时看见的人都觉得这个小说太怪了。

杨：汪先生我谈谈我的一些想法。我觉得《绿猫》是很有意味的作品。其中"栢"也是"柏"的异体字，您当时写的是木旁加一个百花齐放的百，这个"栢"实际上就是柏树的柏，我翻了字典，是异体字。我把其中那个柏也看成是您自己。小说中有一个我，还有一个柏，就是写绿猫的那位……

汪：我现在都忘了，这个《绿猫》具体写什么都不记得了。《绿猫》啊，但是我知道为什么写一个《绿猫》，《绿猫》写的是什么东西我大致还有印象。应该是写当代知识分子有点茫然的情绪，找不到生活的道路，同时用一种调侃态度对人，有点玩世不恭。

杨：但这篇作品比起《礼拜天早晨》来，它的含意要丰富得多，因为我发现这个小说怪在 —— 至少是您在《绿猫》里头表达了很多自己的思想和艺术感悟，夹杂了很多谈创作方面的文字。就是说它不是纯粹的小说。比方说关于张先生那一段，就是柏收到张先生的信，还把信给"我"看，接着就发表了一些不平之论，人家写了几十年，现在给他出文集了，为什么还要骂他，还要说他怎么怎么的。我理解张先生指的是沈从文先生。（汪：是！）这么一个大作家受到不公平的对待。后来小说里引述了张先生文章里头关于"深挚"这样一些概念，你自己觉得是用心深挚的地方，读者反而觉得很平淡。

汪：这篇我自己是有意识不把它当作一个小说写，在很多地方是夹叙夹议的。

杨：还比如谈到韩昌黎的"水气也"，这一点您后来在《关于小说语言（札记）》里面做了发挥，当时你只提了这一句。还有关于写作的动机是快乐；关于灵感，引用《文心雕龙》里面关于灵感神思的那样一些话；关于心理小说的写法。还有拿带白兰花树的云南小院子和那时"我"所在的这个充满汽车和嘈杂的都市的对比，这段写得很有意味。那个安静的小院子，还有一个念经奉佛的老姑娘带着两个女孩子在做针线，很安静，使人的心灵很妥帖，那么现在"我"居住的可能是上海了，满世界都是汽车，充满了嘈杂，我觉得是个对比。还有关于下雨，您说有些下雨是毫无雨意的，所以干脆把它叫"下水"得了。我觉得这些都很富于意味。那么"绿猫"象征什么东西？为什么要用这样一个东西作篇名？

汪：这个东西很难确指它说的是什么，绿猫的来由是我上小学时，小学三年级画的一幅图画。

杨：您谈到说理发店也有这个绿染料，但是觉得很奇怪，怎么把猫染绿。这个柏啊，他受了很多冤枉，他并不是一个有养猫癖的人，但大家都说他是，他受他伯父的影响会养猫，但他并不是爱猫成癖，但是众人一说，他也就戴上那个帽子，也没办法。人和人之间好像也不是很容易相通。

汪：另外还有一个就是对这个世界的认识。我小时候画画还画得不错，小学三年级的时候，画了几张猫，有一张猫就是涂了绿颜色，我们那个图画教师说猫哪有绿的？所以我印象很深。后来我对整个世界的看法，猫也可能有绿的。有一次我去理发店理发，这个理发店可以染各种颜色的头发，其中包括染绿的，我说猫的毛也可能染成绿的。这本来带点荒谬的意味。

杨：您的小说最后问了一个问题：把猫染成绿的，那猫的眼睛应该是什么颜色呢？我现在甚至这样想,您四十年代写了一些怪怪的，比如说受了阿左林、伍尔芙影响的小说。您四十年代的小说大体可以分为两大类：一种是可以和后面对接的那种写家乡的题材，像《戴车匠》《老鲁》。但多数还是带有明显的西方小说的影响，当时好像是比较怪。您后来说，《受戒》发表以后，有一个青年作家瞪大眼睛："小说还可以那样写？"因为他从来都是这样写。四十年代可能人们也有这样的问题："小说还可以这样写"。

汪：四十年代……

杨：还没有这么惊喜，没有这么多。

汪：没有。因为四十年代，那个时候中国的小说受了很多西方的影响，比方艾略特的影响，奥登的影响，还有里尔克的影响。实际上阿左林并不很怪，当时里尔克影响比较大的，是卞之琳或是冯至翻译的《军旗手的爱与死》，那时影响很大的。

杨：解志熙那篇博士论文，谈到他对您小说的理解，认为您的《复仇》《落魄》《礼拜天早晨》这些作品，共同的主题是人在存在上的自欺和扬弃，说您给他的信里头有一句话说，《落魄》中对那位扬州人的厌恶也就是我对自己的厌恶，还说到您的小说尤其是对自欺的存在状况的深刻解剖，格外有力地突出了逃避自由对人自身存在的深重危害。萨特当时也读过的，还有存在主义创始人基尔凯哥尔，他当时的东西您有没有读过？

汪：没有。因为萨特刚好介绍进来不久，当时影响比较大的是纪德。

杨：在《绿猫》这篇以外，《囚犯》还引起我特别注意。那天在北大的批评家周末讨论会上，我发言时就谈到这个问题，我说像汪老这样的作家，他确实很多时候是在写回忆，这个并不奇怪。像散文，它应该很多时候就在写回忆，它很少前瞻，它就是把回忆当中的很多东西作为题材，小说也是。汪先生自己说他始终处在边缘状态，跟文学若即若离。但是我说他一旦介入现实的时候，并不是完全超脱的。他自己在一些文章里谈到，他也不是不关心现实问题或者很超脱，不是那样的，他是一个食人间烟火的生活在现代的中国人。我举了两个例子，一个写《天鹅之死》（汪插话："那是一篇愤怒的作品。"），作者校读以后"泪不能禁"。这个他们都知道，主持批评家周末的谢冕老师说，是是是，他读了以后很感动。我说还有一篇可能谢先生你没读过，就是他的《囚犯》。我说《囚犯》在杂志上发表时标的是报告，但我把它当成散文，而且我觉得它在谈到父亲的时候，写父亲对自己的关注，在父亲的关注之下长成了人，但是是个平凡的人，自己的行为并不是文字。我觉得这些个地方都给人以很强烈的情感的感染。它在这个方面并不亚于朱自清的《背影》。但是这不是小说的主要指向。小说主要指向写到对三个囚犯，大概是逃兵吧，写对几个囚犯的关注，体现一种很深的人道主义精神。我把那故事给他们叙述了一下。"我"在一辆车上，看到车上的人都不关心囚犯，车又晃得厉害，这三个人没地方抓牢，最后一下子抓到那旅途的"我"，开始"我"心里头也有点不高兴，但后来反而迎上去让他们抓住，而且叫他们蹲下。当时有一个粉团大脸的小市民妇女想要我挡住他们，那时我心里起了一种恶意的念头，就是要让你不高兴不舒服，哪怕你下车把你早上吃的粥吐光了，我觉得跟我也没有关系。但随后"我"又有很严肃的省察、自省，我现在可以让他长满疥疮的手抓住我，但是如果让我躺在他们俩中间，或者不是半小时的行车而是一天或者更长时间我能不能做到。

我想这是表现了作家一种非常严肃的人生态度。我介绍完以后，我觉得他们都很感动，因为大家都没有接触过这样的东西，可能他们很粗糙的关于您的印象里头就是超然，实践证明您并不完全是对什么事都很超然。

汪：应该说这个题材的来源记得很清楚。因为首先有个前提就是我对人还是充满人道主义，但是我的人道主义是虚伪的（杨：当时写这文章时有一种自省、自我批判），你觉得自我完成了，实际上真正的这个人的痛苦你不能感同身受。

杨：最后您下车以后还表示了对他们三位逃兵的关注。我觉得这篇文章是很动人的。文末引了一位躲到禅悟中去的诗人，被大家认为是最不关心人生的最漠然的躲到禅悟中的诗人的话，"世间还有笔啊，我把你藏起来吧"，这位诗人是谁？

汪：废名。

杨：那么您当时引用这句话时有没有这样的感觉，我是读出了这样的想法：您的笔和这个班长身上佩带的左轮枪以及左轮枪背后那个强大的国家机器比起来是苍白的（汪插话："是无力的。"），所以要把笔藏起来。

汪：是无可奈何的。

杨：我的理解还是没有错，所以要把笔藏起来。就是既然不能解除人间的疾苦，那么写了有什么用呢？这样理解。我有这样一种感受，读完您早期的小说和散文，我觉得您的文学创作里头有特别敏锐的感觉能力和很强的一种感觉意识，所以在作品里头您比较喜欢品味自己的感觉或者琢磨别人的感觉，有时候干脆就沉浸在对世界的感觉之中。比如说像《礼拜天早晨》，躺在浴盆里头关于抽烟的感觉。很多处都谈到关于抽烟的感觉，关于牙疼的感觉，等等。感觉，我看了一本书，北大一位青年教师叫曹文轩写的《思维论》，他说中国人有很好的感觉能力，但通常都缺乏感觉意识，也就是缺乏对感觉不断回味、省察和沉思的这种习惯；西方的感觉学比较发达，西方艺术家喜欢品味和去描写感觉。所以我想您在您早期作品里就比较善于去表现感觉，是不是主要受了西方作品的影响？还是我们中国原来传统的文学中也有很多感觉的东西？或者跟您能画有关系？

汪：可能还是受日本文学影响多点。

杨：那么三十年代的中国新感觉派实际上也是受日本新感觉派的影响。您当时也读了很多日本的文学作品。

汪：我写牙疼，写牙疼的感觉，舌伸出去，上面开了一朵红花（杨：这很奇特），真是很奇特，可是我的感觉是真实的。

[中间汪先生谈及他为什么没能拿到西南联大毕业文凭：当时校方规定毕业班学生都要去做美军译员，或者翻译官吧，要经过体检。我那个体检是"体无完裤"！我这里边的裤子它有个大窟窿！我说这可是太难看，我就没去参加体检。其实不止我一个人没去，还有一个人没去。当时是贴出布告来，要开除的！因为当时规定应届毕业生都要去给美军当译员，不参加就要开除。我也很平淡（杨：也想得开），想得开：啊，我被开除了。]

杨：您说您上课也经常不去，朱自清先生就不高兴您不上他的课。

汪：朱自清这个人值得研究，（杨：他为人很拘谨。）很拘谨！而且他讲课是完全没有才华的，不像闻先生讲得充满了戏剧性……

杨：口若悬河。徐志摩讲课也是，天花乱坠，在讲英诗的时候。朱自清可能适合于写作，不适于口头表达。他很紧张，我看到一个西南联大学生回忆，哪怕只有两三个学生上他的课，一到了上课时候他的脸就涨得通红，而且直冒汗。

汪：而且他每次去都带一沓子卡片。这个人是个非常……

杨：他是个正人君子，没有一点野气，更没有匪气。

汪：他很不喜欢我这个学生。朱先生那时是系主任，闻一多先生提出，是不是可以让我在大学当助教，朱先生不同意，"我不要他，他不上我的课"。气质上不同。

杨：气质不同。

父亲说他要给您写封信，谈谈京剧，有没有收到他的信？（汪：没有）父亲有一封信给我，他说"你下次去汪先生那儿，替我带一张宣纸去，我想写信向他求一幅字"。今天我带了两张宣纸。我知道您很忙，我自己本人也很想要您一幅字，一直不好开口，因为我觉得您这么忙，可能向您求字的人也很多。那么父亲既然说这话，我只好奉父命把这纸放在您这儿，您看情况吧。（汪：这是什么纸？）我在北大门口那个韩美林开的画店里买的。我也不懂，我说有什么好一点的吗，营业员说只有五块钱一张的，我就买了两张。

汪：五块钱一张，很好。

杨：店里说是安徽出的。我不太懂价格，放在这儿，如果您明年春天有余兴的时候就写一写，如果没有就算了。我本人很想有一幅您的字挂在我的书房。刚才您说了我现在向您的生活态度靠拢,不是因为我认识您以后我才这样,我实际上已经是向这边靠拢。希望生活得平淡一点,安静一点,另外多少带点艺术化,使生活多少带点艺术化。

汪:你有时间没有?

杨:不忙。我听伯母说您最近是在写那个孙犁的电影剧本,(汪:哎呀……)不好写吧?

汪:可惜没菜。

杨:很好。真正喝酒就是这样的菜最好。我对烟没有很多兴趣。虽然我也抽了三十多年,"文革"初期在大学写大字报开始学抽烟,但没有瘾,一天两三支吧,但是酒现在有点兴趣,经常桌子上放一瓶酒,晚上喝一杯。(每次回家)父亲首先从柜子里拿出一瓶酒,倒上就这样喝。记得我们家里头跟您写您和您父亲的那种关系有一点相似,可能还没有到他那种程度,可大体就是那种情况,比较平等和民主,多少带一点"多年成兄弟"的意味。

汪:你没有回过高邮看过?

杨:看过一次。我是1987年。(汪:老宅子?)我没有找到,我当时没有准备,我开会到武夷山,在南京等车票有三天,我就自己决定去了,都不知道(老家)在哪里。没找到,就只住了一晚就走了,好像是杨家什么(汪:杨家巷。),对,杨家巷。

汪:杨家巷是当时很有名的高邮几个大巷之一,杨家巷是最有名的。杨家巷的巷子比较特别。

杨:是不是离那个县衙门不远?

汪:离那县衙门比较远。

杨：那我估计错了。

杨：您去年在《小说家》上发表几篇小说，《小姨娘》那篇我看了，久久心里搁不下。写那个小姨娘，当时高邮城里头很有名的一个漂亮姑娘，嫁给了宗氏兄弟的哥哥。还有《仁慧》《忧郁症》。

[《忧郁症》那个云锦，是不是姓裴，她爸爸叫裴什么坡？

汪：裴石坡。他原来姓费，叫费石坡。我的小说改成裴石坡。我这次到台北去，还看到了。我以为他们家的人都已经不在了，想不到他们都还健在，像我写的那个女的后来不是上吊死了吗，她没有死！（杨：没有吗？）这就麻烦了，因为费跟裴距离太近了，小姨娘家里也会引起麻烦。]

杨：《小姨娘》里，后来您写小姨娘毅然离家出走，跟包打听的儿子到上海去，再见到她时已经有点俗气，抱着孩子一只手打麻将已经非常熟练了，这是真的事吗？

汪：这好像是真的事。她这个人，当时她应该说很大胆，她不是很成年，因为她跟宗毓琳两个人，也就是情窦初开，（杨：都是十六七岁。），十六七岁，发生性关系了。

杨：那一段写得非常生动，很好。[这个茅台是酱香型的。四川很多酒，除了郎酒是酱香型，其他是浓香型的，我喝得比较多的是浓香型的，它没有酱香型那种什么味，里头有一种特殊的味，它就是香，五粮液、剑南春、泸州老窖。（汪：还有曲香型。）

汪：写小说这事，每一篇都有点苗头，我这个人写总得有点苗头。他们看一眼也能对号入座，有人能看出这写的是谁。

杨：或是年代比较久远，不至于像有些作家靠得很近。

汪：我对她嘛，也没什么太大的褒贬。]

杨：有人问您还写不写戏，（您说）不写了。戏不写了，那么小说还在写，慢慢地重心是不是会移到散文那边去？多样化。

汪：不会。我的看法可能是，我认为文学里的主人还是小说，散文不能成为主要的什么东西。有人说国外没什么散文史，它确实也有这个问题。

杨："五四"的时候，那些第一代作家，他们倒是把写散文作为好像是一种兼职的、业余的事情。写小说的、写诗的、写戏剧的，他们都弄散文。我有一次在会上发言时说，不管多么新潮的小说家或者诗人，一到弄散文的时候他就自然回到传统上去。

汪：我写过一篇文章，也得罪了一些人。我说有新潮的诗、新潮的小说，还没见过有新潮的散文，新潮散文到底怎么写，我也不知道。后来我修正我的话，我说散文还是可以用现代派的方法写的。

杨：可以用一些现代派手法，象征的、意识流的。还有从内容上来讲，比如现在一些女作家，也被很多人所批评和否定，说她们太真实了，不断把自己拿来展示。

汪：现在的女作家们，她们的散文就是写她们自己的事，这个东西我觉得不行，包括像舒婷，也是讲她自己的事。

杨：对，太琐碎了一点。想念孩子，想念丈夫啊，这是一种；还有一种像叶梦，湖南女作家叶梦那样，她就把自己过于真实地袒露了：她怎么样成为女人，她的新婚，她的怀孕，她怎么跟儿子取名字，怎么样搞胎教，最后怎么生产，整个生命系列，刘锡庆就很欣赏叶梦的散文，说是深入到生命的深层去了。但是我们看了也有一点想法，作为年轻女性来写，过了一点吧。

汪：这事我觉得有两种，一种女作家，一种老头。我觉得对女作家的散文，可以原谅。对老头这样写散文就不感兴趣。

杨：孙绍振说得很坦率，他说我们也不排除有一些年轻作家自以为写的是什么正宗散文，实则虚假造情；也不排除有一些老作家写一辈子散文还没有真正摸到散文的门在哪里，也有。另外，像巴金那样过于相信和依靠直觉，以为无技巧就是最高的技巧，（汪：不可能）他认为巴金的随感录被捧得太高，他说，巴金艺术上这样一种观念给他带来了艺术上不小的损失，完全不讲究，随意而写。不是像您那样苦心经营的随便，而是真正的随便。

汪：周作人写的，看起来很随便，但是他下了工夫的。[这个巴金简直想都懒得想。

杨：汪先生您还吃得花生，假牙？（汪：全部假牙。）我父亲他只装了几颗，花生米吃不动，他最喜欢吃花生米，吃不动，也很悲哀。

汪：巴金最近主要身体很不好，原来也不好。他自己提出要求，他要死。

杨：他那帕金森的病是很痛苦的。现在身体稍微好些，前天他们有人去看他，内蒙古来了一个主编，我那个师弟陪他去，巴金不在家，住在北京医院里，但他的女儿说没什么大毛病，就说天气冷了。

汪夫人：腿部怎样？

杨：腿摔过。

汪：腿早就摔过。我就陪你这一两。（杨：我也够量了）（汪夫人：

你还年轻嘛。今年多大啦？）（杨：我四十八）]

杨：像您这样，不但有很好的感觉，而且有明显的感觉意识的作家确实不多，在中国作家里头不是很多，而这种感觉成分在您的作品里头起了很重要的作用。我们试想，如果把这些感觉的描写都抽掉的话，作品剩下的东西就不多了。意识流实际也是写一种感觉。我想写一篇文章专门谈一下感觉问题。另外我还想专门分析一下《绿猫》的文本，因为我感觉有很多您的创作观念在里头。如果说把您四十年代的作品加在一起，在当时中国现代文学的整体当中，它就是一只"绿猫"，我这个看法荒不荒唐？就是说一般人好像不是很习惯，但是"绿猫"有它存在的理由，而且它确实很别致。

汪：这个东西我自己写。解放以后，我自己，比较是一个荒诞作家。

杨：《绿猫》里的柏，当时您写的时候，有没有一个原型啊？

汪：没有。

杨：可不可以把他的有些意思实际理解成您的意思，他对张先生啦，还有一些看法。

汪：可以。

杨：最后我想问一下，如果我跟陆建华先生联系一下，或者跟别的出版社像四川文艺出版社联系，如果他们同意编一个您的研究专集，您有什么意见？

汪：我不同意。

杨：不同意啊，没有必要编？

汪：我这个人没什么研究头，不值得。我这是很真诚的，（杨：

我理解。）不希望有人去写研究我的书。

　　杨：但是您不觉得您的小说和散文一方面确实为中国文学开辟了一条路径，更重要的我觉得在我们这个人心浮躁的时代，它确实营造一种精神境界，一种精神向度，这对世道人心是有益的。您也多次强调，文学作品要对世道人心有益，希望人的情感能够升华，能够大家更善良一些，更高尚一些，不是完全没有目的去写，为创作而创作，不是那样。这样，不管您本人愿意不愿意，势必是有人要研究您的。但是我觉得研究应该要实事求是。您在有一篇文章说"研究"这个词很可怕，我是可以理解的。如果像有些人那样断章取义，为我所需地把这个作家的东西拿过来，实际上最后昭示给世人的根本不是这个作家本人，他已经不知道偏离到哪里去了，这样的研究确实很可怕。如果是建立在充分的材料的基础上，然后把它放到整个大的文化背景和文学的流变当中来研究。……这事以后再说吧。您是不是觉得我根本不应该把您那些解放前的作品翻出来，慢慢地咀嚼？

　　汪：那没有什么！已经写了嘛，爱怎么说就怎么说。好好一个人，研究他干什么呢？

　　汪夫人插话：研究你，研究你的作品，主要从你的作品来。

　　杨：您主观上不希望大家太细致地研究您，但是作家的作品公之于世以后，它就被作为社会的一种文本了，那么但凡是愿意研究的人都可以去研究它，只是希望能研究得比较实事求是一点，不要拔高，更不要歪曲和贬低，这就可能是作者的心愿了。其实我还是从艺术的角度来看待。我不太主张什么东西都去跟作家的经历对号，去索隐。

　　[汪夫人：反正像当翻译官，检查身体，裤子破了不去。

杨：那是随便聊聊。

汪夫人：那你怕什么，你有什么可怕的？总得有人会碰你。]

杨：实际上研究您已经很多了，要是我跟您开一个研究论文的篇目可以开出几大章，恐怕百十篇是有的。汪老是这样的，他在个文集的自序里也谈到了，（出文集）这个事我是不愿意的，说了几年了，有些朋友他一再坚持，最后想到最初的一些版本都没有了，那么给一些愿意读我的读者和一些研究者造成不方便，找来找去找不到，基于这种考虑那就同意出了。大家都像大海捞针那样去捞，不如一两个人找来以后方便大家，因为这是客观存在的，这个趋势已不可避免了，不以您的主观意志为转移了。当然出不出文集肯定要征得您同意，但研究您作品这件事已经不以您的主观意志为转移了，因为您的作品具有影响，确实别具一格。您看杨义那个小说史关于您这一节，他说您在史上已经占有那样地位了。[刚才我跟汪先生说，并不是主要为了功利目的，要什么科研成果啦。我这个人比较散淡，主要是后来我完全是被汪先生那种人生态度所迷住了，跟我自己的性格比较接近，我原来就是一个比较散淡的人，现在叫我去做官我不太愿意。最近有一个人跟我算命，你明年升迁，升迁无非就是在学校里头当院长，文学院长，我不愿意，我愿意自己坐在书房里静静地，做自己喜欢做的事。]当然也不光是汪先生一个人，比如孙犁我也很欣赏，我也写过关于他的论文。我觉得一个人到了晚年，能像孙犁这样，做到高洁自守，那也是很不容易的。其他还有一些，这种学者都能得到人们的尊重，包括钱钟书先生啦，他们都是这样的一些学者。

（杨鼎川、韦旻君整理）

［整理者附言］

　　1994 年秋，杨鼎川作为北京大学语言文学研究所谢冕教授的国内访问学者，在京生活一年，其间曾访问当时住在蒲黄榆的汪曾祺先生和他的夫人施松卿先生，做过一些访谈记录和录音。以上访谈系依据 1994 年 12 月 13 日的录音整理，未及请汪曾祺先生过目，由整理者负责。

　　（本文删节本原载《中国现代文学研究丛刊》2003 年第 2 期，后收入 2019 年人民文学出版社《汪曾祺全集》第 11 卷。文中加 [……] 的语句发表时删去。）

"夫子自道"——汪曾祺的沈从文解读

凌云岚

　　汪曾祺对沈从文的解读，是从 1980 年代初开始的。当时汪曾祺准备为沈从文要出的选集写个后记，将其主要作品系统地重读了一遍。这一重读沈从文的行为导向了两个结果：第一是汪曾祺不久后发表了《沈从文和他的〈边城〉》，此后他持续对沈从文作品和为人进行解读，这一行为延续到 1990 年代末（至 1997 年的《梦见沈从文先生》为止），汪曾祺陆续发表十余篇解读沈从文的文章。第二个结果，是这一次重读触发了汪曾祺的创作冲动，"他的小说，他的小说里的人物，特别是他笔下的那些农村的少女，三三、夭夭、翠翠，是推动我产生小英子这样一个形象的一种很潜在的因素。这一点，是我后来才意识到的"（《关于〈受戒〉》，1981）。换言之，汪曾祺重出文坛开始创作，与他对沈从文的作品的再解读几乎是同步进行的，他的"再解读"和"再创作"之间或者还有某些潜在的深层次关系。汪曾祺的沈从文解读，构成其独具特色的文学批评行为，他在解读沈从文的过程中为自己的创作寻找到"文学传统"，从而确定了自己和时代的关系。1991 年，他"坦然欣然"接受自己是废名、沈从文之后的京派传人（吴福辉《汪曾祺坦然欣然自认属于京派》）。至此，被 1980 年代的批评家们视为"横空出世"的汪曾祺，终于在文学史的坐标上确定了自身的位置，他的文学实践也开始进入现当代文学史的书写范畴。

"好看的应该长远存在"

　　汪曾祺的沈从文解读多以"零碎"的形式展开，最早公开发表的《沈从文和他的〈边城〉》，从形式上看，就颇类似中国传统的评点式批评。这固然和汪曾祺自己的文字风格相关，也和沈从文的"谨慎"有直接关系。在 1980 年春，汪曾祺就沈从文的评价问题和一位友人的通信中，就提到"目前我还是只能零零碎碎地写一点。这是我的老师给我出的主意。这是个好主意，一个知己知彼，切实可行的主意"(《与友人谈沈从文》)。零碎的札记式的点评，实际上可以回避一些在当时仍处于争议之中的问题，比如对于沈从文这样的作家，如何在文学史上定位。这一定位的背后，不单单是一个"个体"的评价问题，实际牵扯的必然是整个文学史评价体系和文学史观的建构问题。因此汪曾祺在《读书》上发表的第一篇解读沈从文的文章，选择重读其名作《边城》，拉杂写来，重点谈三个方面的问题：一是《边城》如何写人；二是《边城》如何写景；三是《边城》在文体结构上的特点。至于结论，其实是非常"模糊"的一句总括，即三十年来，作为"作家"的沈从文很少被人提起，那么现在重读沈从文，其作品意义何在？汪曾祺给出的答案是"好看的应该长远存在"。(《沈从文和他的〈边城〉》，1980)

　　"好看的应该长远存在"显然和当时文学批评的主流价值观相去甚远。20 世纪 80 年代初的文学批评依然是"唯认识论"为主导性文学观，即将认识论作为唯一的观察事物的方法和视角的一种理论，并将其用于观察文艺和指导文艺。而从创作方法论上看，这一时期延续的社会主义现实主义创作理论，在艺术方法上讲求真实性、主客观性及典型性等问题；在政治性上则强调社会主义意识形态对文学的要求，并引申出关于浪漫主义、人民性、历史性等概念的探讨。这一话语体系对当时文学的创作方式和价值评判产生的影响是决定性的。从文学批评的角度看，"唯认识论"和社会主义现实主义强调的是作家对现实的认识和反映；并以作品对现实反映的真实、深刻程度来作为文学的最高标准。沈从文"出土"后所面临的主要质疑之一便是作品的真实性及现实意义问题，在80年代几本代表性的现代文学史著作中，对沈从文的批评就多从这一层面生发，黄修己在《中国现代文学简史》里称其创作"没有深入到生活的底蕴"，"思想上的局限""使他未能更深刻地反映现代中国的现实"；唐弢《中国现代文学史》则认为"就沈从文创作的基本倾向而言，总是有意无意地回避尖锐的社会矛盾，即或接触到了，也加以冲淡调和"，作品"缺少现实的社会意义"。在同一时期，汪曾祺重新开始的创作，遭遇的批评和沈从文惊人地相似，1981年7月的《作品与争鸣》上发表的国东的《莫名其妙的捧场——读〈受戒〉的某些评论有感》一文，便质疑了《受戒》的真实性，"我们不要求把文艺作品写成社会发展规律的图解，但如果作品中的人物脱离了典型的社会环境，即使细节写得真实、生动，也不能说这作品是真实的、典型的"。在国东看来，《受戒》显然是"不真实"的。这一批评和1980年代文学史写作中沈从文遭遇的批评方式，显然源自同一批评话语体系，即现实主义批评话语。和"好看"相比，真实是否更重要；真实的本质是什么；或者说，决定艺术价值的到底是什么，在1980年代初的文学界，恰恰是争议不断的话题。从"写本质"到"写真实"的文艺论争，实质上都是对这一批评话语体系的改造和冲击。

汪曾祺在公开发表的重读《边城》一文中没有正面回应这种争议，但在私下给友人的书信中，则明显表现出对沈从文被文学史遗忘或忽视的不平："请容许我说一两句可能也是偏激的话：我们的现代文学史（包括古代文学史也一样）不是文学史，是政治史，是文学运动史，文艺论争史，文学派别史。"这种文学史的写作标准在汪曾祺看来，是只考虑到作品的政治倾向和写作者的政治立场，而将作品的社会意义和美学意义排除在外了。同时，他也在信中直接回答了在公开发表的文章中回避的问题：沈从文作品的"思想"性。面对批评者"没有思想、没有灵魂，空虚"的评价，汪曾祺的回应是沈从文作品中的核心思想或者说现实主题便是沈从文对"民族品德重建"问题的思考。这一论点在他后来的沈从文解读中不止一次再现。可见，在1980年代初，汪曾祺便已经初步搭起了自己的沈从文评价体系，从"社会意义"和"美学意义"两个方面入手，对沈从文的创作进行重新评论。

此后，汪曾祺多次发表对沈从文作品的细读文章，包括《读〈萧萧〉》《沈从文的寂寞》《又读〈边城〉》《中学生文学精读〈沈从文〉》等，都是结合作品对沈从文作品的"好看"即美学意义进行阐释。这一意义的发掘仍然集中在几个领域：语言、文体结构、人物与风景，并以大量的文本细节分析作为支撑。汪曾祺对沈从文创作美学意义的解读中，也伴随着他对自己的创作经验的总结，如《〈大淖记事〉是怎样写出来的》中，他提到自己写巧云尝尿碱汤是对沈从文"贴到人物写"的注脚；他作品中的风俗描写和《边城》中划龙船一样，是与故事、人物密切相关的；甚至他对生活的细致观察和热情也与沈从文一样。

在《小说创作随谈》《小说技巧常谈》《谈风格》《小说的散文化》等创作论中，汪曾祺也多处将自己 1980 年代的文学实践和沈从文的创作经验之间进行勾连。从这个角度看，汪曾祺解读沈从文的同时，也在进行自我阐释，并借此回应文坛及批评界对他创作的批评，是某种程度的"夫子自道"。对于这一点，汪曾祺自己也很清楚，他在评论废名时曾坦言："我讲了半天废名，你也许会在心里说：你说的是你自己吧？"（《谈风格》，1984）这问题同样也适用于他的沈从文解读。汪曾祺通过对"好看"的阐释，提供了一种新的小说批评标准，而他结合自己的创作实践对沈从文写作技巧的解读，则为一种"非主流"的小说美学的建构奠定了基础。汪曾祺后来以"散文化小说"来概括这类小说的特色，并建立起了自己的小说理论体系。

"社会主义条件下"的解读

汪曾祺的沈从文解读自 1980 年始，这一年，也是沈从文 1949 年以来发表作品最多的一年。从 1979 年起，国内慢慢出现为沈从文"平反"的声音，到这一年达到第一个小高潮，既表现为新作品的发表和旧作的再版，也表现为研究界对他的再评论。《沈从文和他的〈边城〉》的结尾，汪曾祺提供了写作的时代语境："现在，似乎沈先生的小说又受到了重视。出版社要出版沈先生的选集，不止一个大学的文学系开始研究沈从文了，这是好事。这是'百花齐放'的一种表现。"显然，能对沈从文的作品重新进行评价，是因为此时的时代语境重新走向开放，这一社会背景为汪曾祺重新评价沈从文提供了一个契机。另一方面，这种批评话语上的"松动"不可能一蹴而就，文学虽然被认定不再是政治的附庸，"政治决定论"依然在此后相当长的时间内影响到文学批评。体现在对作家创作的批评上，要对其创作的"性质"（进步或落后）进行界定。严家炎在《中国现代小说流派史》中评论汪曾祺时，便强调汪曾祺的小说比起此前的京派小说来在境界上已经更进一步，这种"进步"性体现在汪曾祺的作品"洋溢着一种暖意，一种美的力量"，"无论是《羊舍一夕》中的四个孩子，或者是《大淖记事》中巧云和十一子之间坚贞的爱情，都是在一定程度上沐浴着新的思想阳光的新的形象。这也许可以看作京派在社会主义条件下的一种发展"。汪曾祺的沈从文解读，也和这一时期的创作一样，可以看作是在"社会主义条件"下进行的，这一条件也决定了汪曾祺在"定位"沈从文时使用的"关键词"。

汪曾祺在其持续的沈从文解读中，反复强化了沈从文为代表的这类文学创作的"社会意义"。在 80 年代的沈从文研究中，就作品的"倾向性""思想性"做出解释，几乎是所有研究者必须面对的问题。1982 年所作的《沈从文的寂寞》中，汪曾祺便将沈从文概括为"一个热情的爱国主义者，一个不老的抒情诗人，一个顽强的不知疲倦的语言文字的工艺大师"。"爱国"这一在当时带有特定政治意味和指向的词，同样被汪曾祺进行了"改造"，转化为"对民族兴亡"的关注和对民族复兴事业的坚持。在这个层面上看沈从文的作品，当然也就具有了相当积极的"社会意义"。汪曾祺的沈从文解读，在 1988 年沈从文去世后曾达到一个小高潮。他连续创作发表了《一个爱国的作家》(《人民日报·海外版》1988年5月20日)、《星斗其文，赤子其人》(《人民文学》1988年第七期)、《沈从文专业之谜》等文，尤其是《一个爱国的作家》，篇幅虽短，但从发表地的特殊性质来看，这篇短文无异于汪曾祺试图为沈从文的创作"定性"之作，这一目的在文章的开篇便表露得相当清楚："沈先生已经去世，现在是时候了，应该对他的作品做出公正的评价，在中国现代文学史里给他一个正确的位置。"与1980年代初评点《边城》时的小心翼翼相比，此时汪曾祺将"沈从文放入中国现代文学史"的诉求已相当明确和坚定。

事实上，沈从文应不应该进入文学史，以及在文学史中给他一个怎样的位置，在整个80年代的文学史研究和写作中都是争议话题。沈从文自己对这一话题也表现出相当的关注。1979年8月，北大等九院校编写组编写的《中国现代文学史》出版，对沈从文的评价仍然不脱"反动性"，称他"并未取得正确世界观的指导，也未投入现实斗争的洪流，创作实践与理想存在距离"；同时将他抗战时的"反对作家从政论"视为对反动文艺政策的帮腔。沈从文看到此书后，在此后的书信中多次提及此事；同一时期，他向老友推荐司马长风的《中国新文学史》，并对夏志清的文学史表现出相当的兴趣。可见，对于自己在文学史上的评价问题，沈从文虽然低调，但并非全不在意。从当时大陆的文学史写作来看，要给沈从文一个正确的位置，同样需要正面回应传统文学史写作中对他作品思想性、倾向性的质疑。因此汪曾祺这篇短文很罕见地没有以他擅长的作品点评的方式展开，而是直面沈从文批评中常见的三类"误解"："不革命、没有表现劳动人民、美化了旧社会的农村"。事实上，这套批评话语的背后的支撑仍然是"反映论""典型论"及"真实论"，即是否遵循"现实主义"写作原则的问题。这当然不单单是沈从文面临的问题，同时也是汪曾祺自己在重回文坛后一直面临的质疑。李陀《意象的激流》曾指出："记得有人曾指责汪曾祺的小说不真实，那是因为他们还是以写实的眼光去审度和感知这些已不是着重写实而是营造意象的作品。"汪曾祺的辩护中，以沈从文的写作选材、对底层农民和士兵的爱、田园牧歌背后隐伏的悲痛一一回应三类误解，并将沈从文定位为"极其真诚的爱国主义作家"。

在肯定了沈从文创作的社会意义的前提下，美学意义的发掘也就被赋予了意义。在将沈从文为代表的这类美学风格的作品重新纳入主流批评体系的同时，汪曾祺实际上松动了80年代初的批评话语体系。他对沈从文的作品的评价"好看"，很容易让人联想到他对自己作品的评价："写得比实际生活更美一些，更理想一些。"（《认识到的和没有认识的自己》，1988）"写得比实际生活更美更理想"这一创作理念，实际要面对的是"现实主义"对于"写真实"的定规。汪曾祺在为这种创作方法寻找合理性时，完成了他对社会主义现实主义这一概念的个性化阐释。在他看来，社会主义现实主义后来被修订发展为"两结合"，即革命的现实主义和浪漫主义相结合，这里的"浪漫主义"便可以理解为创作中的"诗意"和"理想"。在这个层面上，沈从文"好看"的作品和他自己作品中的理想化书写，都可以纳入"现实主义"的范畴。汪曾祺的第一篇沈从文解读中，在肯定了《边城》的"好看"的同时，对《边城》之所以"好看"——其独特的艺术手法进行细读，其本身便是对以政治倾向为文学评价标准的文学史写作的质疑。在对"文学性"的重提下，汪曾祺实际上也在试图"动摇"80年代初的文学批评体系。在对"现实主义"话语的"改造"中，汪曾祺按照自己的创作经验，重新阐释了何为"现实主义"，以及和现实主义相关联的一系列理论范畴，如浪漫主义、真实论、人民性等等。"'社会主义现实主义'和'两结合'经过汪曾祺的转述，变成了两个相对符合80年代话语逻辑的范畴，'写得比实际生活更美一些，更理想一些'，社会主义的革命文学理念在他这里被轻巧地转化成了一种文学的'浪漫主义'，即它们不再单纯的是一种文学政治化形态，而更加获得了一种属于文学自身的性质和解释方式"（屠毅力《汪曾祺的"灰箱"——从"现实主义"转换看其在80年代文学中的位置》）。同样，通过将沈从文的创作，放置于经过改造的"现实主义"创作和批评框架内，汪曾祺从沈从文作品中发掘出的"美学意义"就有了落脚之处。汪曾祺对沈从文创作赋予"正当性"的同时，实际也回应了长久以来对他自己写作的质疑：他在80年代面向"过去"的写作，他对"旧中国"小市民题材的浓厚兴趣，他对现实的诗意化呈现，也就同时获得了"合法"存在的理由。

作为"传统"的京派

如果说在80年代的沈从文解读中，汪曾祺从社会意义和美学意义两方面，努力为沈从文为代表的文学风格，寻找文学史上的定位。

那么至 80 年代末，他被指认为"京派最后一个作家"，可以说是他自己进入中国现代文学史的开始，这一历史位置的获得，与以沈从文为代表的"京派"获得认可是同步进行的。

最早提到汪曾祺与京派的关系的书，是严家炎的《中国现代小说流派史》。在 1989 年出版的该书中，严家炎称汪曾祺的写作特点"大体也可看作废名、沈从文影响之下的京派小说的一般特点"，明确将汪曾祺写作纳入了京派文学传统之中。对此，汪曾祺在后来写给吴福辉的信中称："严家炎在写流派文学史时把我算作最后的京派，征求过我的意见，我说：可以吧，但心里颇有些惶惑。"而到了 1990 年吴福辉编选的《京派小说选》面世时，汪曾祺表示"读了你的前言，才对这个概念所包含的内容有一个清晰的理解。才肯定'京派'确实是一个派。这些作家虽然并无组织上的联系，有一些甚至彼此之间从未谋面，但他们在写作态度和艺术追求上确有共同的东西。"至此，汪曾祺确认了"京派"这一文学传统的存在，也确认了自己在这一传统中的位置。

汪曾祺最早提到"京派"，是在《西南联大中文系》一文中："如果说西南联大中文系有一点什么'派'，那就只能说是'京派'。西南联大有一本《大一国文》，是各系共同必修。……选了丁西林的《一只马蜂》，就有点特别。更特别的是选了林徽音的《窗子以外》。这一本《大一国文》可以说是一本'京派国文'。严家炎先生编中国流派文学史，把我算作最后一个'京派'，这大概跟我读过联大有关，甚至是和这本《大一国文》有点关系。"此时，汪曾祺或许对何为"京派"并无清晰理解，因此在其所举例证中，把丁西林算作京派同人，反而没有列朱光潜《文艺与道德》(节录)、《自然美与自然丑》(节录)及沈从文《我的创作与水的关系》等入选这本教材的文章。和别的京派作家相比，汪曾祺最大的不同在于他没有参与过30年代京派的文学活动，当时京派中的学生辈如卞之琳、李广田、何其芳等人在汪曾祺开始创作的时候也已经是进入师长行列。汪曾祺之所以被纳入京派，当然不仅仅是这本教材的缘故，他和沈从文的师承关系及他的早期作品多发表于朱光潜主编的京派刊物《文学杂志》上，都是他被纳入京派的重要原因。

虽然在学界提出"京派"这一概念之前，汪曾祺对此了解甚少。但显然，汪曾祺对确立自身所处的"文学传统"有着相当自觉的意识。所谓文学传统，是"带有某种内容和风格的文学作品的连续体。这些内容和风格体现了沉淀在作者的想象力和风格中的那些作品之特征"（爱德华·希尔斯《论传统》）。文学传统之于创作者个人，意义不尽相同，艾略特在重新阐释传统的价值时，不再把"传统"和"个人才能"放置于对立关系中，而是证明了传统对于一个创作者的重要性，它帮助个体获得"历史意识"，"就是这个意识使一个作家成为传统性的。同时也就是这个意识使一个作家最敏锐地意识到自己在时间中的地位，自己和当代的关系"（T.S. 艾略特《传统与个人才能》）。汪曾祺在提及沈从文时，反复强调他和沈从文之间的师承关系，并主动将这种现实关系和其文学创作进行关联，从不回避反而是凸显沈从文对自己创作的影响。他在提到沈从文"贴到人物写"的创作理念，对民俗风情的兴趣，对现实生活的"热情"，对人物的"温爱"，对文体的细致经营，细致入微的观察角度甚至是沈从文和"水"的关系上，都表现出对老师的创作观到创作方法的全面接受和认同，似乎从不担心这种解读对自身文学艺术独创性是否会带来质疑。这一对待"传统"的态度，也许多少也有沈从文对他的影响，"我的老师沈从文承认他受过废名的影响。他曾写评论，把自己的几篇小说和废名的几篇对比。沈先生当时已经成名。一个成名的作家这样坦率而谦逊的态度是令人感动的"（《从哀愁到沉郁——何立伟小说集〈小城无故事〉序》，1986）。当然，沈从文和汪曾祺也都有这样的自信，即承认传统的影响，但并不会遮蔽其个人创作的独特性。

汪曾祺不仅仅是在"认知"传统，进一步说，他还在主动"建构"自己的文学传统。在他的文学批评中，最成体系也最能体现其个人风格的是"散文化小说"这一理论的建构，而在对这一小说美学的渊源进行梳理时，废名—沈从文—汪曾祺这一现代散文化小说的发展线索，便是汪曾祺自己主动建构起来的。早在1984年，汪曾祺便在《谈风格》中提到对自己影响最大的中国作家有沈从文与废名。他谈及废名的作品是"用写诗的办法写小说"，以及废名行文中追随流动的意识，无意中与西方意识流小说合拍。废名的许多创作特点，无疑对沈从文及汪曾祺都产生了不小的影响。1986年，当汪曾祺全面论述散文化小说的美学特征时，沈从文的《长河》和废名的《竹林的故事》都成了他用以举例的代表性文本。他自己的创作当然也归属于这一文学史序列之中。换言之，当严家炎、吴福辉关于"京派"的文学史叙述还未出现之前，汪曾祺已经相当"敏锐"地为自己发现并建构起了"文学传统"。

汪曾祺面对京派传统的"热情"，或者与他在80年代文坛上的"尴尬"位置有关。汪曾祺及其创作在相当长的时间内,都让评论家们"无法定位"。他曾被归入"乡土文学""京味文学""寻根文学"等多种文学潮流之中,但显然他最清楚自己的创作在文学资源、创作理念和美学风格上与同时代创作者们的差异所在,如果要对汪曾祺的创作进行归类的话,在他自己建构的"散文化小说"及后来出现的"京派"文学传统中,才能找到最适合他的位置。吴福辉称在"京派"被确认的过程中,"作家和研究者终于走到一处,联手锻造文学史",就汪曾祺对京派文学传统的态度而言确属事实。汪曾祺在谈及沈从文、废名在文学史上被不公平对待时,往往呈现出他的性格中相当锐利的一面:"他们感觉到废名的文学对他们是一种潜在的威胁,会危及他们的左派正宗,一统天下。他们不像十年前一样当真一棍子打死,他们的武器是沉默,用不理代替批判。他们可以视若无睹,不赞一辞,仿佛废名根本不存在。他们……是一些粗俗的人,一群能写恶札的文艺官。但是他们能够窃据要津,左右文运。"(《〈废名小说集〉代序》,1996)汪曾祺对从废名到沈从文这一文学传统的建构,他为京派文学重获承认而感到的欣喜,未尝不是他用以对抗时代带给他的"限制"的一种武器。

1989 年,汪曾祺在"重写文学史"的浪潮中写下《重写文学史,还不到时候》,认为重写文学史需要的条件还不够成熟,因为编写者需要更大的言论自由。而此时,钱理群等人的《中国现代文学三十年》已于 1987 年出版,沈从文乃至整个京派在文学史上的评价已开始有了根本性的变化。在此书中,汪曾祺也终于在现代文学史中以"京派"

文人身份亮相，被放置于"抗战胜利后京派的复出"一节中。汪曾祺的沈从文解读，以他自己的方式参与到了这一文学史重写的历史进程中。

三代读汪，读他的高邮（跋）

这二十年间，去高邮的次数不算多，一共才五次。每次回去，心情都大不同，收获也大不同。

对于大部分人来说，去高邮肯定不是为了旅游景点的吸引，毕竟扬州、苏州、南京这些重点旅游城市都离得不远，到高邮也还没有火车。"古有秦少游，今有汪曾祺"本是高邮的两张名片，而汪曾祺在当下的阅读热度，方兴未艾。恰好他又是我定义的"城市传记作者"。不知有多少"汪迷"、汪曾祺研究者心心念念，想亲身来看一看《受戒》中明海出家的菩提庵，《大淖记事》中的大淖，《异秉》里王二卖熏烧的保全堂，《戴车匠》《八千岁》里的老街，《徙》里高北溟执教的五小……或许看了之后，多少会有些失望，但正如"顶级汪迷"苏北所言，小说里的地名与人物立时变得鲜活起来，不再是凭空想象。

而我的身份，比较多重。我既是一个汪曾祺的研究者，也算是高邮流散在外的子孙。虽然从小没在高邮待过，但户口本、学生证上明晃晃的"籍贯：江苏高邮"总是一种印记与提醒。

1987年，生长在四川的父亲头次回高邮。当时汪曾祺自然已是文学名家，但还没有今日的地位。因此父亲去高邮，还是为了追寻从小在曾祖母、祖父、三祖父口中听得太多的故乡。他在游记里写道：

站在汽车站前面的公路上，往南，可望见建于明万历年间的净土寺塔；往东，可望见文游台。西面有三条马路通向城内：居中一条通至北门口，两旁是机关、住宅和商店，可算作新城的中心。北边的一条环城而行，接通继续北上的公路。南边那条马路通向旧城东门。三条马路都是新修筑的，我挑了南边那条路进城。

城门口是县立中学，似颇大，未入。过县立小学（今名实验小学），记得父亲说过他曾在此就读，便入内看了看。房屋大抵还是解放前或五十年代所建，没有什么新的气象。

父亲看到的高邮，三十二年来，变化当然巨大，但旧城格局仍在。他那年去高邮，最想看的是造成这座"盂城"（高邮县城低于运河与高邮湖水面，形似覆盆而得此名）的大运河，只因"祖母在世时常常说起，运河高邮段河床高于街面，发大水时河面竟与城墙一般儿高，一旦堤溃，水头势不可当，淹至屋檐。人们只好蹲踞在叠起的八仙桌上，或坐进洗澡的大木盆，随水漂去。结局可想"。

现在去看运河故道，夕阳西下，渔舟二三，波光映日，柳影婆娑，于清风碧草中徜徉，大略很难想象 1931 年大水决口时城为泽国、人为鱼鳖的凄惶图景。只是我每逢走到运河堤上，总会想起父亲当年在此的"招魂"："魂兮归来，祖父！魂兮归来，祖母！魂兮归来，绸叔！你们远离故乡，颠沛流离，饱经苦难。愿你们魂归故土，永得安宁！"

关于那段家史，也是大时代中平凡家庭的常见运命，不必细说。

所想说的，是我与汪曾祺的因缘，不只是原籍同乡，也不只是沾亲带故，或许最大的缘分，是"三代读汪"的连续性。从三爷爷杨汝绸，站在重庆的书店里读《邂逅集》，并于 80 年代与汪曾祺的频繁通信；到父亲读现代文学研究生，数度到汪寓访问本人，从北大图书馆借抄《邂逅集》，撰写《汪曾祺四十年代小说的两种调子》；再到我兜兜转转，从近代报刊研究进入当代文学，再返回"小说民国"，最后将汪曾祺的"打通"变成自己的学术落脚点之一……这一条不绝如缕的线索，细细想来，很有意思。因此本书附录了讨论杨汝绸与汪曾祺通信的文章，也有父亲杨鼎川 1994 年对汪曾祺的采访，用意无非是纪念这一段"三代读汪"的因缘。

本书选择的解读文本，都是与高邮有关的小说。这当然是故意的。汪曾祺的小说里，有三分之二的篇什，都是有关高邮的。而诚如杨汝绸所说，最"汪派"的小说，也都在他的高邮书写之中。而我，一向坚持一个角度——将汪曾祺作为"高邮传记之作者"来考量他的创作。这并不是说，汪曾祺关于昆明、北京、上海、张家口的作品不重要。但是，高邮是他"一张邮票大小"的故土，对于高邮时、人、地细致的书写，是汪曾祺最触目的特色，也是他对中国现当代文学最大的贡献。这是个人的观点，于是也就将这本小书的讨论对象，锁定在了"汪曾祺写高邮"。

关于本书，需要致谢的人很多。感谢汪朗老师的提点帮助并作序，感谢汪朝老师的答疑解惑，从事汪曾祺研究的小伙伴们——李建新、王树兴、徐强、苏北、龙冬、王道——给我的助益，高邮姚维儒先生、任俊梅女士（我得叫"奶奶"）讲述与解答高邮故实，还有已故的堂叔祖杨汝栩先生——他是最了解高邮的人之一。刊发本书部分文字的《光明日报》《文艺争鸣》《当代作家评论》《文艺报》《南方文坛》诸位编辑……肯定还有很多未曾提到的名字,果然谁都不是孤立的礁石。

本书大部分篇什,都经两位作者讨论选题、角度。《汪汪地向前流去》《最像故事的故事》《一二三,才够意思》和附录中《"夫子自道"——汪曾祺的沈从文解读》由凌云岚执笔,其余由杨早执笔。

2020 年是汪曾祺先生诞生一百周年,本书当然是献词的一种。而于我私心而言,这本书也要献给我的祖父杨汝纶,他与汪曾祺同岁,小了九个月。两人少时常一起玩耍;三叔祖杨汝绚,小了他们整整十岁;还有曾祖母、大姑婆、小姑婆。他们都是终其一生,离散四方,却始终心怀乡土的游子。

如果可能,这本书也献给高邮,我陌生又正在渐渐熟悉的故乡。

杨早

2019 年 12 月 19 日于京东豆各庄

拾读汪曾祺

杨早　凌云岚 / 著

图书在版编目(CIP)数据

拾读汪曾祺 / 杨早，凌云岚著 . -- 贵阳：贵州人
民出版社，2020.8
ISBN 978-7-221-15987-8

Ⅰ.①拾… Ⅱ.①杨…②凌… Ⅲ.①汪曾祺
(1920-1997)－小说研究 Ⅳ.①I207.42

中国版本图书馆 CIP 数据核字 (2020) 第 066145 号

选题策划	联合天际·艺术生活工作室
责任编辑	杨　礼
特约编辑	徐立子
封面设计	梯·周安迪
美术编辑	王颖会　梁全新

出　　版	贵州出版集团　贵州人民出版社
发　　行	未读（天津）文化传媒有限公司
地　　址	贵州省贵阳市观山湖区会展东路 SOHO 公寓 A 座
邮　　编	550081
电　　话	0851-86820345
网　　址	http://www.gzpg.com.cn
印　　刷	三河市冀华印务有限公司
经　　销	新华书店
开　　本	889 毫米 ×1194 毫米 1/32　8.5 印张
字　　数	150 千字
版　　次	2020 年 8 月第 1 版　2020 年 8 月第 1 次印刷
Ｉ Ｓ Ｂ Ｎ	978-7-221-15987-8
定　　价	65.00 元

本书若有质量问题，请与本公司图书销售中心联系调换
电话：(010) 52435752

关注未读好书

未读 CLUB
会员服务平台

未经许可，不得以任何方式
复制或抄袭本书部分或全部内容
版权所有，侵权必究